文春文庫

警視庁公安部・青山望

爆裂通貨

濱嘉之

文藝春秋

警視庁公安部・青山望

爆裂通貨　目次

都道府県警の階級と職名

階級＼所属	警視庁、府警、神奈川県警	道県警
警視総監	警視総監	
警視監	副総監、本部部長	本部長
警視長	参事官級	本部長、部長
警視正	本部課長、署長	部長
警視	所属長級：本部課長、署長、本部理事官	課長
	管理官級：副署長、本部管理官、署課長	
警部	管理職：署課長	課長補佐
	一般：本部係長、署課長代理	
警部補	本部主任、署係長	係長
巡査部長	署主任	主任
巡査		

警視庁組織図

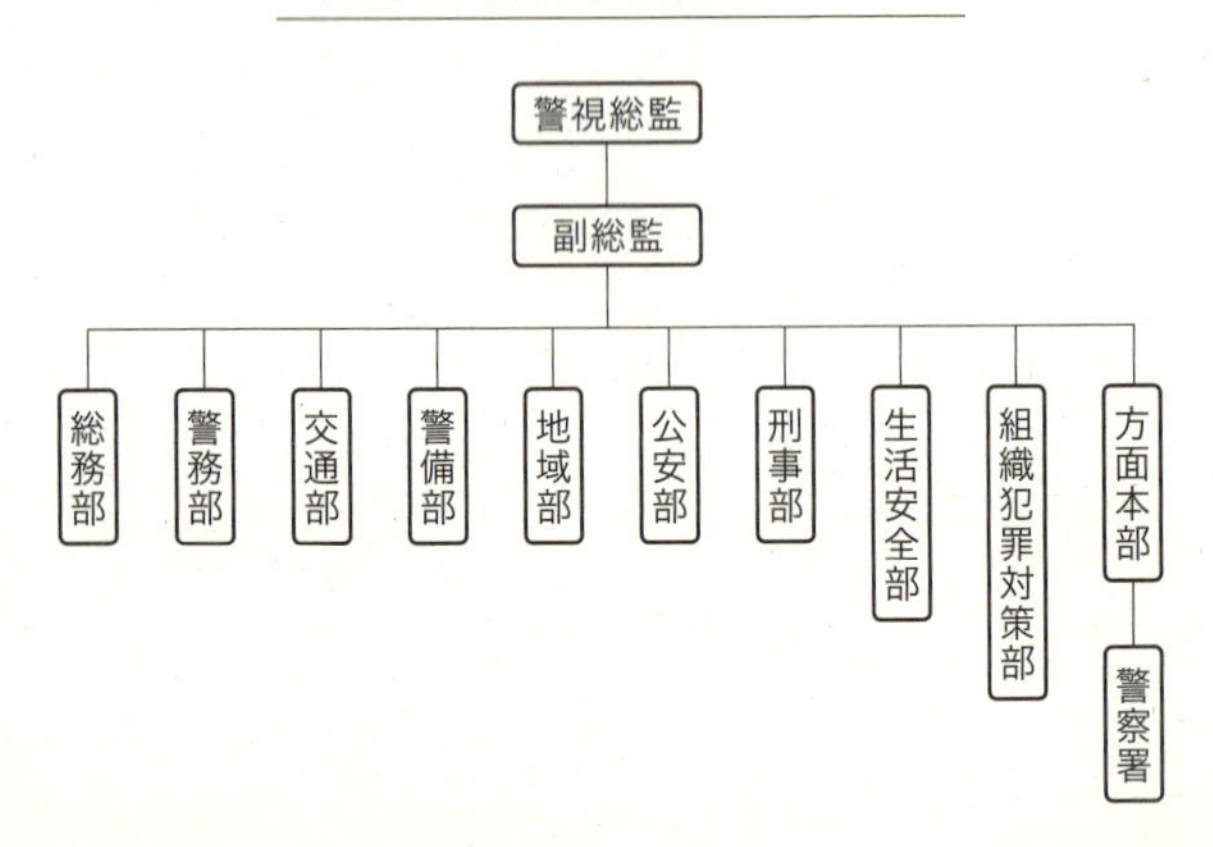

主要登場人物

青山　望……　公安部公安総務課第七担当管理官。前麻布警察署警備課長。中央大剣道部出身。

大和田博……　警務部参事官特命担当管理官と総務部企画課長補佐を兼任。前浅草警察署刑事組対課長。早稲田大野球部出身。

藤中克範……　警察庁刑事局捜査第一課分析官。前科学警察研究所総務部総括補佐。元新宿警察署刑事課長。筑波大ラグビー部出身。

龍　一彦……　刑事部捜査第二課管理官。前築地警察署刑事課長。関西学院大アメフト部出身。

清水　保……　経済ヤクザの走りで元岡広組のナンバー3。現在は引退し、高野山に隠棲する。青山とは博多の味噌汁屋で顔を合わせており、その存在を知っている。

白谷昭義……　岡広組総本部若頭補佐。商社マン時代に青山に助けられて以来、兄貴と慕い協力する。

黄　劉亥……　香港マフィアのトップ。

榎原哲哉……　芸能プロダクション「アルファースター」会長。

青山文子……　青山の新妻。武末警察学校長の娘で、藤中の妻、節子の従妹。

校長…………　警察庁警備局警備企画課（通称・チヨダ）の理事官。

警視庁公安部・青山望

爆裂通貨

プロローグ

　十月三十一日、午後九時の渋谷ハチ公前のスクランブル交差点は人でごった返していた。半数以上の者は仮装している。その中に顔から流血している複数の警察官が……と見えたのも外国人のコスプレ姿だった。

「外で楽しむ渋谷のハロウィンはとにかくクレイジーで、母国でも有名さ」

　彼らは口を揃えて言いながらハイネケンの瓶ビールをラッパ飲みしていた。

　信号が変わっても歩行者はなかなか歩道に上がらない。

　警察の現場指揮官車の上から、雑踏警戒ではすっかり有名になったＤＪポリスこと、機動隊の広報係員がアナウンスを始める。

「そこのオレンジ色のコスプレ姿の皆さん。目立ちたい気持ちはわかりますが、交差点には車が進入してきております。速やかに歩道に上がって下さい。せっかくの楽しみが人に迷惑を掛けてしまうと台無しです」

　歩道からＤＪポリスに対する拍手と同時に、交差点内で肩車をして歩いているオレンジ色の衣装のコスプレ男たちに罵声が飛ぶ。

やがて車両が交差点内にクラクションを鳴らしながら続々と進入してくる。悲鳴と罵声が響き、車両の流れが一旦終わると、再びスクランブル交差点に歩行者がなだれ込んだ。

その中に、渋谷駅南口方向から全員がスーパーマリオに扮した二、三十人程の集団が四列に縦隊を組んで、分列行進をしてきた。他の歩行者は驚きと、その整然とした動きへの感嘆で、思わずスマートフォンを取り出して撮影を始めた。人であふれたスクランブル交差点に、誰がリードしたわけでもなく自然の流れのように、瞬時に行進用の通路ができた。

スーパーマリオ軍団の先頭の男が「頭右」と号令をかけ、ハチ公の銅像の直近に停まっていた指揮官車の上のＤＪポリスに向かって、自らは帽子のひさしに右手をあてて、歩行中の挙手注目の敬礼を行った。すると、後続の一団は整然と歩きながら頭だけをＤＪポリスに向けた。ここでも大きな歓声が沸いた。敬礼を受けたＤＪポリスも思わず挙手注目の答礼を行いながら照れくさそうに言った。

「集団行進のみなさん。歩く時は前を見ながら、他の歩行者の皆さんの迷惑にならないよう進んで下さい」

するとマリオ軍団の先頭の指揮者が「直れ」の号令をかけ、続けて「各教導の目標所定のとおり。駆け足、進め」と言うと、四列の集団の構成員は両手の拳を腰の位置に当て、四方向に分かれながらゆっくりとした駆け足を始めた。

教導とは各列の先頭にいる者のことで、部隊活動を行う際のリーダーである。

雑然とした交差点の中で唯一、整然とした団体行動をとるマリオ軍団は、群衆のある種の好奇と羨望を交えた視線を引き付けていた。

それでもスクランブル交差点の歩行者用信号が点滅を始めると、車道に広がっていた群衆はマリオ軍団のことは忘れ、誰もが先を急ぐように歩道を目指した。

四つのチームに分かれたマリオ軍団は歩行者天国になっている文化村通りと道玄坂方向に進んだが、途中から全員が駆け足で四つの路地に入っていった。

スクランブル交差点では相変わらずの人込みで、マスコミ報道によるとこの日だけでも百万人が押し寄せた。

午後十時を過ぎてもスクランブル交差点周辺の人の波は引かず、交通規制が解除されることはなかった。

その中で、渋谷区宇田川町と道玄坂で四か所のＡＴＭから非常発報が起こった。同時に四か所の非常ベルが鳴ったのである。ＡＴＭ（Automatic Teller Machine　現金自動預け払い機）とは通帳や磁気カード、ＩＣカードを利用し、顧客自身が操作して金融機関等と取引できる機械である。もともとは金融機関の店舗内に置かれていたが、今や公共施設や商業ビル、コンビニなどに広く設置されている。

本来ならば警察官が緊急に臨場するのだが、渋谷中の交番の前には人が溢れ、しかもほとんどの警察官が道案内や喧嘩の対応、負傷者の救護等に当たっていたため、身動きが取れない状況にあった。

さらに十五分後、今度は渋谷の別の四か所で非常発報が起こった。

警視庁本部にある通信指令センターには、非常ベルを設置している施設の管理会社や警備保障会社から立て続けに連絡が入ったが、本部が第三方面を警戒している各無線局に指令を出しても、どこからも応答がない異常事態が続いていた。

さらに十五分後、またしても四か所で非常発報が起こった。

「何かとんでもないことが起こっている」

当直の通信指令センターのトップである通信指令官は、渋谷周辺の警察署のリモコン席と呼ばれる無線卓担当者に対して、管轄を越えて渋谷に向かうよう指示を出し、機動捜査隊、自動車警ら隊に対しても重大事件発生の可能性を示唆して緊急走行による現場急行を命じた。

最初に非常発報が起こった現場に到着した自動車警ら隊の警察官が目にしたのは、無残に壊されたＡＴＭで、中の現金は空になっていた。ＡＴＭ機のパネル下部の金属製の扉部分には四か所に穴があき、手前に引きちぎられたように機械前に捨てられていた。

その後、三回目に非常発報が起こった現場に最初に臨場したのは、渋谷警察署の隣接署である代々木署のパトカーだった。

「至急、至急、代々木一から警視庁」

「至急、至急、代々木一どうぞ」

「現在、渋谷管内の非常発報現場に現着、ＡＴＭ一台が破壊され、その前でスーパーマリオの仮装をした男一名が頭部に被弾して即死状態。どうぞ」

「警視庁から代々木一宛、拳銃使用による殺人事件と解してよいか？」

「そのとおり、窃盗、若しくは強盗事件の可能性もありどうぞ」

「警視庁了解。警視庁から各局、三方面渋谷管内、渋谷区宇田川町において拳銃使用の殺人事件が発生、現時点、同地を中心とした十キロ圏緊急配備を発令する。回信は省略。なお、渋谷管内ではこの一時間に十二件の非常発報が発生している。別事件の可能性もあり。職務質問に際しては銃器の使用に特段の注意を払え。以上警視庁」

その頃、渋谷署のリモコン席は大混乱に陥っていた。

「宇田川ＰＢ中野ＰＭからＰＳ宛、宇田川町二十一番渋谷ロフト前ＡＴＭが破壊され、その前で拳銃使用と思われる殺人事件が発生、捜査係の応援を乞う」

「渋谷四からＰＳ宛、渋谷区神南一丁目二十番、公園通り脇のＡＴＭが破壊され、スーパーマリオの仮装をした男一名が射殺されている。犯行内容が先ほどの一一〇番通報とほぼ同一。関連事件と思われるどうぞ」

警視庁の警察無線では、交番をＰＢ（ポリスボックスの略）、警察官をＰＭ（ポリスマン）、警察署をＰＳ（ポリスステーション）、パトカーをＰＣ（パトロールカー）と短く呼称することになっている。

リモコン席に座っていたのは生活安全課の係長だった。ハロウィンに加えて、二週間前からアメリカ大統領来日を控えた警備体制のため若手の多くは特別機動隊に招集されており、一週間前からは地域課の勤務は当番・非番を繰り返す二交代制になり、内勤も日勤・当番・非番の三交代制に入って、署員に疲れが出始めているところだった。

生活安全課の係長は署内の非常ボタンを押して、リモコン席に四人の当直員を招集し、地域課の課長代理に通信責任者を依頼した。しかし、課長代理は来年定年を迎える覇気に欠けた警部で、リモコン席に設置されているコンピューター機器の取り扱いは得意ではなく、不満げに訊ねた。

「複数の殺人事件がみな関連事件というのか？」

「事件概要を見ると、少なくとも二件は被害者の着衣から関連があると思われます」

「着衣？　ハローなんとかの変装でもしているのか？」

「ハロウィンの仮装でスーパーマリオの服装だそうです」

「なんだ、そのスーパーなんとかというのは」

「ゲームの主人公ですよ」

「それならこどもか？」

「こどもがこんな時間にＡＴＭを破壊して、拳銃で撃ち殺されると思いますか？」

「近頃のガキは悪いからな。昔はセンター街にチーママというのがいて、そりゃ悪かった」

「代理、チーママじゃなくて、チーマーでしょう。いつも通っている場末のスナックと一緒にしないで下さいよ」

　生活安全課の係長は憮然とした顔つきになって言った。

「刑事課は臨場しているんだろう？　おまけに渋谷駅前は警察官だらけだろう」

「警察官といっても、機動隊ばかりですよ。しかも一個大隊の二百人です。今夜の人出は五十万人を軽く超えているんですよ」

「五十万人か……想像がつかんな」

「代理は渋谷の前は富坂署でしょう？　満員の東京ドームの客が十倍、一斉に出てきてスクランブル交差点に集まっているところを想像してみて下さいよ」

「東京ドーム満員の客が十倍か……それもちょっと想像がつかんな……」

　生活安全課の係長は、地域課の課長代理とこれ以上会話をしても、自分自身が不愉快になるだけだと思って、一方的に打ち切った。

間もなく警視庁捜査第一課当直班が渋谷署に入った。

「刑事部長と捜査第一課長がこちらに向かっている。署長はどちらに？」

捜査第一課の管理官が、応対に出た生活安全課の係長に訊ねた。

「署長は現場に行っております。ＡＴＭの損壊による現金の窃取現場と、これに殺人事件が絡んだ現場の二種類があるので、殺人事件の現場一か所にいらっしゃいます」

「さすがに前捜査一課長だな。事件は三回に分かれて発生したのだな」

「実はまだ全ての通報現場から現着報告は来ていません。ただ、拳銃使用と思われる殺人事件現場は四か所で、被害者は四人ともスーパーマリオの仮装をしていました」

「するとハロウィンの混乱に紛れて仮装したグループが事件を起こした……ということなのか？」

「渋谷駅前のスクランブル交差点の画像を確認した結果、午後九時過ぎに約三十人のスーパーマリオの仮装をした一団が分列行進を行っていたのが確認できました」

「すると、彼らのうちの誰かが殺された可能性もあるのか？」

「それはまだ何とも言えません。現場付近には五十万人を超える人が集まっていますし、スーパーマリオの仮装をした人物は他でも確認されています」

「ＡＴＭの破壊を行った現場の目撃者はいないのか？」

「現時点では確保されていません。周囲の防犯カメラの記憶媒体を現在捜査員が回収に向かっています」

　生活安全課の係長の説明に捜査第一課の管理官が頷きながら訊ねた。

「スーパーマリオの仮装をした集団が、分かれて事件を起こした……という可能性は？」

「想像では答えがたいご質問ですが、その集団はかなり訓練をされていた様子で、四列縦隊のチームが指揮官の号令で整然と縦隊のまま四分割して散らばったことが確認されています」

「事件も四か所でほぼ同時刻に三回、計十二件起こっていることを考えると、可能性はあるだろうな」

「殺された四人はそれぞれのチームの一人が、なんらかの理由で殺されたと考えるのが最もわかりやすいでしょうが……」

「現場鑑識も四個班出動している。鑑識結果を待つしかないな。それよりも特別捜査本部を設置しなければならないが、部屋はあるかな？」

「当面は訓授場を使っていただいて、必要な資材を準備いたします」

　カラカウア通りはハワイ観光の中心地、ワイキキのメインストリートである。東西約二・五キロメートルにわたってワイキキを縦断する大通りはカラカウア王にちなんで名付けられ、オアフ島に来れば必ず一度は訪れる場所だろう。レストランやショッピングセンター、高級ブランド店に加えて、ワイキキビーチもこの通りに面している。

ハワイには一年を通して観光客が訪れ、年間の観光客数は二〇一六年で約八百万人、一か月に換算すると約六十七万人が訪れることになる。ハワイ州への訪問者を地域別に見ると、第一位はアメリカ西海岸からで約三百三十万人、第二位がアメリカ東海岸からで約百六十九万人、そして第三位が日本からの約百三十七万人となっている。ちなみに第四位がカナダからの約四十二万人で、海外旅行がブームになっている中国からは約十六万人に過ぎない。いかに日本人がハワイ好きかが数字に表れている。

しかしこの日のカラカウア通りはいつもと少し違っていた。

トランプ大統領のハワイ訪問を三日後に控え、ワイキキの警備も物々しくなっていたのだ。警察のテントも張られ、しっかりとした警備の準備が進んでいた。カラカウア通りにある、大統領の宿舎となる「ザ・リッツ・カールトン・レジデンス・ワイキキビーチ」の前は、コンクリートのブロックを置いて二車線に制限されている。

ちなみに、すぐ近くには大統領自身がオーナーの「トランプ・インターナショナル・ホテル・ワイキキ」があるのだが、このホテルのデベロッパーが大統領の友人だったこともあり、自分のホテルには後日の訪問時、帰路につく前に、ちょっとだけ立ち寄ったようだ。

もう一つの違いは、夜になるとむしろ仮装している人の方が多数派になるほど、日本の渋谷や六本木並みに大人の仮装集団が現れたことだった。

「ここ数年のことだ。こどもの祭りが……こんなことになって嘆かわしい」

現地の大人たちが呆れた顔をして、数千人に膨らんだ仮装集団を眺めている。

仮装した参加者をよく見ると半数以上が日本人のようだった。

午後十時を回った時、三十人程のスーパーマリオの仮装をした団体がどこからか集まり始め、ロイヤル・ハワイアン・センターの中心辺りで四列縦隊になって整然と行進を始めた。これには他の参加者も驚きを隠せなかったようで、お互いに仮装の様子をスマートフォンで撮り合っていた参加者も、一斉にスーパーマリオ軍団にカメラを向けていた。

行進は約百メートルで終わったが、その解散の仕方もまた見事で、まるで蜘蛛の子を散らすかのように四方八方に分かれて人込みに消えていった。行進を眺めていた参加者は唖然とした様子だったが、すぐにこの短いパフォーマンスに拍手と歓声が沸き起こった。

それから十五分ほど経った時、カラカウア通りの南東の端に当たる場所にあるホテル、パークショア・ワイキキの隣のＡＢＣストアと他の三か所で非常ベルが鳴った。さらにその後、約十五分おきに四か所ずつ、合計十二か所のＡＴＭが破壊され、現金が盗まれた。翌朝には四人のスーパーマリオの仮装をした男の射殺死体がカピオラニ・リージョナル・パークで一列に並べられているのが発見された。

ホノルル警察はトランプ大統領のハワイ訪問を控えて、テロ発生の危険を考慮し、ＦＢＩのハワイ地方局へ捜査要請を行った。

一方、プリンス・クヒオ連邦政府ビルに入っているＦＢＩハワイ地方局は前夜、日本で同様の事件が発生していたことを知って、国際テロ組織が動いた可能性を考え、ワシントンＤ.Ｃ.にあるＦＢＩ本局内の国家保安部に緊急連絡を入れた。

ＦＢＩの正式名称はFederal Bureau of Investigation、つまり連邦捜査局であることから、本部ではなく本局と呼ばれる。その中の国家保安部はNational Security Branch（略称ＮＳＢ）であり、連邦捜査局国家公安部とも呼ばれている。

一般的にアメリカの公安と言えば中央情報局（ＣＩＡ）を連想するが、ＣＩＡの役割は対外的観点から国益を守ることであり、諜報活動が主となるため、国内での工作活動は禁じられている。このためアメリカ国内におけるテロリズム対策、カウンターインテリジェンスを担当する部門としてＮＳＢが設置されており、国家情報長官、連邦捜査局長官、司法長官に対して責任を負う立場にある。

第一章　マリオ死の行進

藤中克範は博多中洲の味噌汁屋で、福岡県警刑事部捜査第一課の橋本卓也管理官と酒を飲んでいた。藤中は警察庁の刑事局捜査第一課分析官として全国の重要事件をみるため各地を飛び回っているが、その中でも「博多克範」を自称するほどこの地が気に入っている。

「橋本ちゃん、来春は次席やね」

藤中が酒を注ぎながら言った。

「福岡県警の場合には所轄にも管理官というポジションがあるけんね。本部で管理官と言われてもピンとこんっちゃん」

「所轄は課長でよかとに、刑事課管理官やもんね」

「所轄の課長は警部の階級やからね。警視庁のごと管理職警部というシステムがないけん、仕方なかったい。それにしても藤中分析官の博多弁はまるで地元の者と話しようごたあですよ」

「うもうなったろうが」

「上手かですよ」

その時、藤中のスマートフォンが鳴った。

「ほう、この時間に警察庁からか……」

藤中はスマートフォンのディスプレーを見て呟くと電話に出た。

「はい藤中です。なに、殺し？　渋谷で連続？　すぐにテレビで確認する。続報が入ったら適時連絡をしてくれ」

藤中は電話を切るとスマートフォンのテレビ画像アプリを開いた。警察庁の当直が言ったように、ちょうど渋谷で発生した事件のニュースが流れていた。渋谷のスクランブル交差点でスーパーマリオの仮装をした一団が分列行進をしている場面だった。

橋本管理官が藤中のスマートフォンを覗き込みながら言った。

「まるで追い山の櫛田入りのごたあですね」

追い山とは七月一日から行われる博多祇園山笠のクライマックスを飾る博多最大の行事である。追い山は二つのタイムトライアルで構成される。その最初のタイムトライアルが櫛田入りである。櫛田入りは、午前四時五十九分に一番山がスタート地点から櫛田神社に一度入り、境内の清道旗の周りを回って、再び夜明けの博多の街に駆け出していくまでの時間を競う。この時、多くの舁き手が境内に入るが、追い山の山が進む方向には、映画『十戒』でモーゼの前で紅海が割れたように群衆の中に道ができる。

　橋本管理官が言った櫛田入りは、渋谷のスクランブル交差点に集まっていた群衆が、スーパーマリオの仮装をした一団のために道を空けた様を例えたものだった。

「ほんとだな……それにしても、相当な練習をしている。素人じゃなかなかこうは行かない」

「足の上げ方は北朝鮮の軍事パレード並みやね」

「確かに日本的ではないな……この後、四人が殺されたらしいんだ」

「この中の連中がですか？」

「防犯カメラの画像を解析した結果、二人がこの中にいた人物と特定できたらしい」

「こいつら何者なんやろうな……」

　テレビニュースで今度は分列行進の様子がスローモーションで流れた。

「各列の最後尾の四人だけ、動きが鈍いな」

　藤中が言うと橋本管理官が「うーん」と唸って答えた。

「よく見ると確かにそうやねぇ……それにしても、ちょっと見ただけでよう気がつきんしゃったね」

「警察学校時代は教練係だったからな」

「懐かしい話やね。警視庁は年頭部隊出動訓練とかにも力を入れとんしゃあけんね」

　年頭部隊出動訓練は警視庁が新年に行う総合訓練の一つで、二千人以上の各部門の警察官が分列行進を行う。

「プロはすぐ見抜くものさ」

「藤中分析官、いつのまにか標準語になっとんしゃあよ」

「一応、仕事モードに入ったからな。それにしても日本人というのは、何でもバカ騒ぎになってしまうんだな」

「福岡でもハロウィンは仮装行列の日という認識しかなかごたあですもんね」

「ニューヨークのような仮装行列ならまだいいが、日本はどこでも単なるバカ騒ぎだからな」

　藤中は露骨に嫌な顔をして言った。

　ニューヨーク・ヴィレッジ・ハロウィン・パレードは、毎年ハロウィンの日に行われる世界最大規模の仮装パレードである。夜七時にグリニッジ・ヴィレッジ付近をスタートし、六番街を中心として一マイル（約千六百メートル）にわたって練り歩く。六万人の参加者と二百万人の見物人が訪れるニューヨーク最大のイベントの一つである。

「福岡でハロウィンをやり始めたのは五、六年前位やなかったかな」

「ハロウィンをキリスト教の祭りと勘違いしているバカも多いからな」

ハロウィンは古代ケルト人が起源と考えられている祭りで、もともとは秋の収穫の祝いである。さらに、悪霊などを追い出す宗教的な意味合いを含んでいた。これがアメリカ合衆国で民間行事として定着すると、本来の宗教的な意味合いはほとんどなくなり、ハロウィンに対してはキリスト教からは否定される見解も多い。大きなかぼちゃの中身をくりぬいた「ジャック・オー・ランタン」を作って玄関先に飾ったり、こどもたちが魔女やお化けに仮装して近くの家々を訪れてお菓子をもらう習慣が根付いた。過去にはルイジアナ州で、ハロウィンの仮装をし間違えて他人宅を訪れた日本人留学生が射殺される事件も発生している。

「あまりバカバカ言わんほうがいいですよ」

「いやバカはバカだ。ニュースで見たが、首から『Free Hugs』とのメッセージをぶら下げた高校三年の女子生徒がいた位だ。一昔前、バカなOLがアメリカに行って外人の男たちとすぐに寝るもんだから、日本の若い女性がイエローキャブと蔑(さげす)まれていた時代があったよな」

藤中は鼻で笑うように言った。すると橋本管理官は首を傾げながら言った。

「それでもハロウィンの経済効果はバレンタインデーを抜いた、とも言われとうごたあですよ」

「そうらしいな、商売人の策略にすぐ乗ってしまうのが、宗教を知らない日本人のバカげた一面かもしれんな。特にバレンタインデーのチョコレートなんざ、その最たる例さ」

そもそもバレンタインデーとは、西暦二六九年に殉教した聖ウァレンティヌス(テルニのバレンタイン)に由来する記念日とされる。当時、ローマ帝国皇帝は兵士の婚姻を禁止していたが、キリスト教の司祭ウァレンティヌスは結婚式を行い続け処刑されたという。そこから転じて恋人たちの日となったという説である。

ところが、バレンタインデーに「女性から男性へ親愛の情を込めてチョコレートを贈る」という日本独自の風習が定着したのは一九七〇年代後半のこと、メリーチョコレートが始めたともいわれる。だが既に一九三六年に神戸のモロゾフ製菓は外国人向け英字新聞に「あなたのバレンタイン(=愛しい方)にチョコレートを贈りましょう」という広告を掲載しており、後に聖ウァレンティヌス殉教の地イタリアのテルニ市から神戸市に、日本のバレンタインデー発祥の地として愛の像が贈られている。いずれにせよ、製菓会社の企み(たくら)による風習である。

「経済効果が生まれるのはよかことじゃないですか」

「乗せられているだけさ。バレンタインデーの後のホワイトデーなんざ、もっとひどい。最近ではコンビニの戦略に引っ掛かって、節分の恵方巻(えほうまき)まで全国区になっているからな」

　一九八〇年代前半に登場したホワイトデーの起源は、福岡市にある和菓子屋の石村萬盛堂のキャンペーンと言われている。

「博多ではホワイトデーは追い山の廻り止めにある石村萬盛堂さんが始めたことやけん、よかことになっとうとよ」

「銘菓『鶴乃子』の外側のマシュマロを売りたかったからだろう」

「よう知っとんしゃあやないね」

「そりゃ、博多克範やけんね」

　藤中がようやく笑った。

　日本記念日協会によると、平成二十八年のハロウィンの経済効果は千三百四十五億円で、同年のバレンタインデーの千三百四十億円を抜いた。日本においてハロウィンが急成長した理由は、当初はこどものためのイベントだったのを、大人が勝手に仮装を楽しめるイベントに変えてしまったことにあるとされる。

「それにしても、俺は昔から、いつかハロウィン集団強盗事件が起こると予言していたんだよ。本物の狙撃銃を抱えている者が現れても、警察もおもちゃだと思って職質（職務質問）をしない。いつか本当にラスベガスで起きたような乱射事件になってしまうことを真剣に考える時期に来ているんだよ」

野外コンサート会場近くのビルから数十人が射殺されたラスベガスの事件を思い出して語る藤中の言葉に、橋本管理官がやや首を傾げながら答えた。

「日本はまだ銃社会のイメージが湧かんけん、仕方なかっちゃろうね」

「そんなことを言っているから、北朝鮮の木造船がゾロゾロ日本に着岸してくるんだよ」

「それとこれとは話が違うっちゃないですか？」

ついに橋本管理官が首を横に振りながら言ったので、藤中が橋本管理官の方に身体を向けて言った。

「今、日本で相次いで見つかっている木造船が、本当に北朝鮮のイカ釣り漁船で、乗組員は本物の漁師だとでも思っているのかい？」

「中には死んだ人間もおったくらいやけん、あれは漁師でしょう？　脱北者の解説でもそう言っとんしゃったよ」

「年に一か月漁に出るだけで喰っていけるような仕事を、北朝鮮の朝鮮労働党が許すとでも思っているのか？　あの脱北者の言っていることは筋が通っていないんだよ」

「そげなもんですかね。先日の新聞では、朝鮮労働党機関紙の『労働新聞』の社説に『漁船は祖国と人民を守る軍艦であり、魚は軍と人民に送る銃弾・砲弾と同じだ』と檄を飛ばしたちゅう記事がありましたよ」

「北朝鮮の大多数の人にとって、過去も現在も、魚は主要なタンパク源ではないんだ。それに北海道で泥棒をやって捕まった木造船には『朝鮮人民軍』を表す文字が書かれた船員手帳を持って北朝鮮バッジをつけた乗組員がいたんだぜ。一か月も漂流したとか言っていた漁民風の男たちは、どうして痩せこけていないんだ？」

「それを言われると答えようがないけど……」

「漁業以外の目的か、漁業者ではない人間を船に乗せて送り出した可能性を考えたら、納得がいくだろう。もっと言えば、漁民を装っていた男たちが履いていた靴を見たか？あんな靴で漁ができると思っているのか？」

「そこまで気にしとらんやったけど、藤中さんは何でも細かいところを見て、何でもよう気が付くなあ……と感心しよるとですよ」

「もし、ああいう連中が銃を持った殺し屋を運んできて、渋谷のスクランブル交差点等のハロウィンの仮装に紛れ込ませたら、どんなテロだって確実に実行できる……それを頭に入れておくべきだな」

橋本管理官は返答することができない様子だった。

ようやくカウンター越しに、味噌汁屋の主人が藤中に言った。

「藤中さんも、最近、青山（あおやま）さんの影響を受けてきたごたあね」

「青山か……あいつはこの事件をどう見ているのか……聞いてみるかな」

警視庁公安部のエース青山望と藤中は、大和田博、龍一彦とともに「同期カルテット」と呼ばれ、担当分野を越えて協力しあい難事件を解決してきた。しかも、青山が先日披露宴をしたばかりの新妻・文子は、藤中の妻・節子の従妹でもある。

藤中がスマートフォンを手にしたので味噌汁屋の主人が言った。

「青山さんは新婚やけん、邪魔はせんほうがよかっちゃないと？」

「そうか……確かにまだ新婚ホヤホヤやったな……邪魔して、こどもができんかったら俺のせいになるかも知れんけんね」

「そこまで考えんでよかとよ」

主人が笑うと、橋本管理官も声を出して笑った。藤中もつい苦笑いをするしかなかった。

青山は自宅のテレビニュースで、渋谷のスクランブル交差点の騒動と一連の事件を知った。

「これは公安事件なのか……」

呟きながらスマートフォンを取り出した。それを見ていた新妻の文子が訊ねた。

「これから出勤するの？」

「いや、現場鑑識の結果が出るまでには相当時間がかかるだろうから、僕が出勤する必要はない。ただ、公安部の動きを知りたいと思っただけだよ」

「克範お兄様は捜査一課だから大変でしょうね。どうしているのかしら？」

「案外、博多中洲の味噌汁屋辺りで飲んでいるかもしれないな」

「そんなに博多が好きなの？」

「好きだな……自分のことを博多克範と呼んでいるくらいだからな」

「節子さん可哀想」

「どうして……」

「だって、お兄様は家を空けてばかりなんだもの」

「節ちゃんは留守がいいと言っていたけどな」

青山はあっさりと言った。

「それは望さん相手だから強がりを言ったのよ」

「そうかなぁ。今の藤中は彼自身の中に新たな才能を見出して、実に生き生きしているように見えるし、節ちゃんもそれを感じ取っているように思えるけどな」

「新たな才能？」

「そう。情報収集とその分析力だ。彼が勤務している捜査一課というポジションではこれまで経験できなかった分野なんだ。これまでは警部補時代の警察庁勤務を除いて、ほとんど地方出張はなかったからな」

「だって警視庁勤務なんだから、それは普通なんでしょう？」

「そんなことはないよ。現に、武末学校長だって、その前は二年間、東北管区警察局に出向していただろう」

　文子の父、武末は警察学校長である。

「警視庁内にポジションがないって言ってたから……」

「階級が警視長にまでなると、ポジションは限られてくるし、警視正以上は地方警務官といって、原則的に国家公務員扱いになるからね」

「でも父は『あと一か所で終わり』って言ってたわ」

「それだけ昇り詰めた……ということなんだ。藤中は警視になって二度目の警察庁勤務だけど、今は仕事が楽しくて仕方がないんだろうな。あいつも現場が大好きだからな……」

「望さんだって、外に出るのが好きでしょう？　結婚前なんか、しょっちゅう海外や地方に出張していたものね」

「僕のポジションはそういう所だから仕方がないんだ」

　青山は公安部の筆頭課である公安総務課で、第七担当管理官としてあらゆる方面の情報収集と捜査を行っている。

「そうなの……でも、どうして克範お兄様は博多が好きなの？」

「一度行ってみればよくわかるよ。第一に、空港から街の中心までが極めて近いという利便性。二番目は、何といっても食べ物が美味い。そして福岡の人は情に厚いんだ」

「あら、望さんも博多が好きなの？」

「好きだよ。本当にいい街だ」

「行ってみたいな……」

　文子は両手で頰杖をついて言った。

「今度、連れて行くよ」

　そこまで言って青山は再びテレビニュースに目をやって、思い出すように言った。

「そう言えば、昔、山手線内で外国人がハロウィンの騒ぎを起こしたことがあったんだけど、その時、藤中が『俺が犯罪集団のリーダーだったら、必ず、この機会に集団強盗事件を起こすだろう』と言っていたんだよ」

「今回の事件を予見していた……ということ？」

「そう。当時、ハロウィンはここまで盛り上がっていなかったけれど、仮装するということは自分を隠すということだろう？　それが平気でできるというのは犯罪者にとってこの上ないチャンスなんだよ」

「今日も集団強盗事件なの？」

「拳銃を使った殺人事件とＡＴＭからの窃盗事件に因果関係があるかどうかはわからな

いから、強盗ではないかもしれないけど、集団連続窃盗事件であることは間違いない」

「日本もだんだん物騒になってきたわね」

文子が肩をすくめて言ったので、青山も頷きながら答えた。

「それにしても、どうしてスーパーマリオの仮装だったのだろう」

「最近、スーパーマリオの仮装をしてゴーカートで街中を走っている人たちがいるから、衣装が手に入りやすいんじゃないのかしら……」

「そうか……仮装の服はネットでも購入できるんだな」

「ハロウィンの仮装衣装は大型ディスカウントストアにもたくさん置いてあったわよ」

「大量購入して一番足がつかないのはディスカウントストアかもしれないな……」

「ネットは記録が残るものね」

文子も刑事気取りで解説を始めた。

「スーパーマリオといえば、リオデジャネイロオリンピックの閉会式で、日本の総理大臣がマリオに扮したことでも有名になったわよね」

「次期開催国のトップだからな……どうしてスーパーマリオになったのかよくわからなかったけど、何かしらの意思表示だったんだろうな」

「日本のゲームの中でも歴史的に古いし、世界的にも売れたからでしょう？　売りだしたゲーム会社は今やメジャーリーグの球団まで持っているんだもの」

「衣装が揃えやすかったのか、他の理由があったのか……」

青山は文子が言った言葉の重大さにこの時は気づいていなかった。

現場鑑識と、殺害された四人の被害者男性の検視は、極めて慎重に行われた。

四人の司法解剖を特に連続して行った法医学の医師が、鑑識課検視官に言った。

「これほど似た連続殺人は初めてのことです」

「どういうことですか？」

「銃の発射角度が四人とも寸分の違いもないのです。後頭部の延髄から額に向けて発射され、四人とも弾道は額から外に抜けているので、額に大きく穴が開いています」

「現場鑑識からの報告では、貫通した弾丸は全て見つかっており、遺体直近の地面のコンクリートに埋まっていたようです」

「被害者をうつぶせにさせて、銃口を後頭部に押し付けて発射したのですね。しかし、被害者の着衣には泥等の付着はありませんでした。被害者が自ら地面に伏せたと思われます」

法医学の医師の言葉を聞いて、検視官が、司法解剖に立ち会っていた捜査一課の管理官に訊ねた。

「ライフルマークの鑑定はまだ出ないのですね？」

「科警研に送っていますので、使用された銃の特定は明日の午前中になるかと思います。ところで、被害者の特定につながるようなモノは、着衣には何も残されていませんか」

「着衣にはなにも残されていません。下着は新しいものでした」

「歯科治療痕は認められませんか？」

管理官が医師に訊ねた。

「四人ともひどい虫歯で治療痕跡は認められません。しかも四人に共通するのは、極めて栄養不足という点です。最近のホームレスよりも栄養が不足しています」

「貧しい生活を送っていた……ということでしょうか？」

「そうでしょうね。医者にかかった様子もないのですが、ＢＣＧの痕跡が四人ともないのが不思議です。案外、日本人じゃないのかもしれませんね」

「貧しい外国人が、日本まで来て犯罪にかかわり、そして殺害された……ということですか？」

「あくまでも想像に過ぎませんが、この四十代半ばと思われる人物全てに共通してＢＣＧの痕跡がないことから、日本人の可能性を否定してもおかしくはないと考えられます」

「貧しい外国人か……」

検視官は検視の模様を録音している小型のボイスレコーダーに、三度、同じ言葉を呟いていた。

千葉県柏市にある科学警察研究所、通称「科警研」に持ち込まれた銃弾のライフルマーク検査が始まった。

「弾丸は九ミリ、線条痕（せんじょうこん）はどれも似ていますが、同一銃の認定はできません」

科警研職員の言葉に捜査一課係長が呟くように言った。

「そりゃそうだろうな、四か所でほぼ同時に発射されたんだからな」

「しかし、四つの拳銃がほぼ同一種類のものである可能性は極めて高いです。しかも、ライフルマークが顕著に現れていますので、四つとも新しい銃が使用された可能性があります」

「銃の種類は？」

「科警研にサンプルがなかったので、ＦＢＩにデータを送って確認してもらっています」

「銃弾はどうなんだ？」

「九×十九ミリメートルパラベラム弾のホローポイントです」

「ホローポイントか……」

ホローポイントとは弾頭がすり鉢のように窪んでいる形状の弾丸である。人体に命中すると、先端がキノコ状に変形し、径が大きくなった先端部が運動エネルギーを効率よく目標に伝達して、大きなダメージを与える。

「殺害意識が高い、ということだな。パラベラム弾ということは、弾の出処を調べるのは難しいだろうな……」

「そうですね。世界で最も多く製造されている弾丸ですからね。アメリカの大手スーパーの銃器売り場では五十発十ドルほどで売られていますし」

「百円で五発買うことができる計算か……」

「パラベラムの名の由来をご存知ですか?」

科警研職員が係長に訊ねた。

「いや、知らない」

「ラテン語の諺『Si Vis Pacem, Para Bellum』つまり『平和を望むならば戦いに備えよ』ということだそうです」

「奥が深い言葉だったのだな……」

係長は頷きながら答えた。

間もなく、FBIから警察庁刑事局にライフルマークの調査結果が届いた。

「中国の半自動式拳銃、九二式手槍の中でもNP四二と呼ばれる民間輸出バージョンである」

九二式手槍NP四二という銃は、中国がアメリカ合衆国への輸出を狙って、アメリカ国内基準に適合できるように再設計したモデルである。

「ここで中国製が出てきたのか……民間輸出バージョンだけに生産量は発表されないだろうな」

警察庁刑事局の当直補佐に、刑事企画課理事官の高松警視正が言った。

中国は近年、兵器の輸出にも積極的で、中国としのぎを削っているインドと紛争中のバングラデシュやパキスタンを主に、アフリカ諸国へも重点的に行っている。さらに世界一の銃社会であるアメリカ合衆国に対して、安価で耐久性と加工精度を向上させた製品が大量に輸出されている。

「銃の輸入ルートもわかりづらいですね……妙な事件になってきました。いつか、こんな事件が起こるのではないか、と心配はしていたのですが……」

「ハロウィン仮装殺人事件か……」

「主たる目的はATMからの現金奪取なのでしょうが、現場で仲間を殺してしまうところが、これまでにはない特徴ですね」

「仲間なのか、単なる案内人なのか……」

「案内人……ですか？」

「一時期、全国的に流行った中国からのピッキング窃盗団は、地理に明るく、車を運転できる日本人を案内人に利用していたからな」

「そういうこともありましたね……今回も中国人なんでしょうか？」

「未だに中国から犯罪目的で来日する連中がいるとは聞いているが……まだ何とも言えないな」

「警視庁渋谷署から刑事部長発の特別捜査本部設置の至急電報が届いていますが、詳細はまだ何もわかっていないようですね……」

「明日には現場鑑識で判明した詳細な手口等が報告されるのだろうが、アメリカ大統領来日前のハロウィンに起こった事件だからな……警備局にも一応テロの可能性ありとして報告するしかないだろうな」

「テロ事件となれば、警視庁は公安部が担当することになるのでしょうが、捜査三課が今回のＡＴＭの破壊手口をどう判断するか、ですね」

「これまで多くのＡＴＭの破壊や、屋外ではブルドーザーで丸ごと盗まれたこともあったからな」

「日本人には考え付かないような手口でしたね。捕まった犯人の一人は『日本人は金を置き捨てている』と言ったくらいでした」

「発想の違いだな……。そう言えば、この件も藤中分析官に速報してやってくれ。あの人の発想も面白いからな」

　警察庁では既に藤中の、警視庁捜査一課から科学警察研究所まで経験した幅広い知識と分析力が知られていた。

「藤中分析官は現在、福岡県警で巡回指導中です」

「福岡県か……あそこもいろんな事件が起こるし、何といっても大量の中国人が到着する拠点だからな」

「大型旅客船の入港で、福岡港は今や港湾としては日本一の外国人到着地になってしまいました」

「その割には中国人による犯罪は大して起こっていないけどな」

「ただ、所在不明になる中国人が増えているのは確かです」

「そこなんだよな……シャブや銃を持ち込まれても、そうそう発見できないし、摘発しているのも氷山の一角に過ぎないのだろう。それでも藤中分析官が福岡に入るたびに何かしら外国人絡みの事件を検挙してくるからな。福岡県警としては藤中分析官を『福の神』のように思っているのかもしれないな」

　高松理事官が笑って言った。

「事件が起こって福の神というのもおかしなことですが、県警の検挙実績に反映されているのは確かです」

警察庁からライフルマークの調査結果の連絡を受けた警視庁刑事部では、捜査一課長が刑事部長に報告を行っていた。

「ただのATM窃盗事件と殺人事件では済まないのかもしれません」

「中国製の拳銃とホローポイント弾か……ガイシャ（被害者）の身元はまだ割れないのか？」

「DNA鑑定の結果では、限りなく日本人に近いということですが、四人ともBCG接種痕がなく、運転免許証台帳や前歴者、参考人指紋とも一致しません」

「すると外国人の可能性が高い……ということか？」

「しかし、入国審査の指紋にも現時点では四人とも一致しないのです」

「密入国か？」

「ただし、DNA鑑定の結果が納得できませんが」

「BCG接種を受けていない日本人というのも考えにくいしな……ガイシャがわからないことには捜査が進まないんじゃないのか？」

「捜査三課のATM犯罪手口原紙にも、あのような強引な奪取行為は見当たらないのです。どこかでトレーニングを受けた結果だと考えられます」

捜査第三課は盗犯を担当する。あの手この手で新機軸を打ち出してくるその犯罪手法を記録し、分類した資料が犯罪手口原紙である。

「被疑者グループの事件前後の動きはどうなんだ。防犯カメラには映っているんだろう」

「前足、後ろ足（犯行の前、後の行動）とも確認しましたが、突然現れ、忽然と姿を消しているのです」

「どこからか運ばれてきて、一斉に回収された……ということなのか？」

「大型トラックかバスのような搬送手段を用いたのだと思われます」

「最後に確認された場所はどこなんだ？」

「宇田川町等の最終犯行現場から宮下公園方向に逃げているのですが、そこが最終確認場所になっていました」

「そのあたりに車を停めていたとすれば、何か手掛かりがあるのではないのか？」

「現在、宮下公園を中心とした綿密な聞き込み捜査を行っています」

「後ろ足はわかったが、前足はどうなんだ」

「それが二四六の渋谷駅南口あたりで最初に確認されてから、ぞろぞろと集まり始めた……という感じなのです。車から降りたような画像はどこも撮れていないのです」

二四六とは国道二四六号のことで、起点の千代田区三宅坂から、赤坂、青山、表参道を経て渋谷の明治通りとの交差点までが「青山通り」、この交差点から都県境多摩川までの区間が「玉川通り」と呼ばれている。ここでいう渋谷駅南口付近は玉川通り上ということになる。

「奴らは防犯カメラの位置を確実に把握している、ということだな」

「現在、同時刻に同所付近を走行していたタクシーのドライブレコーダー画像を確認しております」

「何台くらい現場にいたんだ？」

「ＧＰＳ付きのドライブレコーダーを装着した車両が六台です」

「たった六台か……」

「都内のタクシーのドライブレコーダー装着率はほぼ百パーセントですが、ＧＰＳ併設はまだ三十パーセントなのです。ただし、現在、東京タクシーセンターに問い合わせをしておりますので、台数はまだ増えると思います」

東京タクシーセンターは、かつては東京タクシー近代化センターといい、輸送の安全や利便性の向上などを目的として設置された公益財団法人である。

「ハロウィンの渋谷はドライバーも敬遠するかもしれないからな。過度の期待は禁物だな」

刑事部長はため息交じりに呟いた。

その夜、警察庁警備局にＦＢＩから緊急電話が入っていた。

渋谷の事件とハワイ州ホノルルで発生した事件との関連性と、国際テロの可能性について、捜査の摺り合わせをする目的だった。しかもハワイ州では現職大統領の訪問を控えた厳重警戒中の事件だけに、捜査の指揮はＦＢＩが行うことになっていた。

警察庁警備局警備企画課の関本第一理事官は、ＦＢＩ本局の国家保安部（ＮＳＢ）特別捜査官と電話で話をしていた。関本自身もかつてＦＢＩに三年間派遣され、特別捜査官として実際に勤務経験がある。

ＦＢＩ特別捜査官は法務博士、公認会計士などの上級学位や資格を有するか、それに相当する能力、学力が求められており、採用試験は大半の州の弁護士試験よりも難しいと言われている。このため、特別捜査官には日本警察のような階級がないのが特徴である。

「この事件は日本では刑事局が捜査を進めており、警備局は直接捜査には動いていないんだ」

「日本だけの事件ならばそれでいいかもしれないが、間もなく日本にもアメリカ大統領が訪問するんだ。警備局が捜査をしないのはおかしいのではないか？」

「警備情報の収集のために警視庁公安部は動いているはずだが、まだ報告は上がっていない。また警視庁刑事部も犯人の特定どころか、被害者の特定も出来ていないという状況のようだ」

「警視庁をしてそうなのか……」

「そちらはどうなんだ？」

「スーパーマリオブラザーズの主人公に扮した連中のうち、被害者の四人はホノルルに最近増えているボートピープルであることが判明したため、その居住先を捜索しているところだ」

「ボートピープル？　それは不法移民のことか？」

一般的にボートピープルとは、紛争・圧政などが行われている国々から、漁船やヨットなどの小船を利用して難民として外国へ逃げ出した人々のことである。

「いや、ホノルルのヨットハーバーや係留地に不法に停泊して居住している連中のことだ。陸上のアパートメントの家賃が高騰して住めなくなった連中が、古いボートを買ってそこに住むようになったのが始まりだ。さらには海外やアメリカ各地からクルーザーやヨットで来て、気候のよさを気に入って住み着いた者もいるようだ」

「ヨットハーバーやボートパークで生活する際の税金はどうなっているんだ？」

「海の上の船は土地じゃないから住民税はないのが実情だ」

「するとハワイ州民にもなることができない……ということか？」

「そうだ。アメリカはかねてより世界中からボートピープルを受け入れ、その数はインドシナ難民だけで八十万人をこえている。また、カリフォルニア、アリゾナ、ニューメキシコ、テキサスの四州には人数を把握できないほどのメキシコ人や中米人が流入している。それを考えるとハワイ州のボートピープルなんて可愛いものだ。もちろん彼らには健康保険はないし、州としても何の福祉も行う必要がないから、自分の力で生活できればそれでいいということなのだろう」

「そういえば、ホノルルの目の前のモカウエア島の住民が、ボートピープルのようだと言われていたな……ホノルル市から退去命令も出ているそうだが」

「君はホノルル警察の捜査員か？　どうしてそんなことまで知っているんだ？　あそこの住民は確かにボートピープルさながらの漁業で生計をたてている。漁の方法が実にユニークで、島の中に作った生け簀に外海の魚を追い込むんだ。しかし彼らも裁判の結果、数十年後までに出て行くような結果になった」

「数十年後、というのが呑気なハワイらしいところだな」

関本理事官も思わず笑って言った。

「あの島からはボートがなければホノルルにも行くことができないからな」

「いまホノルルに増えているボートピープルが住んでいるのは、ボートと言っても生活できる程度のものなんだろう？」

「新品なら数十万ドルする船でも、動くことができなければただの海に浮いた箱に過ぎない。広さは日本式で言えば2LDKで七十平米はあるな」

「そんなに広いのか……」

「日本では広い部類に入るのか。所詮、船だ」

アメリカの住居の広さをよく知っている関本理事官は話題を変えた。

「ところでアメリカでもスーパーマリオは有名なのかい？」

「スーパーマリオブラザーズは社会現象ともいえる空前の大ブームを巻き起こしたファミコンゲームだよ。二〇〇七年には米国のある調査で『史上最も影響力があったゲーム一〇〇選』の第一位に選出されたくらいだ」

「アメリカでも仮装に使われることがあるのかい？」

「違和感はないね。こどもにもいまだに人気はあるが、大人のファンも多いからな」

「そうか。FBIではどこまで捜査が進んでいるんだい？」

「防犯カメラと監視カメラの画像解析の結果が出た。さらに市民から複数の目撃情報が寄せられたんだ」

「事件後すぐに市民から情報が来るところが実にアメリカらしいな」

「ボストンマラソンのテロ事件を思い出したかい？」

「去年、映画にもなったからな。市民と警察、そしてFBIが実にうまく連動した奇跡と言われていたね」

日本の目撃情報収集の困難さとの違いを感じながら、関本理事官は続けて訊ねた。

「ところで奴らはどういうルートでカラカウア通りに現れたんだ？」

「アラ・ワイ・ボート・ハーバーに停泊していたボートから、徒歩でカハナモクビーチを抜けて、フォート・デロシー・ビーチ・パークを抜けたところで分散したようだ。ある者はそのまま海沿いにロイヤル・ハワイアン・ホテルのトイレで着替え、ロイヤル・ハワイアン・センターの中心部で合流した形だった」

「他の実行犯はどうなんだ？」

「そこがいまだに不明なんだ。殺害された四人は単なる隠れ蓑だったのかもしれない」

「隠れ蓑？」

「日本と同じ様に人定が取れていない。ボートピープル歴が浅かったのかもしれない」

「一般市民からの目撃情報はどういう内容だったんだ？」

「ボートを特定してくれたんだ。その目撃者は大富豪で、彼の船はアラ・ワイ・ボート・ハーバーに停泊している大型クルーザーの中でも有数の大きさなんだが。たまたま仲間と船上パーティーをして、ホテルに帰る途中で目撃していたんだ」

「大富豪がホテルに帰るのか？」

「家は豪邸がカハラにあるんだけどね。酒を飲んでいるとき用の定宿だったトランプ・タワーから、今度できたリッツ・カールトンのレジデンスを買って、そこに移ったそうだ」

「本当の金持ちはそんなもんなんだろうな……その大富豪の情報は具体的にどんなものだったんだ？」

「被害者と思われる四人が近くのボートから降りるのを見たというんだ。彼は、その動かなくなったクルーザーの撤去を申し入れていたそうだ。特に変な奴が住み込むようになってから、他のボート所有者に迷惑がかからないように監視カメラ等を設置して注意していたようだ」

「その画像を見れば、被害者たちの特徴がわかってくるんじゃないのか？」

「そこを今、解析しているところだ。ただ、今のところの反応ではどうやら四人は日本人じゃないか……ということなんだ」

「日系、ではなく日本人なのか？」

「そういう分析だ」

「彼らはいつ頃からそこに居住していたんだ？」

「まだ数か月というところだ。その前にいたのは中国系か韓国系だったようだ」

関本理事官は首を傾げつつ電話の向こうに訊ねた。

「彼らはどうやってハワイ州に来たんだ？　まさか全員が船に隠れて乗って来たわけじゃないだろう？」

「死亡した四人に関してはＥＳＴＡ（エスタ）他の入国審査手続き記録と現在照合中だ」

ＥＳＴＡの正式な名称は、電子渡航認証システム（Electronic System for Travel Authorization）であり、ビザ免除プログラム（ＶＷＰ）参加国からの渡航者に対して、事前にインターネットで渡航認証を申請することを義務付けている。その上で最終入国審査は依然として、空港または港で米国税関国境警備局（ＣＢＰ）の審査官により行われている。

つまりＥＳＴＡの意義は入国審査というよりも、入国手続きの簡略化に加えて、申請時に使用されるクレジットカード情報の入手と、申請料十四ドルにあると言われている。この十四ドルのうち四ドルは事務手数料、十ドルはアメリカ合衆国の観光事業推進のための財源となっているからである。

「どれくらいの時間が必要なんだ？」

「かなりかかるな。入国にはもう一つ、隣接するカナダ、メキシコから陸路により国境検問所を通る場合がある。彼らは従来通り入国時に米国出入国カード（I-94W）を記入して入国するんだ」

「管轄する役所が異なってくる、ということか？」

「いや、入国に関しては全て米国税関国境警備局で一括しているんだが、その数が膨大なんだ。各国際空港の入国審査の端末のデータは一旦各市のサーバーに保存され、さらに州のサーバーにつながれ、そして国家のサーバーに収集されて分析される。どんなに優れたスーパーコンピューターを駆使しても、画像解析にはそれなりの時間が必要だろう。しかも、中国、ロシア、インド、ブラジルといった人口と犯罪の大国に対してはESTAを認めていないから、国別の管理も大変なんだ」

「そうだろうな……アメリカの大手ホールセールチェーン店で撮った会員カードの証明写真は、これが本当に自分の顔かと思うようなものだったからな」

「ウェアハウス・クラブ（会員制倉庫型卸売小売）のことか？　ああいうところの会員カードの写真は、使い回し対策や、紛失時の対応にも使われるようになっているんだ」

「本当かね……私には単に年会費を取るための気休めのような気がしてしかたないんだけどね」

「それって、アメリカの画像解析技術を疑っている、ということなのか」

「余計な心配をさせてしまうようなレベルだということだ」

「確かに日本の写真撮影や画像解析技術が世界のトップ水準にあることはよく知っているし、ＦＢＩもそれを採用しているよ」

「国家的な問題だから仕方ないのだろうな。我々もＦＢＩに学びながら今日の捜査技術にまで至るようになったのだから、敬意は表しているつもりだよ」

「君もクアンティコから現場まで研修に来ていたんだからね」

クアンティコはバージニア州スタフォード郡にある町で、その近郊にあるＦＢＩアカデミーは連邦捜査局の法執行研修・研究機関である。そこで新人ＦＢＩ捜査官の研修に加え、特殊捜査官、諜報分析官等の教育も行われている。

「厳しい十週間だったよ。あの時を思い出すと初心に帰る気がする」

「私も同じだな。あの十週間は二度と経験したくはないが、いい思い出ではあるよ」

画像解析の結果を連絡してもらうことを依頼し、日本警察も国際テロを念頭に置いた捜査を進めて情報交換を行うことを約束して、関本理事官は電話を切った。

第二章　国際テロの下地

イスラエルは揺れている。

イスラエル国、通称イスラエルは中東のパレスチナに位置し、地中海および紅海に臨む。北はレバノン、北東はシリア、東はヨルダン、南はエジプトと接している。南西部および東部では、パレスチナ自治政府が、ガザ地区とヨルダン川西岸地区を支配している。イスラエルは、首都はエルサレムであると主張しているが、国際連合などは歴史的経緯からテルアビブを首都とみなしている。

エルサレムにはイスラム教、ユダヤ教、キリスト教の聖地があることが、この歴史的経緯の重大な問題の一つである。

一八三〇年代から、ユダヤ人をシオン（エルサレム）へ帰還させる動きが始まり、一八八〇年代に入るとシオニズムと呼ばれる運動となった。この中心的役割を果たしたのがイギリスである。

宗教的シオニズムと、ユダヤ人の国家を築くべきとする世俗的（政治的）シオニズムが発展し、第二次大戦後の一九四八年五月十四日、ようやくイスラエル国が建国された。その後もイスラエルとアラブ諸国の間で行われた何度かの中東戦争を経て、現在に至っている。

イスラエルは、欧米諸国とは欧州連合（EU）の研究機関への参加など、良好な関係を保っている。中でもフランスは最大の兵器供給国であり、ドイツとは当時の西ドイツが支払ったホロコースト等の補償と軍事支援を受け入れて一九六五年に国交を樹立している。

アメリカ合衆国は建国当初から最大の「盟友」であり、「特別な関係」とも言われ、国家承認も建国と同日に行われるほど良好な関係が続いている。

このような背景の中、トランプ米大統領はエルサレムをイスラエルの首都と認めると正式に発表し、テルアビブにある米国大使館をエルサレムに移転する作業を開始する旨を伝えた。イスラエルだけでなく、世界が揺れた。

「トランプの真意は何だったと思うかい」

警察庁警備局長の五十嵐（いがらし）は警備企画課長の住野（すみの）を自室に呼び、国際情勢に関する情報確認を行っていた。警察庁警備局の実質的ワン・ツーの二人ではあるが、通常はこの二人の間に警備担当審議官が入ってトップスリーを形成する。しかし、警備担当審議官は、東京オリンピック・パラリンピック対策の責任者の一人となっていた。

「親イスラエル派の支持を得るためのアメリカ国内向けパフォーマンス……というところではないかと思います」

「海外の反応は気にしていなかった、ということなのか？」

「アメリカ・ファーストが彼の最大の主張です。彼はこれまでアメリカが担ってきた世界の警察という立場も否定しています。その結果、アメリカ経済は劇的な回復をしました。ある意味で政治家ではなく、商売人トランプの面目躍如だと思います」

「しかし、大統領という職は商売人ではなく、あくまでも政治家だろう」

「トランプを支持した多くの国民は、その政治家をこそ否定したかったのだろうと思います。これまでの政治のプロによるわかりにくい政治がアメリカ国民を貧しくした……政治家トランプには誰も期待していない。ただ、アメリカ人の根強いナショナリズムを高揚させてくれて、国家、国民、それも貧しい白人を少しでも豊かにしてくれればいい……それくらいの感覚でしょう」

「貧しい白人か……たいした教育を受けていない白人も多いからね」

「ですから外国人や有色人種に職を奪われてしまう白人が増えたのでしょう。その背景には、こんな仕事は白人のすることではないと貧しいくせに思い込んでいる、白人独特の優越意識もあったからだと思いますけどね……」

「最近、日本人の中にもそういう意識の人間が増えているような気がするが。きつい仕事はしたくないという若者が多いのは事実だな。こういうご時世でも厳しい職場環境の警察に入ってくる人材がいるのは嬉しいが、人材不足の業界も結構ある」

「ですから第一次産業や、伝統工芸が衰退してしまうのでしょう。しかしこの感覚は結果的に国を滅ぼしてしまいます。嘆かわしいこの原因を作ってしまったのは、戦後の教育とテレビを中心としたマスコミの姿勢でしょう。教育制度や教師への待遇は少しずつ変わってきているようですが、マスコミは変わりませんね。一億総白痴化現象はさらに進んでいる気がします」

「マスコミに踊らされる日本人にはそういう背景があるのだろうが、だからといって、国際テロに巻き込まれては警備警察としてはかなわんからな」

警備局長が顔をしかめ、話題を戻して続けた。

「京都で拳銃使用事件の実行犯として手配したチャイニーズマフィアの構成員が捕まったのが、国際テロの拠点となる虞(おそれ)があるイスラエルのテルアビブだったが、これはトランプ大統領の発言を予想した動きだったのか？」

七月の京都の祇園祭の夜、チャイニーズマフィアがコリアンマフィアのスリ集団を銃撃するという事件が起きた。背後に北朝鮮のサイバーテロも絡む複雑な事件の犯人たちを、青山をはじめとする「同期カルテット」の活躍で一網打尽に逮捕したが、事件直後に国外脱出した銃撃実行犯が後にテルアビブで身柄を拘束されたのである。ＣＩＡから知らせをうけた警察庁は、その行動理由を測りかねていた。

「その確認も取らせておりますが、エルサレムの首都化というのはトランプの大統領選挙当時の公約の一つでもありましたから、これに反発する動きの一つとして活動拠点づくりを狙ったのかもしれません」

「トランプ大統領はイスラエルを『アメリカの最も信頼できる友』と言っているし、『我々は百パーセント、イスラエルのために戦う。千パーセント戦う。永遠に戦う』『イスラエルはユダヤ人の国家であり、永遠にユダヤ人国家として存在することをパレスチナは受け入れなければならない』などと明確にイスラエル寄りの姿勢を示していたからな。しかし、本当にエルサレムの首都化という内政問題にまで口を挟むとは思わなかった」

「アメリカとイスラエルの同盟関係は深いものがあります。さらにトランプ大統領が『私はユダヤ人の孫だけでなくユダヤ人の娘もいて、とても光栄に思います』と口にするほど信頼をおいている、長女やその夫ジャレッド・クシュナー上級顧問もユダヤ教徒であることを明らかにしています」

警備企画課長の言葉に警備局長はため息をついて答えた。

「先ほどお前が言ったように、歴代大統領で最悪の支持率となったトランプの、苦し紛れのパフォーマンスでしかないのかもしれないな……ところで、イスラエルの動きはどうなんだ？」

「はっきり申しまして本音はわかりません。イスラエルの首相はトランプ氏の発言を『歴史的な日だ』と称賛していますが、多くの国民は『トランプはおれたちに戦争をさせるつもりか』と怒っているようです」

「大規模デモとイスラエル軍との衝突で死者まで出てしまったからな。新たな国際テロの火種になる可能性がある」

「イランの動向ですか？」

「それもあるが、サウジアラビアも要注意だな。ところで、二〇一五年十一月にレバノンの首都ベイルートで自爆テロが相次いで発生し、四十人以上が死亡した事案があったのを覚えているか？」

「ＩＳＩＳ絡みですね」

　レバノンの治安当局者によると、事件後に自爆未遂の疑いで拘束された男は調べに対し、過激派組織「イラク・シリア・イスラム国（ＩＳＩＳ）」にスカウトされたと供述している。男は同国トリポリの出身でレバノン国籍を持つ、いわゆるホームグロウン・テロリストだった。

ホームグロウン・テロリズムとは、国外の組織が起こすのではなく、国外の過激思想に共鳴した、国内出身者が独自に引き起こすテロリズムのことを言う。

「ＩＳＩＳはイラク軍が西部アンバル州の町ラワを制圧したことにより、イラク国内からほぼ一掃されたと言われていますが、その残党や、ＩＳＩＳに共鳴する海外支援者もいますからね」

「その支援者の一人がサウジアラビアの王子だったな」

「二〇一五年十月に、サウジアラビアのアブドゥル・モーセン・ビン・ワリード・ビン・アブドゥラジズ王子が、レバノンの空港で二トンもの麻薬を所持しているのが見つかって逮捕されましたね」

レバノン当局が王子の自家用機のスーツケース四十個を開けて調べてみたところ、中から重量千八百十四キログラムものアンフェタミン錠剤とコカインが発見された。自家用機はサウジアラビアの首都リヤドに向かうところで、ベイルート国際空港史上最大の密輸未遂となった。

「ＩＳＩＳが覚醒剤中毒者の集団であることは有名で、アブドゥル王子が所持していた薬物は、覚醒剤とほぼ同様の効能を持つものでしたからね。空港で押収された薬物はアブドゥル王子がＩＳＩＳに売りつけるものだった……といわれています」

「欧州の若者の間では、ＩＳＩＳに入れば、貧困生活から脱して金とドラッグが簡単に手に入ることが知られていた。そして、その金とドラッグを提供しているのはサウジアラビアであることも知られていたんだ。ロシアの空爆で多くの薬物を失ったＩＳＩＳは、兵士たちに配給する覚醒剤を入手する必要があったんだな……ＩＳＩＳにしてみれば、自分たちに渡るはずだった覚醒剤を取り締まったレバノンに対して、首都のベイルートで報復の自爆テロを起こしたのだろう」

「アブドゥル王子は何のためにあんなことをしたのでしょう？」

「ＩＳＩＳに対しては、イラク、イラン、シリアの弱体化を狙うサウジアラビア王族のバンダル・ビン・スルターンあるいはその背後のサウジアラビア総合情報庁が、陰から資金提供をしていたとも言われている。この件に関して、イランや駐シリアヨルダン大使、一部のジャーナリストは、『バンダルこそがアルカイダやＩＳＩＳなどの過激派の真の指導者だ』と主張していたからな」

「それが背景にあったということですか？　確かに『欧米と敵対し、アルカイダ系テロリストを支援することで、サウジアラビアは全世界から見放されることになる』というイスラエル系と思われるメッセージを見たことはありますが……」

「サウジアラビアの情報機関の長官であったバンダル王子が、その職を解任されたのは、サウジ国王がアメリカのオバマ大統領の要請を受けたからと言われている」

「バンダルが解任された二〇一四年頃から、それまでＩＳＩＳを静観してきたサウジアラビアもＩＳＩＳを非難するようになったのは事実ですね。それでもアブドゥル王子は身の危険を覚悟しながらＩＳＩＳを支援していた……ということですね。サウジアラビアで麻薬は極刑の罪ですよね。中国、イランに次いで処刑の多い国でしょう？　アムネスティ・インターナショナルによると、サウジアラビア国内の死刑囚の四十七パーセントが薬物犯罪者と報告されています」

「マジド・ビン・アブドゥラ・ビン・アブドゥラジズ王子もアメリカでコカインと酒に溺れていると言われているし、現に使用人に訴えられている。サウジアラビア王国はサウード家による政教一致の絶対君主制だ。要職は王族が独占しており、ギネス世界記録には王族の数が世界最多と記載されている。サルマン現国王は初代国王の息子である第二世代だが、現在は第六世代まで誕生している。それだけの一族の中には、権力に溺れる者もいれば、金に溺れる者、脱落していく者もいて当然だ」

そしてサウジアラビアでは、複数の王子を含む二百人以上の容疑者が汚職で取調べを受ける事態が発生した。

「その結果、今回の大粛清に入った……ということですか？」

「そうみていいだろう。シェイフ・サウド司法長官は、これまでに汚職捜査で事情聴取を行った容疑者は二百八人に上り、不正に取得された金額は少なくとも一千億ドルと述べているからな」

「十兆円を超えるわけですね……とんでもない金額だ……」

サウジアラビア司法当局の捜査は隣国のアラブ首長国連邦（UAE）にも及び、UAEの中央銀行は国内の銀行やその他金融機関に対して、サウジアラビア人が保有する十九の口座について詳しい情報を提供するよう要請している。UAEの中でもドバイ首長国は、サウジの富裕層が海外に資産を置く場所として、高級アパート等の不動産購入や株式投資などで最も利用されている。

「金額はまだまだ膨らむだろうな」

「サウジアラビアの金持ちというのは、結果的に王家のサウード家とつながってくるわけでしょうからね」

「サウジアラビア司法当局が公表した容疑者リストの中には、私利に走ったとされる人々や、王国内での対抗勢力の他、アブドゥラ前国王の時代に王宮を動かしていた黒幕的な人物や、中東で最大手クラスの民間メディア企業のオーナーらが含まれている」

「ムハンマド皇太子の側近の経済計画相の名前もあったわけですよね。彼は、皇太子の野心的な経済改革プログラムの中心にいるはずです」

「西側の著名企業に投資を行ってきたことで有名なアルワリード王子の逮捕の理由も明らかではない。彼は海外からの投資を呼び込もうという皇太子の計画を積極的に支援してもいた。まだまだ不明な点が多いのも事実だ。贈収賄から違法な土地収用に至るまで、腐敗で失われた資金を汚職対策委員会がすべて回収しようと試みれば、その総額は八千億ドル、日本円にして約九十一兆円に達するとも推計されている。しかも全米経済研究所によれば、サウジ国民はGDPの五十五パーセント以上に相当する資産、三千億ドル超を海外のタックスヘイブンに隠匿してきたと試算している」

「合わせると日本の国家予算よりも大きいのですね……」

「世界有数の大富豪であるアルワリード王子を含む王子十一人と現・元閣僚、著名財界人らが拘束されたことは、サルマン国王の命令によって行われたのが明白だ。これは、国王がムハンマド皇太子への権力継承を阻み得る障害を取り除こうとするものとの観測が強まっている」

「トランプ大統領はサウジの国営石油会社サウジアラムコをニューヨーク証券取引所に上場させようと、個人的にサルマン国王と電話協議していたようですが……」

「そんな中、トランプ大統領の最初の訪問国であるサウジアラビアとの友好関係が確認されていた矢先に、今回のエルサレム首都発言が出たわけだ。アラブ諸国で唯一アメリカの友好国のサウジアラビアも、この発言だけは我慢ができなかったようだな」

「再び中東が混乱する結果になりそうですか？」

「国連安保理はすぐに火消しに動いて、首都認定の撤回を求める採決までこぎつけたが、イスラエルが今後どう動くか、トランプ大統領がどう動くか……これが問題だろう。トランプ政権内でも大統領の発言を暗に否定するような動きがでているからな」

「アメリカの在イスラエル大使館はテルアビブにあって、これをエルサレムにある領事館と交代させる……ということですよね」

「もしトランプ大統領が本気ならば、そうすれば簡単なのだろうが、国務長官は土地探しをするという、意味不明の発言で逃げている。世界遺産になっているエルサレムの旧市街の中に大使館用の土地を探すなどという馬鹿げたことはできないし、そんな土地もない。現在のエルサレム領事館周辺なら空いている土地は十分にあるはずだ」

「局長は在イスラエル日本大使館に勤務された経験がおありでしたからね」

「いまだに仲間は多いさ」

「それはモサド関係者……ということですか？」

「それだけじゃない。敵対しているハマスの中にも話をすることができる者はいるということだ。ユダヤ人もパレスチナ人も、あの土地では被害者なんだ」

「イスラエルが一方的に八メートルもの高さの壁を作ったわけではないのですね」

「四度にわたる中東戦争の結果だからやむを得ない。それで中東は石油資源とイスラエルを中心とした二つの火種を常に抱えているんだ。そこに油を注いだのがトランプ大統領の発言だった……と見ている」

「トランプ大統領は中東和平プロセスが停滞していることを認めるとともに、パレスチナに対する支援を停止する考えを示唆しています。これも大きな問題になるのではないかと思います」

「米国はパレスチナ自治政府に対し、予算面や治安対策で支援を行ってきたほか、国連がヨルダン川西岸とガザで実施する支援プログラム向けにも多額の拠出をしている。それなのにパレスチナ人からは『感謝も尊敬もされない』と嘆いているトランプ大統領は、まさに政治家ではなく商売人の発想になっているんだ」

「パレスチナ人にとって、一連のトランプ発言はどう受け止められているのでしょう？」

「支援をやめるという発言はともかく、エルサレムの首都認定に関するトランプ発言はＩＳＩＳが壊滅した後の活力を失いかけたイスラム過激派を再び活気づけることになるだろうし、押し殺していたパレスチナ人の感情を大きく逆なでしたことは間違いないところだ」

「トランプ大統領の計算違い……ということですか？」

「トランプ大統領は他者を屈服させることで得られる和平があると信じているような気がする。彼は、圧倒的な力によって受け入れがたい和平を一方的に押し付ける傾向がある。この筋書きが北朝鮮に対しても通用すると考えているようだが、北朝鮮は違うからな」

「中国とロシアの存在ですか？」

「そうだ。中国とロシアと一口に言っても、中国は東北地方の中でも北朝鮮との国境、つまりは鴨緑江、豆満江を境にしている地域で、ロシアはウラジオストクを中心とする沿海地方だ」

「その地域では北朝鮮は必要不可欠な存在……ということなのですか？」

「そうだな。特にロシアでは北朝鮮人が重要な労働力であることは間違いないし、北朝鮮と日本を結ぶ不定期貨客船だった万景峰（マンギョンボン）九二の、先代にあたる万景峰号が、ロシアのウラジオストクと北朝鮮の羅先（ラソン）経済特区を結ぶ定期航路に就いている」

「万景峰九二は、日本への入港禁止措置後は、羅津（ラジン）から金剛山（クムガンサン）までの外国人向け観光船として運航されているようですね」

「万景峰号の喫水線下の船底塗料は、微量でも人体や環境に大きな影響をもたらす環境ホルモンとして問題視されるトリブチルスズ（ＴＢＴ）を使用している。現在は国際海事機関によるＴＢＴ規制の条約が発効し、ＴＢＴ船底塗料を用いた船舶の日本入港は禁止されているから、どちらの万景峰号も、現在のままでは二度と日本の港に入ることはできないということだ」

「そうでしたね。万景峰号は、北朝鮮への制裁を強める中国の密輸の中継に利用されていることがわかっています。さらにロシアと中国は密輸網を作って、ロシアのナホトカ、ウラジオストクと中国の丹東を拠点として、北朝鮮の日本海側の清津、興南に加え首都平壌近くの南浦の間で密輸を行っているようですね」

「公海上での受け渡しをしているようだな。主役はロシアなんだろうが、密輸で使われている金は米ドルと人民元だから、ロシアとしては逃げの準備をしているということだ。国際社会の監視と言っても口先だけのことで、中国やロシアの企業にとっては一度に数百万ドルの取引ができる商売はなかなかない。止めろと言っても国家からの補償でもない限り、密輸は続くだろうな。ロシア、中国の企業というのは所詮その程度のコンプライアンスしかないということだ」

「北朝鮮はいつまでたっても逃げ延びることができそうですね」

「あの国には資源があるからな。中国はやすやすとそれを手放すわけにはいかないんだよ」

「ロシアは資源狙いではないということでしょうか。北朝鮮の労働力と言ってもたいしたものではないでしょう?」

「中国が原子力政策を転換しようとしている中で、ロシアは北朝鮮の地下資源の中でもウランだけを狙っているのかもしれないな」

「なるほど……ロシアと北朝鮮の間では、石油精製品とウランのバーター取引が行われているのかもしれませんね。中国がレアメタルを狙っているとなれば、北朝鮮は当分の間は生き延びる、ということでしょうか……それとも……」

「それとも……なんだ？」

　警備局長がニタリと笑って訊ねた。

「ロシア、中国、アメリカの三国間で、すでに北朝鮮の金(キム)王朝が崩壊した後の始末を決めてしまっている……ということでしょうか？」

「どうしてそう思う？」

「最近、それぞれの国の高官が時折、それらしい発言をしています」

「そこなんだ。警備警察の最重要チェック項目だと考えている」

「警視庁公安部の青山グループに情報関心として投げておきましょうか？」

「青ちゃんのことだ。すでに動いていると思うがな……」

　警備局長は意味ありげに笑って答えた。

「青ちゃんといえば、渋谷とハワイでハロウィン当日に発生したＡＴＭ窃盗と殺人事件でも動いているようですね」

「アメリカもＦＢＩが国際テロ容疑として動いたようだからな。青ちゃんなら真っ先に動き出してもおかしくないだろう。刑事局にしても何が目的なのか、全くわけがわからない事件らしいじゃないか」

「青ちゃんは国際テロの可能性を公安総務課長に進言したそうで、公安総務課長の吉原(よしはら)

から連絡が入りました」

「そう言えば、最近青ちゃんはチヨダと上手く行っていないみたいだな」

「本人が言っていましたか？」

「青ちゃんは言わんが、チヨダの担当がそれとなく報告してくれた」

警備局長がいうチヨダの担当とは、通称「校長」と呼ばれる裏理事官の、補佐役の警視のことだった。

「そうでしたか……裏理事官人事はちょっと失敗だったかもしれない、と吉原からも指摘されました」

「奴を選んだのはお前だからな」

「責任は感じております。あそこの機能が麻痺してしまうと日本の警備情報システムが止まってしまいますから……」

「お前しか調整できないんだ。よく見ておけよ。担当は優秀なんだからな」

「全国の情報マンは校長よりも『先生』と呼ばれる担当を信頼しているようですから、彼にも十分に補佐してもらうように言い含めております」

「担当はあと一年か……裏理事官も一緒に替えるしかないだろうな」

「担当を警察庁に永久出向させてもいいかと思っております。あくまでも本人の意向があってのことですが」

「出向元の福島県警が黙ってはおらんだろう。あれだけの優れ者だ」

「以前、福島県警から出向した平岡は地元でトップまで昇りつめましたからね。優秀な人材を輩出する県です、福島は……」

「国が地方の逸材を奪ってはいかんのだよ。ただし、やむを得ない、余人をもって代えがたい場合にだけ、一年間の延長を県に頼むしかない。しかも、それなりの待遇で戻る確約を取ってやらなければならない」

警備局長は真剣な顔つきで言った。

翌日、警備局長通達として、全国の公安警察に対して当面の情報関心が示された。

第三章　存在しない者

渋谷の事件が発生して四日が過ぎていた。

「一課の捜査状況はどうなんだ?」

「進んでいない……」

藤中が青山を警察庁のデスクに呼んでハロウィン仮装窃盗殺人事件に関して情報交換をしていた。青山が訊ねる。

「ATM集団窃盗事件はどうなっているんだ?」

「捜査三課が二個班入って懸命な捜査を行っているようなんだが、壁にぶち当たっているみたいだな」

「三課はともかく、殺しに関しては銃の特定等はできているんだろう?」

「それは終わっている。銃は中国の半自動式拳銃、九二式手槍の中でもNP四二と呼ばれる民間輸出バージョン、弾は九×十九ミリメートルパラベラム弾のホローポイントだそうだ」

「アメリカなら大型スーパーマーケットに行けば売っているようなヤツか……」

「相変わらず、銃関係にも詳しいな」

「常識の範囲内だけだ」

「お前の知識の中で、何か気になっていることはないのか？」

「ハロウィン仮装窃盗殺人がハワイのカラカウア通りでもあっただろう？　その共通点が気になっているんだ」

「ハワイでもハロウィンの仮装が流行っているとは思わなかったな」

「ハワイで仮装をやっている半分以上は日本人らしい。現地の者は敬遠しているという話だった」

「そうだろうな……ハワイの現地人とハロウィンは何となく似合わないよな。ところで公安として、今回の事件をどう見ているんだ？」

「公安として……とは答えにくいな。うちの班が独自で動いているだけだからな」

「お前の意見を聞きたいんだ」

「僕が一番気になっているのは、殺された四人に共通した部分で、全員が栄養不良かつ歯科治療の痕跡もなかった……ということなんだ」

「それは鑑識課の検視官も言っていたな。ホームレスを集めてきたんじゃないか……という話だったが……」

藤中が頷きながら言うと、青山は首を振って答えた。

「ホームレスならば、中には前歴者がいて指紋の記録があったり、顔写真から過去の運転免許証台帳とヒットする可能性が高いんだが、今回は四人ともまったくヒットしていない。これをどう考えるか……なんだ。今年増えている北朝鮮からの脱出者が、漁船を装った運び屋に送られてきた可能性も考えてはみたが、北朝鮮の人間ならDNA検査である程度の傾向が出てくるはずなのに、彼らはDNA的には日本人の可能性が高いと言われている」

「全くの未把握というか、これだけクリーンな割には栄養が行き届いていない……となると、どこかの施設で育った可能性もあるよな？」

「施設ならばもう一つ重大なポイントを忘れている。BCGの接種痕がないことだ」

「ああ、そうだった。じゃあやはり日本人じゃないということになるんじゃないか」

藤中が腕組みをして言った。すると青山が首を傾げながら呟くように言った。

「もう一つ考えられるのが、無戸籍者だ」

「無戸籍者？　無国籍……ということか？」

「いや、無戸籍者とは日本において戸籍を有しない個人のことだ。無国籍とは違う」

「わからんな。どう違うんだ？」

戸籍法第四十九条及び第五十二条では、子が生まれたら必ず自治体に出生届を出して戸籍を作成することになっている。しかし、何らかの事情によって親がその手続きを怠った場合に無戸籍者が発生する。

「それじゃあ、義務教育も受けられないし、健康保険にも入れないじゃないか」

「無戸籍者ならそういうことになる。仮に無戸籍者が警察や公的機関に保護された場合には、自治体の首長の判断で戸籍を作ることもできるんだ。つまり、両親も身元も不明の子であっても、通常ならば無戸籍者にはならない。しかし、親に何らかの理由があり、あえて自分のこどもの出生届を出さず、戸籍に入れないままにしている場合があるんだ」

「無戸籍者になる道を選ぶ理由は何があるんだ？　全く理解できない。その親には戸籍があるんだろう？」

「それはわからないが、親が少なくとも通常の婚姻を経験していれば、親には戸籍があったと考えるべきだろうな。無戸籍者になる道を選ぶ理由だが……代表的な例は、妻が婚姻中に不倫相手のこどもを身ごもってしまって、これを出産した時だろうな」

「なるほど……夫は即離婚を考えるだろうが……」

離婚後三百日以内に母親が不倫相手のこどもを出産した場合、遺伝上の父の子として届け出ることはできない。仮にそのまま出生届を出しても、役所からは前夫の子と推定されてしまう。法的に出生届を受理させるためには前夫による嫡出否認の手続きが必要となるが、心情的な問題などから協力を得る事すら困難な場合が多いのが実情である。こういう場合に母親が出生届を提出していないことがままある。

「中にはDV夫と離婚して逃げた女性が、三百日以内に出産して出生届を出すと前夫が父になる上に居所がわかってしまうため、提出できないままになっているケースもあるようだがな」

青山が顔をしかめて言った。

「それにしてもなあ、親の身勝手でこどもの人生を滅茶苦茶にして、安穏と生きていられるものかなあ」

藤中が言うと青山もこれに同意した。

「法的な救済手段もあるんだが、その手続きを知ったとしても、貧困で教育を受けていないばかりにこれを行使できない者もいるようだな」

無戸籍者本人は、家庭裁判所の許可を得て就籍することにより、戸籍を得て無戸籍を解消することができる。

「無戸籍者というのは全国にどれくらいいるんだ?」

「法務省は二〇一五年に無戸籍者の調査を開始した結果、日本の無戸籍者は六百八十六人で、このうち成人は百三十二人と発表していた」

「なんだ、それくらいの数字か……あってもおかしくはないだろうが、そんなに身勝手な親がいるとはな……親になってはいけない親はたくさんいるからな。最近の児童虐待や保護責任者遺棄で捕まるバカ親を見ていると余計に感じるぜ」

「親になってはならない連中か……最近頓に増えてきているような気がするな。しかし、無戸籍者に関する法務省の調査は、回答率がわずか二割程度というものだそうだ。実態を反映した数字とはとても思えないという専門家もいるようだ」

「すると、実際にはどれくらいの無戸籍者がいるというんだ」

「あるNPOが独自に調査した結果では、約一万人という数字が出ているし、数千人の名簿がひそかに作られているとも言われている」

「一万人？　冗談じゃない。警察の巡回連絡では調べようがない実態だな。役所が出す調査結果の数字というのは実にいい加減なものだな」

「数字を出すことが仕事であって、その精度には全く関心をしめしていない役所は多いさ。だから、無戸籍者の場合には偽名を使っていても、生まれながらにして本名の登録がないのだから、何一つ実証できない。それが無戸籍者……ということになる。実は、今回、ハワイで発生したハロウィン仮装殺人事件の被害者は、四人とも香港からロサンゼルスに中国の偽造パスポートで入国していたことが判明している」

「偽造パスポートか……その先の捜査は中国の公安任せ、ということになるのだろう？」

「アメリカ入国時の画像と偽造パスポートの写しをＦＢＩのロサンゼルス支局からこちらに送ってもらう手配をしている」

「送ってもらってどうするんだ？」

「実は、彼らが殺される前に集団で住んでいたホノルルに停泊しているボート内では、日本人の生活パターンと日本語を使っていたことが確認されているんだ。もし、万が一にも、彼らが日本から出国して香港経由でアメリカに飛んだとなれば、背後に大きな組織が存在する可能性がある」

「そういうことか……その、ハワイで殺された四人にはＢＣＧの接種痕はあったのか？」

「まだ、その確認は取れていない。ただ、アメリカでＢＣＧは定期予防接種としては実施されていないんだ」

「そうなのか……ツベルクリンで陰性、陽性反応をチェックする時にはドキドキしたもんだったが」

「藤中、今はＢＣＧはツベルクリン反応検査なしで接種するようになっているんだ。接種時期も生後一年未満に変更されている」

「そうか、今は知らないうちにＢＣＧが打たれているのか。ＢＣＧ接種痕がなくても日本人じゃなければ不思議じゃないことはわかったが、日本人でも宗教上の理由で打たないこともあるんじゃないのか？」

「そうだな。日本の予防接種法では、定期予防接種を受けることは、以前は義務とされていたが、現在は努力義務に変わっている。受けるかどうかを最終的に決めるのは本人又は保護者となっているから、宗教上の理由によって拒絶することも可能だ」

青山はＢＣＧ接種について調べるうちに新たな知識を得ていた。

「ところで青山、日本の無戸籍者を犯罪者に仕立て上げるために、香港からわざわざアメリカまで行かせた背景を考えたのか？」

「無戸籍者は、戸籍法がある国家の出身者であれば、この世に存在しない人間ということになる。存在しない者が犯した罪は犯罪そのものが成立しない……つまり刑事罰はもちろん、民事罰も身柄を確保された場合以外、誰にも波及しないことになるだろう」

「本人一人が背負っていけば、周りは誰も迷惑しない……ということか？」

「犯罪組織にとってみれば極めて都合のいい存在になるということだ。仮に、日本国内で身柄を拘束されたと考えてみても、住民票がない限り住居不明、氏名通称○○で終わってしまう」

「しかも適正な教育を受けていない場合を考えると、責任能力の有無という刑法上の大きな問題になってくるわけか……」

「まだ仮定の話に過ぎないが、もし無戸籍者による犯罪となれば、捜査そのものが困難な状況に追い込まれることを考えておかなければならない。完全黙秘で実態がわからない被疑者とは根本的に違うからな」

「なるほどな……何かわかったら教えてくれ」


青山がデスクに戻ると警察庁の刑事局から電話が入っていた。

「青山管理官、ＦＢＩと個別交渉をされているようですが、これは国際捜査共助の観点から言えば問題になります」

捜査共助とは刑事事件の捜査に必要な証拠の提供について互いに助け合うことであり、国内では各都道府県警察の刑事部が捜査共助課を通じて相互に情報交換を行っている。しかし、公安部には「全国一体の原則」があり、警察庁警備局警備企画課に属している通称チヨダに連絡さえしていれば、国内情報の共有ができるシステムになっている。

これに対して、国際捜査共助に関しては「我が国の刑事事件の捜査に必要な証拠が外国に存在する場合、共助に関する条約により別のルートを定めていない外国に対しては、外交ルートを通じて国際礼譲による捜査共助を要請する。また、我が国が、外国の刑事事件の捜査に必要な証拠の提供等について外国から協力を求められた場合、我が国は、国際捜査共助等に関する法律の定める要件及び手続に基づいて、相互主義の保証の下に、共助に関する条約を締結していない外国に対しても捜査共助を行う」とされている。

ただし、現在、日本は刑事共助条約を米・韓・中・香港・ＥＵ・ロシアと交わしており、原則として、その窓口は警察庁刑事局刑事企画課となっている。

「ＦＢＩの組織と個別交渉を行っているわけではありません。ＦＢＩの特別捜査官と個人的に情報交換をしているだけです」

「公安部はいつもそういう言い方をしますが、アメリカ合衆国の司法当局の情報を個人的に入手するというのはいかがなものでしょうか。警備局に対しても厳重に注意しなければならない事案です。しかも国際捜査共助に関しては共助の制限というものがあります。青山管理官はご存知ですか？」

「法第二条のことですね」

「国際捜査共助等に関する法律の第二条をご存知ということは確信犯ということですね」

「法第二条の何項に抵触するというのですか？」

「第一項です」

「第一項は政治犯罪に関する規定のはずですが、僕は今回の事件が政治犯罪だという認識は全く持ち合わせておりません」

国際捜査共助等に関する法律の第二条（共助の制限）には「次の各号のいずれかに該当する場合には、共助をすることはできない」とされており、その第一項は「共助犯罪が政治犯罪であるとき、又は共助の要請が政治犯罪について捜査する目的で行われたものと認められるとき」と記されている。

「公安部が動くということは、政治犯としか思えないのですが」

「失礼ですが、あなたはどこの県警出身ですか？」

「それを青山管理官に答える必要はありません」

「それならば、もう少し警視庁公安部の分掌事務を確認して、然るべきルートを通して苦情の申し入れをして下さい。僕は忙しいんです」

青山はそう言って電話を切った。

分掌事務とは企業や役所などの機関の中で、それぞれの部署が受けもつ業務の分担をはっきりと定めることをいい、警視庁にも警視庁組織規則に基づき、「警視庁本部の課長代理の担当並びに係の名称及び分掌事務に関する規程」が訓令によって定められている。

警察庁刑事局刑事企画課課長補佐クラスの認識で言わんとすることはわからないでもなかった。しかし、青山がＦＢＩだけでなくＣＩＡやＭＩ６、モサド等の協力者と個人レベルで情報交換することは、警備局だけでなく警察庁長官も承知していることだった。

青山がＦＢＩの協力者と仮想ディスクを利用したメールでやり取りしていると、藤中から電話が入った。

「青山、察庁（サツチョウ）の刑企とひと悶着あったらしいな」

「悶着？　言いがかりをつけられただけだ」

「あの補佐は沖縄県警のエースと呼ばれていた奴なんだが、たった今、もの凄い剣幕で俺のところに電話をかけてきたんだ」

「警察庁警部になると、警視庁警視を軽視してもいいというのか？」

「いや、奴は県警の捜査二課から刑事企画課に来たんで、ちょっとエリート意識が強いところがあるんだ」

「そんなクソのような意識なんぞ捨ててしまえと、お前は上司なんだから言ってやれよ」

「お前が階級意識を口にするのは珍しいな」

「公安部の捜査対象が政治犯などと断定するように言うのは、よほどの田舎警察か、公安嫌いな奴なんだよ。おまけに法律の勉強もできていない。話すに値しない奴だったので、問答無用で電話を切っただけだ」

「相変わらず厳しいな。ＦＢＩというと、例の件だろう？」

「そうだ。結果的にお前の手助けにもなることだろう。事務屋が現場に口を出すなと厳しく言っておけよ」

「何がそこまでお前を怒らせたんだ？」

「警備局に対しても厳重に注意しなければならない、確信犯だと抜かしやがった」

「そうか、それは怒っても仕方ないな……俺から言っておくよ」

「今、ちょうどＦＢＩと連絡を取り合っている最中だ。新たな情報があったら知らせる」

青山は再びＦＢＩの特別捜査官とメールのやり取りを始めながら呟いた。

「ＦＢＩは本気になって調べているな……」

ＦＢＩは偽造パスポートで入国した四人の死亡容疑者に関して、香港警察に対して捜査依頼を行っていた。

「Behind the incident there is a Chinese mafia. And it is clear that a large amount of funds were provided from North Korean companies to companies of Ukraine with branches in Hong Kong, deeply connected with this mafia.」

この一文が青山の予想を言い当てていた。

「事件の背後にチャイニーズマフィアの存在がある。さらに、このマフィアとつながりが深い香港に支社を置くウクライナの企業に北朝鮮企業から多額の資金供与があったことが明らかになっている」

しかし、そこにも新たな問題点が含まれていた。

「ウクライナと北朝鮮か……ロケット技術供与関係と一致するが……ここにチャイニーズマフィアが関わるのか……」

北朝鮮のミサイル技術の急速な進歩は、ロシアが開発したエンジンと、ウクライナが持っていた液体燃料の加工技術を、北朝鮮スパイが入手したことによると言われている。この両者をつないだのがチャイニーズマフィアだった。

青山は送られてきた個人写真とパスポートの写しの画像データを直ちに法務省の入国管理局に照会した。

回答は早かった。四人は中華人民共和国内で発行された偽造パスポートで関西空港から同時に出国していたことが明らかになった。すぐに大阪入国管理局から連絡が入り、青山は出国日時と空港での出国時の画像を確認すると、これを大阪府警警備部公安第一課に照会した。

間もなく大阪府警警備部調査官の大矢(おおや)警視から電話が入った。

「青さん。データ確認したで。なんや偽造パスポートで出国した男たちらしいな」

「そうなんですよ。最終的には同じ偽造パスポートで香港からアメリカのロサンゼルスに入って、そこからハワイに移り、二か月後の今年のハロウィンに殺害されました」

「なんや、殺されよったんか？　死んだ人間を調べよるんか？」

大矢調査官が気の抜けたような声を出した。

「ただ、実に気になる殺され方なんです。東京渋谷で起こったハロウィン仮装窃盗団と拳銃使用殺人事件をご存知ですよね」

「よう知っとる。大阪でもUSJ（ユニバーサル・スタジオ・ジャパン）ができてからというもの、ひっかけ橋（戎橋）がある道頓堀筋から心斎橋筋の商店街にかけてハロウィンの仮装でひどいもんや。いつか犯罪が起こるんやないか……と思うてたところやったんや」

「その渋谷の事件とハワイのホノルルで起きた事件は、状況が全く同じだったんです」

「どういうこっちゃ？」

「まだ、背景はわからないのですが、背後に大掛かりな国際犯罪組織があるような気がしているのです」

「結果的にはATMを狙った事件やったわけやろう？　被害額も目ん玉が飛び出るほどの金額やなかったやろ？」

「そうですね。渋谷の十二件で二億ちょっとですから、労力の割には驚くような金額ではありませんでした。ただ、これは何かの序章に過ぎないのではないか……と思うんです」

「序章、か……次は何を、どういう格好で狙うつもりなんや？」

「それは全くわからないのが現状です。ただ、わざわざ日本から四人の男を偽造パスポートを使って香港経由でアメリカまで送り込んで、あっさりと殺している。そこが不気味なんです」

「確かにそうやな……何を考えとんやろうな。日本から連れ出すだけなら、そんなまわりくどいことをせんでもええやろうに……それで、連れ出されて殺されたんはホームレスかなんかか？」

「そこが明らかでないので、大阪府警さんのお力をお借りしたいんです」

「防犯カメラチェック……ちゅうことやね」

「前足を知りたいんです」

「どれくらいの期間、やったらええねん」

「四人のそれぞれの居住先なり、接点を持った者がわかればありがたいんです。ある程度のところまでわかれば、私もそちらに向かいます」

「そうか……わかった。青さんにも久しぶりに会いたいしな。できるだけのことはやってみましょ。この件はチヨダには報告せんでよろしいね」

「私に、直でお願いします。チヨダにはある程度、形が見えてきたところで報告を上げます」

「チヨダ」は警察庁警備局警備企画課の理事官が通称「校長」として統括する、全国公安組織の総本山で、選ばれた者のみに協力者の運営等を担わせる。むろん青山はチヨダに出入りする最優秀の公安マンの一人である。

青山は電話を切ると「同期カルテット」の一人、大和田に電話を入れた。

「おう青山、久しぶりだな」

「二週間しか経っていないぜ」

「新婚さんはなかなか誘いにくくてな。藤中は遊んでばかりで、龍は大きなヤマを追っているらしく、誰とも飲んでいないんだ」

「総監特命はどうなっているんだ？」

大和田は警務部参事官特命担当管理官と、総務部企画課長補佐を兼務している。企画課長は警視庁の筆頭課長であり、いわば「警視総監の御庭番」として大型の事件の全体像を把握する役目を帯びていた。

「実は渋谷の事件を追っている。刑事部がお手上げ状態らしい」

「そのようだな。一課と三課じゃ水と油のようなものだからな」

「身内同士でバカげた縄張り争いを未だにやっているかと思うと情けないよ。と言っても俺も捜査四課の流れを汲んだ組対四課の出身なんで、あまり偉そうなことは言えないけどな」

大和田は苦りきった声を出していた。たしかに組対四課出身で暴力団情報のスペシャリストだが、人事というエリート街道にいる者として組織全体を考えている。

「実は僕も渋谷の事件をやっているんだ。情報交換でもしないか？」

「それはありがたい。俺も情報不足でいささか困っていたところだったんだ。青山、お前はどのルートから攻めているんだ？」

「ハワイルートが最もわかりやすいんで、そっちからだ」

「さすがにハム（公安）だな。ホノルルの事件が報道された時には、総監も国際テロの心配をしていた。何かの予兆かもしれない……とな」

「ハワイで殺された四人は日本人のようだ。ただ、偽造パスポートを使って香港経由でアメリカ入りしていることを考えると、大掛かりな犯罪組織が絡んでいるはずだ」

「そこまでわかっているのか？」

大和田は三十分後に十七階の喫茶室で待ち合わせることを提案した。

喫茶室は空いていた。二人はいつものように国会議事堂を見下ろすことができるカウンターの端に並んで座った。

大和田が最初に訊ねた。

「どうだ、新婚生活は」

「まあいいもんだ」

「最初の数か月はいいもんだと思うよ」

「数か月だけか？」

「そりゃそうだろう。つい最近まで他人同士で全く別々の人生を歩んでいたんだ。結婚という儀式を終えて、最初はお互いに手探りで気遣い合う関係にあるのが、次第に我が出始めるからな」

「我か……フロイトでもあるまいし、これまでのお互いの別々の人生を尊重していればいいだけのことだろう？」

「それがな……まず朝飯の問題から始まるんだ」

「パンか米か、というところか？」

「お前のところはどちらもパンだろう？」

「そうだな、僕はコーヒー、彼女は紅茶だけどな」

「そらな、そのあたりの微妙な違いから、少しずつ歯車が嚙み合わなくなってくるんだ」

「そんなに悪い方向にばかり話を持って行くな」

青山が言っても、大和田にしては珍しく、新婚の話題を引き延ばした。

「朝はどっちが早いんだ？」

「仕事柄、僕の方が早いな。午前六時には自分でコーヒーを淹れているからな」

「嫁さんはどうしているんだ？」

「コーヒーを淹れた頃にはだいたい起きてくる。お湯が沸いているからな。彼女はその日の気分で紅茶を変えるんだ」

「お前はワンパターンか？」

「いや、僕もコーヒーの種類を変えるから、お互いに朝の飲み物に関しては好みを尊重しているんだ」

「ふーん。毎朝パンなのか？」

「それは前々日の夜に話し合ってパンの種類を変えている。パンケーキの時もあれば、ホットケーキの時もある」

「パンケーキとホットケーキはどこが違うんだ？」

「ホットケーキという言葉自体が、作り立てのパンケーキをみた日本人が『温かいケーキ』だからと勝手に名付けたといわれている。まあ諸説あるが、ホットケーキは厚みのあるスイーツ系、パンケーキは甘くない食事系……ということで、我が家では一致した見解にしている」

「勝手に統一見解を作ったわけだ」

大和田が大袈裟に感心してみせたので、青山は本題に移った。

「大和田、お前は渋谷の事件、どこまで調べたんだ？」

「ヤクザもん情報を集めたんだが、奴らは宮下公園の山手線ガード下の道路に停めていたレンタカーの集配バンに、仕事を終えた窃盗団を乗せて、明治通り方向に発進したらしいんだ。いすゞエルフの左側にサイドドアが付いた、アルミ外板でできた集配バンだ」

「ほう、それは初耳だな……捜査一課は知っているのか？」

「わからん。これは地回りのヤクザもんの目撃情報なんだ。『ゲームのキャラクター集団』という言葉は出てきていない。ただし、スーパーマリオという言葉を使っていたので『スーパーマリオ』の画像を見せたところ『これだ』と言っていた」

「レンタカーというのはナンバーからわかったのか？」

「そうだ。ナンバーの記号が『わ』だったことを確認していた」

「明治通り方向から先はわからないのか？」

「そうだ」

「他に何かわかったことは？」

「奴らが喋っていた……というよりも指示していた言葉が朝鮮語だった、ということだ」

「朝鮮語？　韓国語ではないのか？」

「韓国人も朝鮮人としか呼ばない奴らだから、韓国なのか北朝鮮なのかわからない。ただ、ソドゥルロ……という言葉しか聞いていない」

「急げ……か」

「連中は口々にその台詞を言っていたようだから、ほとんどの者が朝鮮人だろうということだ」

「宮下公園付近で他に目撃者はいなかったのか？」

「それはわからないが、奴らも他の者を見ていなかったようだ」

「時間はどうなんだ？」

「十時四十五分頃だったと言っているから、ほぼ間違いないだろうと思う」

「レンタカーは当たってみたのか？」

「少しずつ当たってはいるが、まだ辿り着いていない。大手レンタカー会社は全て調べたんだが、該当しなかった」

「いすゞエルフの左側にサイドドアが付いた、アルミ外板でできた集配バン……というのは特徴があるよな。レンタカーとしては、そんなに台数はないんじゃないか」

「メーカーにも問い合わせをして回答待ちだ」

「破壊されたATMに取りつけている防犯カメラ画像の解析はどうなんだ？」

「捜査三課に問い合わせたところでは変装が巧みだったらしい。ただし目と目の間隔と虹彩情報はデータとして取れているので、海外に正規ルートで出る場合には身柄を確保できる可能性が高いということだった」

青山は大和田ができる限りのことを全てやっているのに感心しながら訊ねた。

「大和田、最新のチャイニーズマフィア情報を取るとすれば、どこに当たるのがベストだと思う？」

「国内では清水保が確実だろうな」

清水保は、日本最大の反社会的勢力、岡広組のナンバースリーかつ経済ヤクザとして名を馳せた後、現在は引退して高野山に隠棲している。青山の情報源の一人でもある。

「清水か……国内でチャイニーズマフィアに近いのは岡広組総本部系の三代目熊沢組と、二代目清水組というところか……」

「三代目熊沢組はマネー・ロンダリングで、中国共産党幹部に近いチャイニーズマフィアとつながっているようだからな」

青山は大和田の解説を聞き、一つ一つ頷きながら頭の整理をしていた。

「チャイニーズマフィアの中で、北朝鮮に近い筋で、日本とのパイプもあるのはどこだろう？」

「香港しかないだろうな。中国とロシアの一部の企業が、北朝鮮と闇ルートを使って密貿易をやっているようだが、中国サイドの金の流れは北朝鮮との国境都市、丹東から最終的に香港に落ち着いている」

「やはりそうなのか……香港マフィアの中だと近いのは……」

「清水保に近い香港マフィアのドン黄劉亥だろうな。黄劉亥は国会議員も経験したコリアンマフィアのドン朴直熙を指揮下に置いていただろう。朴直熙はコリアンマフィアとは言いながら、元々は北朝鮮出身なんだ。そして今回の中露北の三角密貿易網を工作した中心人物とも言われているんだ」

　国連安全保障理事会は北朝鮮による大陸間弾道ミサイル発射を受け、同国への新たな経済制裁決議を全会一致で採択した。

　北朝鮮に対する国連決議は過去一年一か月で四回目になるが、米国務長官は、ロシアと中国が北朝鮮の現体制を支援していると非難している。

　その代表的な例が、各国が北朝鮮への制裁を強める中で、ロシアと中国が密輸網を作っていることである。

　これに対して安保理は、禁輸品を積んでいると疑われる船舶について、加盟国が港で拿捕や臨検、押収・凍結を行える規定も新たに盛り込み、一部では実効を上げている。

　しかし、かつて北朝鮮による武器密輸事件に関連して、キューバから北朝鮮に航行中にパナマ運河で摘発された貨物船では、兵器は分解され、砂糖で隠されており、旧ソ連製のミグ21戦闘機や地対空ミサイルまで見つかったことがあった。この兵器密輸の隠蔽指示をしていたのが、北朝鮮最大の海運企業ＯＭＭで、香港にキーとなるフロント企業が今なお存在している。しかもそれに裏でかかわっていたのが在日朝鮮人だった。「日本は北朝鮮関係者の巣窟」とアメリカの情報関係者が嘆いている。

「朴直煕はロシアンマフィアとのパイプも太かったんだよな」

「そう。今回の三角密貿易網はマフィアによって仕組まれた、政治の舞台裏……という見方が正しいのだと思う」

　大和田の意見は青山に衝撃を与えていた。マフィアが勝手にやっている密貿易には、アメリカをはじめとした国連安保理による北朝鮮制裁決議に賛同した国々も異を唱えることが難しいからだ。

「マフィア連中は世界中で蠢（うごめ）いているからな……」

「そこなんだ。安保理の常任、非常任理事国を問わず、各国の経済とは裏で密接につながっている。それを仕組んだのは朴直煕かもしれないが、奴はあくまでも黄劉亥の手先であり、背後には世界で発言力を増している中国の存在がある」

「そうなると、今回のＡＴＭ事件にも中国が絡んでいる……ということになるが……」

「おそらくそれは違うと思う。俺が思うには、中国は今、北朝鮮の出方を慎重に眺めているのだろう。表面的には制裁を加えている素振りを見せながら、裏ではマフィアを使ってアメリカ、日本に対して非合法活動をやらせている。今後、北朝鮮をどうするかということは米中露三国で話し合っているものの、アメリカは所詮、欧米諸国の代表なんだから、極東は俺たちに任せろという意識が中露にはあるからな」

「なるほど……しかもアメリカはトランプ大統領の出現で世界の警察の役割を放棄しつつある……そうなると、北朝鮮問題は、核が搭載された大陸間弾道ミサイルさえなくしてしまえば、あとは中露に任せるということか？」

「現職を含む歴代大統領の好感度調査で、文在寅（ムンジェイン）現大統領が単独でトップを維持している。二位は朴正熙（パクチョンヒ）元大統領、三位は盧武鉉（ノムヒョン）元大統領となっているそうだ。これは韓国国民の意思表示で、文在寅がトップにある最大の原因が、対日政策であることは明らかだ」

「そうだな。文在寅を支持する韓国国民のうち女性が四十三パーセント、年齢層別では二十代が五十三パーセントとなっている。現在の韓国がいかに反日教育を推し進めているかが明らか……ということか」

「文在寅は慰安婦をめぐる日韓合意を『欠陥』と断じ、三十年間非公開とされる外交文書をわずか二年で勝手にさらしている。もはや日韓関係において外交交渉は成り立たないということだ」

大和田にしては珍しく厳しい対韓感情を語った。普段は公安部の青山が示す姿勢を大和田が先に見せたため、青山は思わず唸らざるを得なかった。

青山が言葉を継がないのを見て大和田が言った。

「日本にとって、今、そこにある危機は北朝鮮問題の他にないと思っている」

「北朝鮮がどうなると思っているんだ？」

青山は大和田の本音をさらに聞きたいと思って核心を訊ねた。

「米中露の意思はよくわからないが、金王朝を崩壊させて中国の傀儡国家を作ろうとするならば、中国にとっては現在の文在寅政権のままの韓国でも構わない……ということだ」

「そうなれば、韓国はなんの苦労もすることなく核保有国になることができる、ということか」

青山が話題を逸らすと大和田はさらに話を先に進めた。

「そうなれば、韓国の対日政策は今以上に反日になってくるだろう。そして領土問題が噴出してくることは明らかだ」

「竹島か？」

「奴らのことだ、対馬まで韓国の領土と言い出すに違いない。長崎だけでなく九州各県の役人は、ご丁寧に道路標識までハングルを記しているからな。慰安婦問題の今後の進展次第……といっても韓国は平昌オリンピックが終わるまでは態度を保留することだろう。問題はその後だ」

大和田がいつの間にこのように反韓意識が強くなったのか、青山には窺い知れなかった。

「大和田、半島問題で何かあったのか？」

大和田がため息をついて答えた。

「青山、以前、芸能ヤクザの話をしたことがあったよな」

「韓国から日本の芸能界の舞台裏まで話したと思うが、それが何かあるのか？」

「実は最近のマル暴を見ると在日や半島系ばかりになっているんだ」

「それは昔からのことじゃないのか？」

「その勢力範囲が大きく変わりつつあるのがマル暴の世界なんだ。そして奴らの多くが芸能ヤクザという、まるで日本人になりすましたような動きで、マスコミだけでなく広告代理店業界にも進出している。これはある意味、日本の危機になっているような気がするんだ」

「半島による日本占領政策……とでも言いたげだな」

「そうならなければいいと思っている。今の公共放送、民放のテレビ番組を観ても、出てくるメンバーが似たり寄ったりのお笑い指向。どんどん日本国民がバカになっていくような気がする」

「僕はほとんどテレビを見ないから何とも言えないが、日本国民全体が本を読まなくなったし、中でも古典を読まなくなったことは確かだな。古典と言っても明治文学の多くはテレビドラマ化されているようだが、作者の意図よりも面白おかしく描くようにシナリオ化されているんだろう。大河ドラマといわれるものも、あまりに脚色が多すぎるという批判があるようだからな」

青山がテレビを見るのは朝六時のニュース番組冒頭の、今日のニュース一覧くらいのものだった。大和田が嘆いた。

「この国がどうなっていくのか……憲法論議よりも、もう少し真剣に考える時じゃないかと思うよ」

「日本に政治が根付かないのは、国民がナショナリズムというものを『悪』と思わされた結果だろう。世界中のどんな国に行っても自分の国家を大事にすることが第一義だ。多くの批判はあっても、アメリカ大統領選挙でトランプがあえて『アメリカ・ファースト』と言わなければならなかった背景をアメリカ国民が一番感じ取っていたんだろう。かつて九・一一事件直後のアメリカに行ったが、ほとんどの家と車に星条旗が掲げられていた。アメリカに対する攻撃を肌で感じた時、強烈なナショナリズムを示す国民なんだ」

青山が言うと、世界史に詳しい大和田が頷きながら言った。

「それはアメリカという国家が成立した時から、民主主義というものが目標にあったからだろう。アメリカは民主主義しか知らない国家だからな」

「日本に民主主義が根付くのはいつになることやら……だな」

「それは政治を直視する教育とディベートを学問として学んでいないからだ。日本の外交下手は全てそこに行き着くからな。その点で青山は変わっているよ。お前のような外交上手は警察庁でも高く評価されている」

「僕がやっていることは外交ではないよ。単なる情報収集の一環として海外の仲間と付き合っているだけだ」

「世界中の情報、諜報機関や、捜査機関のエージェントを仲間……と言えるところが独特なんだよ」

大和田が笑って言った。

「大和田、お前のどちらかと言えば厭世的な感覚はともかく、そういうご時世の中で日本やアメリカの金融が狙われて、現金を盗まれ、日本人が殺されたという現実をどう考えているんだ」

「これが半島によるものだとすれば許せんな」

「まあいいか……半島であろうがチャイニーズマフィアであろうが、人の生命と財産が奪われたんだ。お前と僕の情報に加えて大阪府警の捜査データが集まれば、ある程度の形ができるような気がする」

「確かにそうだな……藤中には悪いが、いくら人海戦術で捜査をしても何一つネタが取れないんじゃ仕方ない。おまけに警察庁がクレームをつけてくるとなると、情けなさも覚えてしまう」

「警察庁も早い時期に組織改革をしないと、世界の捜査機関から取り残されるな」

青山が言うと、大和田が本質に迫った。

「今はまだ難民の受け入れが少ないからいいようなものの、万単位の難民を引き受けなければならなくなった時、世界との情報交換が必要だからな」

「難民問題は今後国連だけの問題ではなくなってくるだろう。アメリカもEUもキャパの限界が近づいている。オーストラリアは中国人を受け入れ過ぎて様々な問題を抱え始めている。そして人口減少と高齢化が一気に進む日本では、働く人は欲しいが難民はいらないという歪(いびつ)な現象が起こってくるだろう」

「中東やアフリカ難民のほとんどがムスリム（イスラム教徒）というところにも問題があるんだろうな。アメリカで白人至上主義の秘密結社KKK（クークラックスクラン）が復活し始めたのは、国内における白人と非白人の比率が数十年のうちに逆転する試算が出ていることが最大の原因だ。そして彼らは『今、見習うべきは日本だ』というようになった。これは人種差別を嫌うアメリカ国内だけでなく、世界的な視点から見ても日本に難民を押し付ける口実になりかねない」

青山もうなずいて答えた。

「ＫＫＫがいう『見習うべきもの』とは難民を受け入れない日本の姿勢らしいからな。ＫＫＫは白人至上主義団体とされているが、カトリックや、同性愛者の権利運動やフェミニズムなどに対しても反対の立場を取っているんだ。本来は主に黒人、アジア人、ヒスパニックなど他の人種の市民権に対して異を唱えていたが、近年はムスリムに対する厳しい姿勢が顕著に表れ始めたようだな」

「ＫＫＫのような秘密結社が表舞台に出てきた背景には、トランプ大統領の出現があるのだろう？」

「そうだな。決して歓迎されることではないが、あまりにアメリカが『移民の国』というイメージを作り過ぎた結果でもあるのだと思う。移民によってどれだけ多くの先住民族が命を落としたのかを忘れてはならないということだ」

青山の言葉に大和田も頷くしかなかった。その時、青山のスマートフォンが鳴った。

「大阪府警からだ」

大阪府警は青山の依頼に基づき、一個班を防犯カメラの解析に投入していた。

「青さん。どうやら画像の男たちは全員が京都から来たようやな。今、京都府警の公安課に引き継いだわ」

「ずいぶん早く解析できたものですね。京都のどこで途切れたのですか？」

「ＪＲ西日本の防犯カメラはオンラインでつながってるもんで、ＪＲ京都駅改札で一旦打ち切ってもろうたわ。奴らはそれぞれ、難波から南海電車で関空に来てることがわかったんやが、それまでは皆、バラバラに動いとったんや」

「大阪で特異な動きはあったのですか？」

「それがおもろいことに、四人のうち二人が飛田新地に行っとったわ」

「飛田ですか……。この世の名残、とでも思ったのでしょうか？」

「そこまではわからんが、当分は日本に帰れん、しばらく留守にする、という思いかもしれんな。一応、飛田で聞き込みもしてみたんやが、さすがにあそこでは誰も警察に協力はしてくれへんわ」

　大矢調査官は笑いながら答えた。

　飛田新地、かつて「飛田遊郭」と呼ばれたこの地は、大阪市西成区山王三丁目一帯に存在した遊郭、赤線地帯のあとである。大正時代に築かれた日本最大級の遊郭と言われ、現在も「ちょんの間」が存在している。「ちょんの間」の語源は「ちょっとの間に行為をする」からだそうだ。一九五八年の売春防止法の完全施行後、遊郭は、料亭街となり、『飛田新地料理組合』を組織しているが、営業内容は以前と何ら変わりがない。表向きには料亭内での客と仲居との自由恋愛という脱法行為が今なお行われている。

　かつて飛田新地料理組合の顧問弁護士を務めていた元大阪市長は、日本外国特派員協会で「名称は『料理組合』かも知れないが、飛田は、お店の二階に上がってお金を払えば買春できることは、大阪のちょっとませた中学生なら誰でも知っている。中学生が聞いて、『うそついてはるわ！』と思うような詭弁を弄してひとりの政治家として恥ずかしくないのか」との質問に対して「日本において違法なことがあれば、捜査機関が適正に処罰する。料理組合自体は違法ではない」と逃げていた。

「横浜の黄金町にあったちょんの間は警察の摘発で完全に消えましたね」

「まあ、需要と供給の問題なんやろうが、決して表立って言える話や文化やおまへんからね」

「すると前足の画像はかなりはっきりと撮れているということなんですね」

「そうです。京都駅まではははっきり撮れてます。後は京都さんに聞いて下さい」

青山はスマホをスピーカー通話にしていたため、大和田も大矢調査官の話を聞くことができた。大和田は警察大学校時代の研修旅行で飛田新地の見学をしたことがあったらしく、青山が電話を切ると笑いながら言った。

「今生の別れに飛田新地か……悲しいやら、気の毒やら……だが、本人にとっては日本を離れる前の最後の思い出だったのかもしれないな。そして、そのとおりになったわけだ」

「それくらいの金しかもらっていなかった……ということなんだろう。京都で金を貰って、最後の風俗に行くなら、普通なら雄琴を選ぶだろう」

「雄琴か……」

雄琴温泉は、滋賀県大津市の琵琶湖西岸にある、最澄によって開かれたと伝えられる約千二百年の歴史を持つ由緒ある温泉である。その一方で歓楽温泉として発展した一面があり、いわゆるソープランドが相次いで進出したが、この特殊浴場に雄琴温泉の源泉は引かれておらず、温泉街からは明確に隔離されている。ピーク時には五十店舗ほど、現在でも四十店舗近くのソープランドやファッションヘルスが営業しており、関西最大の風俗地域となっている。

「雄琴に行くほどの金がなかったのか、雄琴を知らなかったのか……」

「飛田同様、関西のませたガキなら知らない奴はいないぜ。最後の思い出が、ちょんの間とはな……」

そこで青山は大和田に無戸籍者の話をした。

「無戸籍者か……それなら教育を受けていない可能性もあるな……最後の場所が飛田新地でも決しておかしくはないし、むしろ、その方が彼らにとって安心できる場所だったのかもしれない。無戸籍者か……考えたこともなかったな」

「ヤクザもんが無戸籍者を使う……ということはないのか？」

「聞いたことがないな。というより、俺の発想の外にある事実だからな……聞いてみる価値はあると思う。関東と関西ではまた違った反応があるかもしれない。それに同じ関西でも京都と大阪では考え方が違うからな……京都から来た男が大阪の飛田を選んだ背景も、何か今回の事件の裏側にあるかもしれないな」

「ちょんの間文化は韓国にも多いんだろう？」

「まあ、あの国は売春婦がデモをするような国だからな。法的には盧武鉉時代に性売買を根絶すると称して新法を作ったようだが、いまだにオーパルパルは残っている」

「なんだ、そのオーパルパル……というのは」

「ソウル東大門（トンデムン）の清涼里（チョンニャンニ）駅近くにある風俗街のことだが……この件でも面白いことがあって、新法で売春を禁じられた韓国人売春婦が、台湾に大挙して進出したそうなんだ。台湾で売春に従事する外国人女性たちを追い出し、あろうことか台湾人が仕切っていた売春業界も乗っ取る事態となったらしい。これは裏の世界で『売春市場でも韓流が流行』と報じられて、これまたバカな日本人が大挙して売春婦目当てに台湾を訪れたそうだ」

「あまり情けない話をするなよ」

「しかし、そこにもコリアンマフィアとチャイニーズマフィアの陰の抗争があったらしく、結果的には台湾マフィアが韓国人売春婦を仕切ることになったそうだ」

「さすがにそんな話はよく知っているな」

「商売だからな。台湾マフィアは対岸の福建省マフィアと近かったんだが、蛇頭が香港マフィアに潰されてからは、台湾マフィアは香港マフィアとの関係を深めているということだ」

「台湾でも香港マフィアが動いているのか……」

「何と言っても、中国経済を支えているのは香港と深圳だ。そこを仕切る香港マフィアは強大だ」

大和田の解説に青山は香港マフィアの深慮遠謀を感じ取っていた。

京都府警警備部公安課は大阪府警から依頼を受けた画像解析を始めていた。

京都府警生活安全部サイバー犯罪対策課は歴史的に、コンピューター犯罪の他、知的財産関連事件の摘発やコンピューターを駆使した画像解析技術にも定評があった。

「餅は餅屋というが、サイバー犯罪対策課の仕事は早いな……」

西岡公安課長が公安課調査官兼警備第一課調査官の柴田警視と課長室で話をしていた。

「今回は警視庁の青山管理官が振り出しの話らしいで。青山管理官には前回の祇園祭事件の借りがあるよってな。サイバー犯罪対策課の連中も京大のパソコンの件で世話になっとるし。横田サイバー犯罪対策課長は、前任の組織犯罪対策三課長時代にも青山管理官の情報で大金星を挙げて今のポストをゲットしたらしいわ」

「警視庁でも有名な人なんでしょうな」

「警察庁刑事局の藤中分析官、もう一人、組対の大和田管理官と花の同期生らしいわ。ごっつう強力な同期生ということで警察庁でも有名らしい。うちの刑事部長も警察庁暴力団対策課理事官時代に、外事課長も警察庁暴力団対策課課長補佐時代に、大和田管理官には相当、助けられたいうとったわ」

大和田は他府県では「組対のエース」という通称が一般的になっていた。

「警視庁というところは人数もごっつうおりますけど、人材もえげつないくらい凄いですな」

「えげつないくらい、か……それに、青山、大和田両管理官や藤中分析官も人がええからな。ついついこちらも巻き込まれてしまうんや」

「ところで、今回の画像解析結果ですけど、ここまで鮮明に映ってて、だいたいの生活拠点までわかっておりながら、個人の特定ができんというのは、どういうことでっしゃろ？」

「地域課の実態把握ができとらん……ちゅうことやろな。所轄の警備課長に連絡して、あんじょうやってもらわんことには、こちらとしても青山管理官に合わせる顔がないで」

「なんでも、東京の渋谷で起きた、ハロウィン仮装窃盗、拳銃使用殺人事件との関連事件捜査ちゅうことらしいですから、警察庁も重大関心を持っとるんとちゃいますか？」

「わしもそう思うとるんやが、チヨダからはまだ何も言うて来とらんからな。ただ、今回、どういう意図かは知らんが、警備局長通達で『北朝鮮の金政権崩壊後の朝鮮半島分断情報の入手』とかいう、空恐ろしい情報関心が示されたのが気になるんや」

「そんな情報、地方警察でどうやって取れ……いうんでしょうね」

「そこなんや。日本のチャイニーズマフィアやコリアンマフィアの動きの中で何かを摑め……いうことなんやろうが、意味深長な情報関心やな」


京都府警南警察署警備課長席の卓上電話が鳴ったのは朝一番の署長訓示の前だった。

警備課長はナンバーディスプレーを見て、電話の相手が元上司で公安課調査官兼警備一課調査官の柴田警視であることを確認していた。

「柴田調査官、ご無沙汰しております」

「坂巻(さかまき)、ちょっと急ぎの連絡や。お前のパソコンに四つ画像専用フォルダーを付けたメールを送っとる。四人分の画像なんやが、南署管内が多いんや。これを至急プリントアウトして地域課に回してもらいたいんや」

「巡回連絡に伴う実態把握の要請ですか？」

「それもあるが、至急の聞き込みをしてもらいたいんや」

「大きな事件の関係者……ちゅうことですか？」

「そうや。おそらく、近々に刑事部長からも指示が出ると思うんやが、その前に調べを始めて欲しいんや。もちろん、警備課の連中にも徹底してもらいたい。これにはお前自身の将来もかかわってくるかもしれんで」

「そないに重大な事件ですか？」

「すでに大阪府警は結果を出して、その結果をこちらに振ってきとるんや」

「了解。すぐに署長の了解をとって署内に手配をかけます」

朝の署長訓示が終わった後、警備課長が当日の日勤勤務員に対して直接指示を出した。

「これから配付する写真を各交番の掲示板に貼り、パトカーのバインダーに入れて、機会があるごとに目撃情報を聴取してもらいたい。彼らはすでに亡くなっているのだが、人定が全く取れていない。しかも、重要事件の被害者であり、かつ容疑者グループの一員であった可能性が高い」

すぐに地域課の係員から質問が出た。

「人定が取れないということは、運転免許証台帳や前歴者指紋、参考人指紋にも一致していない……ということですか？　それでは全く雲を摑むような話ですが……」

「決して雲を摑むような話ではない。彼らについては京都駅から大阪経由で関西空港までの行動は確認されている。しかも、京都駅からこの周辺の防犯カメラにも何度か映っていることがわかっているんだ」

訓授場にざわめきが起こった。その反応を確認して警備課長が言った。

「もし、この男たちに関して正確な情報がわかったら、本部長賞も夢ではない。それくらいの重要事件の重要参考人に当たる存在であることを肝に銘じておいてもらいたい。もし彼らが生きていたとすれば全職員をあげてローラー作戦を展開するのだが、残念ながら死んでいる。それも全員が脳天を拳銃で撃たれて……だ」

訓授場のざわめきがさらに大きくなった。一人の若い巡査が訊ねた。

「課長、この男はもしかして、東京の渋谷でハロウィンの時に殺された奴ですか？」

「ハロウィン仮装窃盗殺人事件であることは同じだが、彼らは東京ではなくなんとアメリカのハワイで殺されたんだ。しかも香港経由で中国発行の偽造パスポートを使ってアメリカに入国しているんだが、その前に同じ偽造パスポートで関西空港から香港に出国していたことがわかっている」

「スパイ事件のようやな……」

地域課の係員は事件そのものに大きな興味を覚えたらしく、真剣に写真を眺めているのが警備課長にはよくわかった。

「京都府警の地域課の力を全国に示してやってくれ。頼む」

警備課長が言うと地域課の係員は一斉に応えた。

「よっしゃ。やったろうやないか」

地域課への指示は三部制の地域課員全員に三日をかけて行われた。情報は次々に上がってきたが、核心を突く情報にはなかなか行き当たらなかった。

南警察署の東寺前交番に勤務していた細田巡査はこの秋に警察学校を卒業したばかりの新人警察官だった。

「いい寺やなあ」

彼は勤務地の東寺に少なからず畏敬の念を覚え、勤務に就くと必ず五重塔に向かって深い礼を行っていた。彼は決して信心深いわけでもなく、ましてや真言宗の信者でもなかったが、東寺の別名である「教王護国寺」という名前が好きだった。

東寺の創建は延暦十五年、西暦七九六年に遡る。平安京ができて二年後に建立されたことになる。開基はもちろん平安京に遷都した桓武天皇である。

平成十三年十二月十八日、今上天皇が誕生日に際して会見を行い、サッカーワールドカップ日韓共同開催に関しても、お言葉を述べられた。

「日本と韓国との人々の間には、古くから深い交流があったことは、日本書紀などに詳しく記されています。（中略）私自身としては、桓武天皇の生母が百済の武寧王の子孫であると、続日本紀に記されていることに、韓国とのゆかりを感じています」

この内容は様々な分野の日韓関係者に衝撃を与えた。桓武天皇の生母である高野新笠が百済の武寧王の子孫であることを、天皇自ら語られたからである。

ちなみに平安京がその役を終えたのは明治二年、西暦一八六九年に首都を東京に移した時であり、世界史的に見ても一千年以上首都が変わらなかったという、稀な都市である。


東寺だけでなく、京都のシンボルともなっている、木造塔としては日本一の五十五メートル近い高さを誇る国宝の五重塔は、細田巡査が東京出身ながら京都に憧れ、京都の大学に進学を志した起点になっていた。

この日も朝の署長訓授の後で警備課長から指示を受けて、交番に着くなり東寺への礼を済ませ、交番脇にある掲示板に貼られた四枚の写真を眺めていた。

「この男、どこかで見たことがあるな……」

交番内に戻ると、細田巡査はカバンの中から表紙に「備忘録」の文字と書き始めの日にちが記された大学ノートを取り出した。

備忘録はその様式は問わないが、警察官ならば誰もが持つことになっており、犯罪捜査規範の第十三条（備忘録）で「警察官は、捜査を行うに当り、当該事件の公判の審理に証人として出頭する場合を考慮し、および将来の捜査に資するため、その経過その他参考となるべき事項を明細に記録しておかなければならない」と定められている。

「ああ、こいつだ……」

ノートの中には四か月前の日時が記されていた。

件名は「職質、挙動不審者」となっていた。細田巡査は当時のことを正確に思い出した。男は自称「山下一二三、四十一歳」で、少年五人から脅迫を受けているのを細田巡査が警邏中に現認した。警察官の姿を見て逃げ出した少年のうち一人を確保して事情聴取を始めたが、被害者である中年男に脅迫を受けているという認識がなかったため、本署に一報することなく現場処理していた。

当時の少年の供述によれば、被害者は普段から付近をブラブラしている男で、時折、金をせびっていた……ということだった。

被害者との会話の結果、「浅慮薄学」と記載しており、被害者もまた自分のことを話したがらない様子だった。個人照会したところ、運転免許証等の身分を証明するものを所持しておらず、住まいは正式な住所がない不法占拠状態のバラック地域であることがわかった。職業を尋ねると、日雇い労働者ということだった。

細田巡査はすぐに警備課に電話を入れた。

「東寺前交番の細田ですが、今朝の課長指示の件で連絡致しました」

「細田か。何かあったのか？」

「ナンバーツーの男を、四か月前に取り扱っていました」

「なに？　すぐに本署に上ってこい。今日の相勤員は誰だ」

「神崎部長です」

警備課公安係の石塚公安第一係長は神崎巡査部長に電話を替わらせ、事情を説明して細田巡査を直ちに本署に呼んだ。

公安係は署内の案内図には記されていない。同じ警備課でも警備係は入口扉の上に「警備係」と記された案内表示があるのだが、公安係にはそれがない。部外者からみれば不思議な部屋……と思われるだろう。

公安係の部屋に入ると、警備課長だけでなく副署長の姿もあった。

「おう、細田。事情を説明してくれ」

警備課長は細田が部屋に入るや、切り出してきた。

細田は公安担当警備課長代理のデスクの前に行き、バッグの中から備忘録を取り出して、当時の状況を説明した。

警備課長が唸りながら訊ねた。

「ナンバーツーの男に間違いないんだな」

「おそらく同一人物と思われます」

「浅慮薄学とはどういう意味で、どのような点からそう感じたんだ?」

「浅慮薄学というのは、私が勝手に作った造語です。たまに見かける病気等が原因の知的機能の障害ではなく、言われたことは理解できるのに、大人としてのしっかりした受け答えができない……そういう感じだったのです」

「先天的や後天的な脳の病気ではない……ということなのか？」

「そうです。しかも、難しい文字を知らないにもかかわらず、話せば理解できるのです。私自身、どう表現していいのかわからなかったため、浅慮薄学という言葉を思いついたのです」

「職務質問をして、氏名、生年月日は言えたのだな？」

「はい。言えました。しかし、本籍を訊ねるとわからないとしか言いません。生まれた時から京都にいる旨は言っていましたが」

公安係の係員もお互いに顔を見合わせながら細田の話を興味深げに聞いていた。

警備課長が公安係員に向かって言った。

「対象地区に一斉ローラー掛けるしかないな」

「課長、あそこは巡回連絡も完全に拒絶するような、反警察、反権力意識が強い地域ですよ」

「そんなことは言っていられない。この件だけでも協力要請をして事実関係を調べるんだ。もし、このナンバーツーの男が奴らの仲間だったとしたら、話をしてくれるかもしれないだろう」

「仲間か……」

課長の強い意思が伝わったのか、公安係員は対象地区の地図を取り出し、ローラー作戦の準備を始めた。

これを見ていた副署長が言った。

「京都府警の長い歴史の中で、これまで巡回連絡拒絶地域として十分な実態把握ができなかった部分だ。これをキッカケとして、何とか将来のために実態解明を進めてくれ」

「よっしゃ」

公安係の部屋に熱い意思が生まれたような雰囲気を、細田巡査は肌で感じ取っていた。

第四章　京都の聞き込み

京都での聞き込みは南警察署警備課公安係から五人が選抜されて行うことになった。この時、細田巡査も同行を依頼されたが、警備課長の判断で一人だけ拳銃を持った制服姿のままだった。

付近には四十軒ほどの茶色く錆びついたトタン板で覆われたバラック小屋が並んでいた。不法占拠の土地であるがゆえに下水道などのインフラが整備されておらず、汚水も裏手の川に垂れ流しの、まさにスラムという言葉が当てはまる状態だった。

「日本にも、というよりも京都にこんなところが残っとんのやなあ」

府警本部から異動で来たばかりの公安第二係長が写真を撮りながら言った。

この思いは細田巡査も同じだった。卒業配置として東寺前交番に就いた時、相勤員の巡査部長から「一人であそこには絶対に近づくな。夜間の一一〇番通報の際はＰＣ（パトカー）に任せること」と厳しく言われた場所だった。

　ひととおり住民の居住の有無を確認してから、住民との個々面接のローラー作戦が始まった。

「すんまへん。府警です。ちょっとだけ時間を下さい」

　最初に公安係の最長老の巡査部長が一軒目の入り口の扉をノックしながら声を掛けた。中からは何の反応もない。巡査部長がもう一度ノックした時、中から扉が少しだけ開いた。まさに着の身着のままで腰を曲げた老婆が上目遣いに巡査部長の顔を見て言った。

「何も話すことはない。帰れ」

「今日は取り締まりや防犯診断で来たのとちゃうんや。あんたらの仲間のことを聞きたいんや」

「知らん。仲間なんぞおらん」

　けんもほろろに言う老婆の目は暗く沈んでいた。

「姉ちゃん、そう言いなんなや。この重い水を姉ちゃん一人で運べへんやろ」

　入り口の中には大きな水瓶があり、いっぱいに水が入っていた。

「知らん。帰れ」

　老婆はそれ以上何も言わず、扉を自分で閉めようとした。

「わかった。わかった。達者でな」

巡査部長は扉を閉めて、大きなため息をついた。

それを見て、公安係の若い巡査部長が次の家の扉をノックした。狭い地域で、しかも昼間は物音一つ聞こえない場所である。老婆のところに府警が来たことは、この地域の半分にはすでに伝わっているはずだった。

中からは全く反応がない。しかし、家の裏にある発動発電機のエンジン音は消すことができない。

「すんまへん。府警です。ちょっと開けてもらえまへんか？」

中からは何も聞こえてこない。

「発電機が回っているのは知ってますんや。ちょっとだけでええから、話を聞かせてもらえませんか」

発電機の話をされて諦めたのか、発電機のスイッチを切られるのを恐れたのか、中から四十代後半と思われる男が出てきた。

「なんや。警察に用はないで」

「それはわかってます。ちょっとだけ、お仲間と思われる人の写真を見て欲しいんや」

「仲間の写真？　何も言わんで」

「言う、言わんはどうでもよろしい。写真だけ見てもらいたいんや」

「なんでや」

「事件の被害者なんや。はっきり言うと、もう亡くなっとる。かと言って、おたくらに引き取れ言うんとちゃう。こちらで成仏させたい思うとるから、協力してもらいたいんや」

「死んどんのか……そなら関係ないわ」

「仲間が死んどるんやで」

「死んどる仲間やらおらんわ。いね」

若い巡査部長もそれ以上の言葉を発することができなかった。

五人の公安係員が三軒ずつ十五人と面談を行ったが、誰一人協力どころか、写真を見てもらうこともできなかった。

さすがの警備課長も腕組みをして天を仰いだ時だった。

「すいません。東寺前交番の細田巡査と申します。この辺りに住んでいたという、山下一二三さんのことでお伺いしたいのですが」

細田がバラック住宅群の反対側から訪問を始めた。

細田は東京出身であるだけに標準語で、しかも制服姿だったことが功を奏したのかもしれなかったが、その声の大きさも影響したようだった。一斉に三軒の扉が開いた。

「ヒフミンがどないしたんや」

四十代前半かと思われる男が細田に向かって言った。

「写真を確認してもらいたいのです。この方が本当に山下一二三さんかどうか……」

「お前、巡査やが、なんでヒフミンを知っとんのや」

「四か月くらい前になりますが、山下一二三さんが不良少年グループにカツアゲされている時に出くわしたのです」

「ほう。お前やったんか。ヒフミンにパンと牛乳を渡した警官は……」

「ああ、そうです。朝から何も食べていないということでしたので、頂き物のパンを少し、お譲りしました」

「そうか……それでヒフミンがなんぞしたんか？」

「いえ、ちょっと写真を見ていただいて、本当に山下一二三さんかどうかを確認していただきたいのです」

「お前、ヒフミンに会っとるんやろうが。お前がわかるやろう」

「それが、私が会って話をしたのはあの時一度だけで、確信がもてないのです。山下一二三さんという名前と生年月日は伺いましたが、住所も被害の実態も何も聞くことができませんでした」

「なんでここだとわかったんや」

「はっきりした住所はおっしゃいませんでしたが、この辺りだということを教えていただきました」

「そうか……あいつはアホやからな……名前も本当なんかようわからん奴やったんや」

「お住まいはここで間違いないのですか？」

「ああそうや。この四軒隣に住んどったんやが、そやな、あの件があって数日後やったかな、突然『仕事をもろうた。大阪に行く』いうて、家財道具を隣のテツにみな譲って……ポイと出て行きよったんや」

そこで細田巡査が男に写真を見せて訊ねた。

「この四枚の中に山下一二三さんはいますか？」

男は四枚の写真を手に取って二枚めくったところで言った。

「これがヒフミンや。どや、お前が知っとるんと同じか？」

「はい。私がお会いした山下一二三さんに間違いありません」

「そうか……それでヒフミンはどないしたんや」

細田巡査は目を瞑(つむ)って写真に一礼してから答えた。

「お亡くなりになりました」

「死んだ？　大阪でか？」

「いえ、アメリカのハワイです」

「はあ？」

男はびっくりしたのだろう。驚くほど大きな声で反応した。

細田巡査がさらに言った。

「大阪から中国人に偽装して香港へ行き、さらにアメリカに渡った……と聞いています」

「香港？　中国人に偽装？　どういうこっちゃ。悪いけど、ヒフミンにそんな頭はないで」

「わかります。誰かに騙されたのだろうと思います」

「それで……ヒフミンは、なんちゅうか……事故で死んだんやないんやろうな」

「はい。殺人事件の被害者でした」

「殺されよったんか……あんな善人を騙して連れ出して殺しよったんか……」

男の目に涙が浮いていた。

「失礼ですが、山下一二三さんとは、お親しかったのですか」

「お親しいいうよりも、ヒフミンは人を疑うこともせん、仕事も教えればちゃんとできる、日雇いやったが、ちゃんと自分で稼いで、金もそれなりに貯めて、うちらの分の酒まで買うてきてくれるような男やったんや」

細田が話題を変えた。

「山下一二三さんが働いていた場所はご存知ですか？」

男が地名を言った。

「どんな字を書くのですか？」

「お前、そんなことも知らんと警官やっとんのか。若いよって新人なんはわかるが、言葉もおかしいし、生まれはどこや？」

「東京です」

「東京？　東京もんがなんで京都で警官やっとんや」

「京都が好きだからです」

「ほう。京都のどこが好きやねん」

「歴史の重み……というか……」

「歴史の重み？　わかったようなこと言うな」

細田巡査と住民の話を聞いていた警備課長が間に入った。

「兄さん、ここにおる細田巡査は東京もんやが、山下一二三さんを助けて、今回、たまたま山下一二三さんの生前の写真を見て、住まい探しをしたんや。その心根を汲んでくれや」

「そうか……あんたは上のもんやろうが、この巡査の言うことは信用できる。ヒフミンを助けてくれた巡査に免じてわかることは教える」

そう言うと男は扉から顔を出した数人の住民に大きな声で言った。

「みんな、ヒフミンが死んだそうや。それもアメリカのハワイまで連れていかれて、殺されたんやと。弔いや。ヒフミンのことで知っとることがあったら、教えてやってくれ。このままじゃヒフミンが浮かばれん」

そこまで言って男は嗚咽を漏らし始めた。

「いい人だったんですね。山下一二三さん、いやヒフミンさんは……」

細田巡査が再び山下一二三の写真に向かって手を合わせて目を瞑ると、これを見た男が涙声で言った。

「お前も若いのに、ええ男や」

男の号令で三人の住民が表に出てきた。このうち二人が山下一二三の勤務先を知っていた。そしてその一人が思わぬことを口にした。

「ヒフミンを連れて行ったのは、会社の裏に住んどる地回りに違いない」

「どうしてそう言えるのですか？」

「ヒフミンがここを出る前に、わしに言ったんじゃ。会社の近所に住んどるあんちゃんが『飛行機に乗せてやるから五万円出せ』言うたらしいんや」

「五万円？」

「ヒフミンは銀行に貯金できんやったんで、会社の社長が代わりに給料の中から貯金をしてやっとったんや。社長は立派な男や。そやけど仕事の付き合いでヤクザとも顔をあわせよったからな。そのヤクザの言葉を信じて、ヒフミンは社長に頼んで五万円を下ろしてもろうた言うて、喜んどったんや。四十過ぎても飛行機に乗りたかったんやろうな」

警備課長が何度か頷きながら言った。

「ヒフミンさんの無念は必ず警察が晴らしますよって、皆さんはどうか、ご冥福だけ祈ってあげてください」

公安第一係長の石塚と筆頭巡査部長は直ちに、山下一二三が勤務していたという近隣の工場を訪れた。

社長の大河内（おおこうち）は穏やかな人物だった。

「こちらに勤務していた山下一二三さんのことでお話を伺いたいのです」

「一二三が何か致しましたか？」

「この写真を見ていただきたい」

公安第一係長が四枚の写真を見せると、大河内社長は驚くべき発言をした。

「四人とも一応知っています。可哀想な人たちなんですわ」

「四人ともご存知なんですか？」

「この一二三ともう一人の良夫（よしお）はうちで働いています。この数か月ほど旅行に行くと言ったまま姿を見せませんが、彼らの金を私が預かっています」

大河内社長は標準語に近い言葉遣いだった。

「どういう金なのですか？」

「給与の半分を私が預かっていたのです。一二三はかれこれ十年間、当社で働いています。良夫も約六年働いていました」

「二人がいなくなったのはいつのことですか？」

「四か月くらい前になります。飛行機の中でご飯を食べることができると、嬉しそうに言っていました。すると良夫も一緒に行きたがったのです」

「山下一二三さんに旅行を勧めたのは、この近くに住んでいる反社会的勢力の構成員と聞いていますが、ご存知ですか？」

大河内社長は驚いた顔をして訊ねた。

「どこからそんな話を聞いたのですか？」

「山下一二三さんが居住していた地域の方です」

「彼らが、警察の方にそんな話をしたというのですか？」

大河内社長は信じられない……という顔つきで言った。

「山下一二三さんの人徳だったのでしょう。山下さんのことを思ってか、涙ながらに話をしてくれました」

「涙ながら？　まさか、一二三の身に何かあったのですか？」

「山下一二三さんだけでなく、ここに写っている四人の方は先月ハワイで殺害されました」

「殺害？　ハワイ？　どういうことですか？」

「大河内社長はハロウィンをご存知ですか？」

「外国のお盆のようなお祭りでしょう？」

「お盆……確かにそうですね。ハロウィンの時期になるとあの世とこの世を繋ぐ門が開き、霊が行き来出来るようになると信じられていたようですね。最近は仮装ばかりが流行っていますが」

「そのハロウィンが何か？」

「今年のハロウィンの日に、東京の渋谷でＡＴＭ窃盗事件があったのをご存知ですか？」

「殺人事件も一緒に起きた、あの事件ですね」

「そうです。その事件と全く同じ内容の事件がハワイでも起きたのです」

「すると、そのハワイの事件で一二三と良夫が殺された……というのですか？」

「そう思われます。京都府警が直接捜査をしているわけではないのですが、警視庁から捜査依頼が来たのです」

「そこで一二三に辿り着いた……ということですか？」

大河内社長の言葉を公安第一係長が確認した。

「辿り着いた……とおっしゃいましたが、どういう意味ですか？」

「失礼ですが、山下一二三という人物をどうやって見つけたのですか？」

「うちの交番の警察官が山下一二三さんを脅迫事件の被害者として取り扱ったことがあったのです」

「ああ、不良少年にたかられた時のことですね」

「そうです。その時、山下一二三さんがご自分の名前と生年月日を語ったそうです」

頷いた大河内社長は大きなため息をついて答えた。

「そうでしたか……先ほども言ったように、この写真に写っている四人には共通した、可哀想な背景があるんですわ」

「共通した背景……ですか？」

「警察の方ですからご存知かもしれませんが、四人には戸籍がないんです」

「戸籍がない……無戸籍者、ということですか？」

「そうです。彼らは生まれた時から、戸籍上はこの世に存在しない人たちなんです」

「救済の手段があるはずですが……」

出生届が出されていないことが原因の場合は、父母または出生届を出すべき者が届出をすることにより無戸籍を解消できる。出生届は十四日間の届出期間を過ぎても有効である。

しかし、出生届を出すべき者がいない場合は、無戸籍者本人が、家庭裁判所の許可を得て就籍することにより、戸籍を得ることができる。

「それを彼らに教えても、これまでの生活環境や教育からいって困難なことなのです。私自身も顧問弁護士に相談したことがありますが、本人の意向を無視して就籍することはできないということでした」

「彼らが病気になった時はどうしていたのでしょう?」

「病気になれなかった……としか言いようがありません。ただ、一二三や良夫の場合には私の知り合いの医者に頼んで、私の健康保険を使って治療してもらったこともあります。もちろんそれが悪いことであることは知っていましたが、彼らこそまさに親の身勝手が原因の被害者に他ならないのです」

公安第一係長は大河内社長を責める気にはなれなかった。

「あとの二人の名前はご存知ですか?」

「いえ、二、三度顔を見た程度です。彼らは無戸籍者の救済を行っているという団体を通して知り合ったようで、あとの二人は西陣方面の会社で働いているということでした」

「無戸籍者の救済を行っている団体……というのがあるのですか?」

「一二三はそう言っていました。いい人たちで、戸籍を取るように勧められていたようですが、彼らはそれをなぜかおそれていたのです。私にもその団体の方を紹介しようとしませんでした。豊かな日本のひずみともいえる無戸籍者の問題に役所も本気では取り組んでいないのです」

「役所というのは法制度が整わない限り動くことができないのが実情でしょう。私も先日、無戸籍者に関するレポートをテレビで観ましたが、日本には一万人近く存在するのではないか……ということでした。警察官が言う言葉ではないかもしれませんが、はっきり言って、信じられない数字ですね」

「無戸籍の人の家族への差別意識は年配の人の中には多いと思います。いろんな事情があるにせよ、多くは親の無責任さが原因となっているのですからね。ただし、こどもには何の責任もないのです。無戸籍という実態を人権問題としてとらえて欲しいと思っています。そうでなければ一二三たちが浮かばれません」

公安第一係長は頷いて訊ねた。

「ところで、山下一二三さんを旅行に誘った反社会的勢力の構成員をご存知ですね。どこの組織でどこに住んでいるのですか？」

「古くからこの辺りの地回りをやっている、岡広組の三次団体くらいの小さな組の者です。名前は大賀宏（おおがひろし）だったと思います。住まいまではよく知りませんが」

「反社会的勢力のことは隣接署でもわからないのが現状です。情けない限りですわ」

「刑事さんはマル暴担当とはちゃいますのんか？」

大河内社長にしては珍しく方言を使った。

「うちらは警備課です」

「警備？　聞き慣れん部署ですな」

「祭りや要人が来た時に警戒する仕事ですわ」

「そうですか……それで今度は大賀を調べるのですね」

「そうなると思いますが、一応、どの程度の男か調べて当たらないと、知らぬ存ぜぬ……と言われてしまえば、これまでの苦労が水の泡になってしまいます」

「そうでしょうな。一筋縄ではいかぬ相手……と思った方がよろしいかと思います」

石塚公安第一係長は筆頭の巡査部長を伴って一旦南警察署に戻ることにした。

「係長、二人の人定は何となくわかりましたけど、それを証明するものは何もないわけですね」

「そうやな。ＤＮＡの照合をしようにも、元になるデータはないし、さらに言えば、運転免許証どころか戸籍もないとなると、一体、何をもって被害者の特定をすればいいのか、皆目見当がつかんのや」

「残りの二人はどないします？」

「難儀やなあ。これはみんなの知恵を集めるしかないやろうな」

南警察署の刑事課は、課長の大杉と記録係を除いてすべて出払っていた。

「公安第一係長のご訪問とは珍しいな」

「刑事課長、そんなに邪険にせんといて下さい。今日は頭を使い過ぎてどうにもならんのですわ」

「天下の公安係長が頭を使わんで、誰が使うんかい」

「勘弁してください。それよりも課長、無戸籍者を扱ったことがありますか？」

「無戸籍者？　無国籍者の不法入国や不法滞在は扱ったことがあるけど、無戸籍者というのは日本人なんやろう？」

「そうです。ただ、戸籍がないんで日本人とも何とも言えんのですわ」

「そう言われればそやな。父親か母親が外国人の可能性もあるしな……どないな事件なんや」

「それが殺人事件の被害者なんですわ」

「被害者か……元々おらんかった者を殺害して事件が成立するか……ちゅうことか？」

「戸籍上は存在しなくても、人一人の命がなくなったことには変わりないでっしゃろ」

「そんなことはわかっとるが、通称○○としか言いようがないわな」

刑事課長は腕組みをしていた。

「それで加害者はどこにおるんや」

「うちの管内の仕事やおまへんのや」

「なんや……公安はどこの事件でも首を突っ込むからな。それで、どこの事件なんや」

「ハワイです」

「ハワイ？　そんなん、アメリカの警察の仕事やんか。京都府警の南警察署の公安係の仕事とちゃうやろ」

「それが、ハロウィンの時に東京の渋谷で連続殺人事件がおましたやろ。その事件と関連しとるんですわ」

「なに？　ハワイの事件と渋谷の事件がつながっとる……言うんかい」

「どちらもスーパーマリオに仮装したグループが金融機関のＡＴＭから金を奪って、その仲間を拳銃で射殺しとるんですわ」

「おうおう、府警の刑事部長会議で話題になっとったわ。渋谷の事件も刑事局長が頭で情報収集が全国警察に指示されとったんや。お前、まだその事件情報を上に報告してないんか？」

「まだです。その件で暴力団担当に相談があるんですわ」

刑事課長は被害者に関する詳細を公安第一係長から聞くと、訊ねた。

「マル暴に？　何を聞きたいんや」

「被害者の無戸籍者を海外に連れ出したんが、岡広組の三次団体くらいの小さな組の者で大賀宏という野郎らしいんです」

「どこから仕入れたネタや」

「無戸籍者を雇っていた会社の社長です」

「そいつは無戸籍者と知ってて雇っとったんか？」

「そういうことになります。社長は弁護士にも相談したらしいんですが、役所の窓口ともいろいろあったらしいですわ」

「ふーん。不法就労とも違うやろうからな……事件性はないんかな……それでどこまで知りたいんや」

公安第一係長は大河内社長に聞いた組事務所の所在地等を告げた。

「あのあたりなら岡広組総本部系光岡組配下の吉田会やろうな。小さいが、芸能ヤクザとしては名の通った組や」

「芸能ヤクザ……ですか」

「もともとは興行を仕込んどった組や。それなりの金はあるんや。大賀宏か……聞いてみるかな」

刑事課長はちょうど部下が出払っていたことと、警察庁刑事局長指示という事件に出くわしたことで、自ら府警本部に電話を入れた。

「南署刑事課長の大杉です。ちょっと教えてもらえまへんか？」

府警本部も課長自らが電話をしたことで、すぐに情報をくれた。

「やっぱりそうや。吉田会の大賀宏は在日朝鮮人で、本名は金宏。吉田会の準幹部やな。岡広組の中でも北系のコリアンマフィアとのパイプ役らしく、シャブから不法入国までなんでもできる男らしいわ。最近は大掛かりな補助金詐欺をやっとるんやないか……いう話が出とるで」

「大掛かりな補助金詐欺……ですか？」

「土地や土地。京都府と市が本気になってあの辺りの再開発を始めようとしとるらしい」

「確かに虫食いだらけの地域のようで、あちこちに空き地が点在してましたわ」

「ただ、あの地域は地権者が複雑でな。かつて集合住宅一つ建てるのにも往生したそうや」

「国内の土地バブルとATM窃盗がどうつながるんでっしゃろうな」

「わからんな。誰か大物が下絵を描いとるんやろうな……そやなかったら、わざわざハワイくんだりまで無戸籍者を連れて行って事件を起こすことはないからな」

「そうですね……ところで、うちらで大賀に直当たりしても大丈夫でしょうか？」

「ちょっと待っといてえな。背後の事件が事件なだけに藪蛇になってしもうたらどうにもならんからな」

刑事課長の言うことにも一理あった。公安第一係長は自室に戻ると警備課長に報告した。警備課長はこれまでの経緯を府警本部公安課に速報した。


「青山管理官、京都府警から連絡です」

青山は自分が思っていたとおり、無戸籍者が登場したことに深いため息をついていた。

一方で大和田から情報を仕入れた、スーパーマリオに仮装した渋谷の窃盗団の逃走経路も徐々に判明していた。

「いすゞエルフ集配バンの左側サイドドア付き、アルミ外板のレンタカーは、二十三区内では十五台しか存在していないようです。このうちハロウィン当日に貸し出されていたのは四台だけです」

「借主に不審者はいるか？」

「現時点では不審人物はいません。ただし、事件当夜、周辺の防犯カメラに映っていた同型のいすゞエルフ集配バンは明治通りを新宿方向に進んでいるものだけなのですが、これが忽然と姿を消していて、明治通りのその先にあるNシステムには映っていないのです」

Nシステムとは通過する全自動車のナンバーを自動で読み取る装置で、手配車両や盗難車両の情報と照合される。

「最近のカーナビにはNシステム情報を載せているものが多いからな。敢えてこれを避けて通る可能性もあるだろう」

「渋谷から明治通りと表参道が交わる神宮前交差点の手前でどこかに逸れたのでしょうが……」

「渋谷消防署前を通るルートはチェックしたのか？」

「えっ？　宮下公園の交差点を明治通りに入って、すぐの神宮前六丁目交差点を左折して山手線のガードをくぐった……ということですか？」

「そうだ。そこから建て替え中の渋谷区役所方向に抜ければ防犯カメラはあってもNシステムはないからな。しかも井ノ頭通りのNHKセンター下交差点から渋谷方向は交通規制がかかっていたはずだ」

「すいません、至急、そちらの防犯カメラもチェックします。ついでに原宿駅方向の神宮橋方面も見てみます」

「犯人たちは集配バンの中で着替えをして、三々五々散らばっているはずだ。当時、周辺を走っていたタクシーのドライブレコーダーも全てチェックしておいてくれ」

「レンタカー会社はどのあたりまで広げますか？」

「渋谷を選んだんだ。多摩地区、神奈川の川崎地区、埼玉までチェックしてくれ。二十三区内で十五台ということを考えれば、用途が限定されているだけに、そんなに多い台数じゃないだろう」

該当するレンタカーに行き当たったのは、それから二日目の夕方だった。

「管理官、埼玉の志木にあるレンタカーの営業所でハロウィンを挟んだ三日間、同型車両が貸し出されていました。走行距離を計算するとほぼ一致します」

「借り受け人の免番と、搭載しているナビで走行コースを調べて送ってくれ」

免番、つまり運転免許証番号のことである。最近は海外からの個人旅行が増えた結果、偽造国際運転免許証が増えていることが問題となっている。

青山はふと、京都府警から報告を受けていた無戸籍者を救済する団体のことを思い出していた。すぐに遊軍キャップの栗原(くりはら)警部をデスクに呼んだ。

「栗原係長、無戸籍者のネットワークを至急チェックしてもらいたいんだ」

第五章　隠された狙い

　その頃、龍は警視庁刑事部捜査第二課管理官として、クレジットカードの不正利用による被害額が十五億円を超える大型詐欺事件に着手したばかりだった。

　一般社団法人日本クレジット協会の調査によると、日本におけるクレジットカードの不正利用による被害額は年々増えており、二〇一六年は百四十億円を超えた。

「人の弱みに付け込むのが詐欺の手口だが、ここまで被害者が多いと嫌になるな」

　龍が直属の部下の田辺（たなべ）係長に話しかけた。

「オレオレ詐欺や還付金詐欺もそうですが、どうしてあんなにコロッと引っかかるんでしょうね」

「頭の悪い奴はクレジットカードを持つな……とは言えないし、銀行も口座を作ったからといってクレジットカードを勧めるのだけはやめてもらいたいな」

「しかし、空港に行くと大手クレジットカード会社が総並びで客引きをしていますからね。しかも、かつてはもっとも信用度が高いと言われていたアメリカのクレジットカード会社まで三角くじを引かせて勧誘していますよ」

「ああ。俺もやらされた。全てが当たりくじだ」

龍が吐き出すように言うと、田辺係長は情けなさそうな顔つきになって言った。

「管理官、実は私も今、ネットで『ご登録クレジットカードにて自動引き落とし処理を行いましたが正常に処理を完了することができませんでした』という案内が来て、どうせ詐欺だろうと思って放っておいたら、クレジットカード会社から利用停止の通告を受けたんです。しかも、督促請求とカードの利用限度額を超えた旨の文書が届いて困っているんです」

「お前、アホちゃうか？　本当に心当たりがないんなら、それは立派な『なりすまし』の手口にやられとんのや」

「管理官が関西弁で叱る時は、相当頭に来ている時ですからね……やっぱり……そうなんでしょうね」

「それでクレジットカードの月額上限設定はいくらにしとったんや」

「五十万円です」

「授業料にしてはちょっと高いな……詳細は確認したんか？」

「今日、電話するところなんです」

「カスタマーサポートで早く確認しろ。ネットでも使用状況を確認できるやろう?」

「その暗証番号を忘れてしまったんです」

「忘れる暗証番号なんぞ設定するからや」

「暗証番号を生年月日にしたら、ダメだったので、当時の車のナンバーで設定をやったはずなんですが……」

「お前、アホか。クレジットカードの暗証番号設定禁止項目を知らんのか。詐欺被害にあった際に補償されない最大の四条件が、暗証番号をカードの裏面に書いていること、暗証番号が生年月日であること、暗証番号が車のナンバーであること、そしてカード裏面に署名をしていないことや。クレジットカードを持つ資格がないな」

「そうなんですか? 初めて知りました」

龍は呆れた顔をして言った。

「お前、二課勤務を辞めて所轄に戻った方がいいかもしれんな」

「管理官、勘弁して下さいよ」

「仕事の前に、それを先に片付けろ」

田辺係長は這う這うの体で自席に戻った。

「どいつもこいつも、情けない……」

龍はパソコン画面を確認しながら、クレジットカード詐欺の種類別内容を確認していた。

今回、捜査二課が目を付けたのは、ある芸能プロダクションが、新人獲得を標榜しながらスカウトした女性にクレジットカード契約をさせていた事案だった。そしてクレジットカードでまず自主制作の写真集を作らせることを手始めに、ギリギリまでスカウトと称して獲得した女性を追い込む手口だった。

さらに彼女たちには現場の仕事としてキャバクラを斡旋し、そこで、それなりに稼いでいるキャバ嬢をリストアップさせ、今度は客を装ってそのキャバ嬢に未公開株を売りつける詐欺も行っていた。

「フィッシング、スキミング、ネットショッピングに悪質出会い系サイトか……今、流行りのクレジットカード詐欺の四大手口を全てやっているのか……」

フィッシング詐欺とは金融機関を装ってメールを送信し、偽のポータルサイトに誘導してカード情報を不正に入手する手口である。送信されるメールは「カードの有効期限が近づいています」「カードが無効になっています」「キャンペーンに当選しました」などという文言で、百件に一件ひっかかれば御の字と言われる程度の詐欺手口であるが、クレジットカード詐欺の代表格である。

スキミング詐欺はスキャナーでカードの磁気データを読み取り、偽造カードにデータをコピーする手口である。クレジットカードをスキミングされる場所で最も多いのは、サウナ、スパ、スポーツジム等のロッカーであるが、最も届け出にくいのが風俗でシャワーを浴びている時の被害だといわれている。さらに新宿歌舞伎町にあるクラブではクレジットカード払いをすると百パーセント、スキミングをされるという店も現存する。

ネットショッピング詐欺は架空のネットショップのサイトを立ち上げ、架空の商品を販売する手口である。当然、カード決済後も商品が届くことはない。「ドイツの高級スーツケースメーカーの商品を一万円で」などという、相場に比べて極端に安い怪しいサイトが多い。

悪質出会い系サイト詐欺は、出会い系サイトに登録させ、クレジットカードでメールのやりとりなどに必要なポイントを購入させる手口で、サクラを使ってポイントを消費させるものである。しかし、被害者本人が自分の意思でサイトを利用した負い目があり、詐欺の立証が困難な場合が多い。

「それにしても、この芸能プロダクションにはどれだけの子会社、孫会社があるものなのか……もう一つはバックにどんな団体が控えているのか……銀行調査が必要だな」

龍は自らの班の中から二十五人を集めて芸能プロダクションの詳細な調査を始めさせると、青山に電話を入れた。

「久しぶりやな、お前今、何をやっとんのや」

「ハロウィンに渋谷とハワイで起きたATM事件を追っている」

「藤中もその件の殺しを追っとるようやな」

「どうもこの事件は不可解なところが多すぎるんだ」

「そうやろうな。刑事部長も頭を抱えとったわ。ハムが動くということは国際テロの予兆でもあるんか？」

「あの事件の目的がわからないんだ。ハロウィンの仮装窃盗という目の付け所はいいにしても、わずか数億円のために四人も殺している。それも無戸籍者をだ……」

「なんや、ガイシャはわかったんか？」

「いや、渋谷の件はまだだが、ハワイの被害者四人は京都に在住していた無戸籍者であることがほぼわかっている」

「無戸籍者なあ、無国籍とは違うんやな」

「そうだ。生まれながらに戸籍がない、つまりこの世に存在していない人間ということになる」

「そんな人間を見つけて、わざわざハワイまで連れて行って殺した、いうわけやな……パスポートはどないしたんや？」

「中国人に偽装させてパスポートを与え、香港経由でアメリカに送り込んでいる」

「あれだけ入国審査に厳重なアメリカでも、偽造パスポートであることがわからなかったんか?」

「パスポート自体は中国が発行した本物だからな……人物が偽物なだけだ。しかも英語も中国語もわからない者に筆談用の資料を持たせて入国させているんだ」

「そうか……中国にはESTAの適用がないからな、一般ビザを申請したうえでの入国になるわけか……」

「そうだ。そして何よりもATMを狙った意味がわからないんだ」

「ATMというても所詮は機械やからな、壊そうが情報を盗もうが単なる窃盗やしな」

龍の一言に青山が反応した。

「情報?」

「そりゃそうやろ。ATMにはこれを使った個人だけやのうて、それを利用できる金融機関やクレジットカード決済用の様々な情報が詰まっとるやないか」

「金融機関にオンラインでつながる設備だけではない……ということか」

「青山にも知らんこともあるんやな。俺も渋谷で発生した十二件のATM破壊の状況を確認したが、あれだけのATMを瞬時に破壊できる機材を使った手口は、相当なプロ集団が背後におるゆうことやろう。もちろん中の現金なんか目当てやない。国際テロというよりも、今後、もっと大きなことをやらかすための予備行為なんやろうな……と漠然と思ってたところや」

青山は龍の捜査感覚に驚いていた。それ以前に青山は、自分自身でＡＴＭの破壊現場に入るのを怠っていたことを反省し、しかも捜査三課の捜査情報を入手できなかったことを悔いていた。

「龍、ＡＴＭを壊すための機材と言ったが、どんな機材が使われたんだ？」

「狙われたＡＴＭは銀行やカード会社は違うても全て同じメーカーが製造した最新型や。預け入れ、引き出し等の基本操作に加えて、貸付金の現金による返済、信託口座、証券口座や生命保険口座への入金、ＭＲＦ・ＭＭＦ・中期国債ファンドの現金による買付、保険ファンドへの入金、クレジットカードショッピング利用確認まで、何でもできるで。ＡＴＭは日本自動販売システム機械工業会のレベル二相当以上の手工具破壊に耐えられるんやけど、建設機械を使ったＡＴＭコーナーの破壊には対応できんのが実情や」

「建設機械か……今回はどのようなものが使われたんだ？」

「特製の機材やな。金融機関の中でも限られた担当者かシステムエンジニアしか知らない、システム基板上で動作するオペレーティングシステムやアプリケーションを避けた四か所に、同時に杭を打ち込んで、システム基板ごと引き抜いとる。相当訓練されたプロの手口や」

「特製機材か……それなりの重量もあったわけか……しかも十分な下見とチームワークが必要ということだな……そうすると盗まれたのは金だけでなく、ＡＴＭのオペレーテイングシステムやアプリケーションも……ということになるのか？」

「そういうことやな。おまけに奴らは事件後、見事に姿を消しとるからな。その手際の良さと、盗むべきものを瞬時に判断する能力は、実物を使ったトレーニングを相当積み重ねとる証拠や。しかも機材の形態はわかっとらんが、簡単に移動できるようになっとるわけや」

「その手口だと、一台のＡＴＭを破壊して金等を奪取するのにどれだけの時間を要すると思われるんだ？」

「ええとこ一分……というとこかな。殺された四人は杭を打ち込みやすくするためにＡＴＭがある場所に先着して、機材をセットしながら簡易な防護柵を建てて、周囲の人を排除して仕事を迅速に進める役目を負っていたようやな」

「そして最後に消された、ということか……しかも身元不明か……」

「この世に存在しとらん人の死を、法律的にどう判断するか……」

「法的には存在していなくても、実在の人物であったことに間違いはないのだから、被害者不詳の殺人罪の適用だ。死体なき殺人とは違う」

「それは日本やったらそうかもしれんが、外国じゃ通用せん場合が多いのは事実や。被疑者不詳かつ、同時に被害者不詳の事件やからな。ニューヨークの九・一一の時にワールドトレードセンターで亡くなった人数には、不法入国者は全く含まれてない。ほとんどのフロアにおったはずの不法入国の清掃員数十人がまったくカウントされてないことを考えたら、ハワイの事件も死者の身元不明どころか、死者存在せず……の判断になる可能性があるいうことや」

　龍が言うことを青山も理解していた。青山が言葉を発しないと感じ取ったのか、龍は続けた。

「今回の事件を国際テロと判断するかどうかは、ＦＢＩの意見も聞くんやろうが、あの時アメリカは大統領のハワイ訪問、日本訪問を控えとったのが前提や。それが無事に終了した今となっては、ＦＢＩがどこまで本気で国際テロ認識を持つか、悲観的に考えといた方がええで」

「そうなんだ。今回、ハワイでの被害者が日本人の無戸籍者ということがわかった段階で、ＦＢＩは中国からの入国者を厳しくチェックする指示をしてホノルル警察に事件処理を任せることになるのだろうと思っている」

「お前はどうするんや？」

「まず犯人グループの特定と検挙、そして奴らが盗んだＡＴＭ情報が今後何に使われるのかを確認しなければならない」

「犯人グループに辿り着く可能性はあるんか？」

「奴らが犯行前に実行犯を運搬し、且つ逃走に利用した車両をほぼ特定した」

「なに？　三課は知っとるんか？」

「いや、確定した段階で捜査三課にデータを渡すが、奴らが外国人であった場合には、公安部を投入することの了解を取らなければならない」

「刑事と公安か……渋谷の親父は歴代刑事畑やからな」

渋谷警察署長は新宿警察署長同様、刑事部、それも捜査一課長経験者が就くことが多かった。

「貸しを作っておくのも大事なことさ。マル害も刑事部ではいまだに特定できていない。八方ふさがりのようだからな」

「公安に借りを作りたくない刑事は多いしな」

「公安と言っても、うちのメンバーが入るだけだ。上手くやるさ。ところで龍、お前、僕に何か用件があったんじゃないのか？」

青山の言葉に龍が笑いながら言った。

「いつもお前のペースに巻き込まれるからな……そうそう。実は今、俺はクレジットカード利用の詐欺事件を追っとるんやが、ここに妙な芸能プロダクションが絡んどるんや。公安で把握してる団体が関与しとらんか……と思うたんや」

「大和田のほうはどうなんだ？」

「このあと、大和田にも聞いてみるつもりなんやが、お前の情報収集、分析能力に頼ってみたんや」

「なんという名の芸能プロダクションなんだ？」

「南青山五丁目が本店所在地なんやが、『スターネクストプロダクション』ちゅう会社や。インターネットで芸能プロダクションベスト一〇〇を調べたところ出とらん。ネット検索では一応ホームページが出てくるんやが、在籍芸能人は誰も載ってへんのや。しかも登記簿謄本を取っても芸能プロダクションの経営や音楽関連業務に加えて、わけのわからん業務内容を羅列しとるだけなんや」

「都内には芸能プロダクションだけでも千を超える数があるんだ。ホームページや登記があるだけでもいい方なのかもしれないぜ。一応調べてみるが、代表取締役はなんという奴なんだ」

「榎原俊一郎（えのはらしゅんいちろう）や」

「榎原？」

「なんや心当たりがありそうやな」

「いや、アルファースタープロダクションの榎原哲哉（てつや）と何か関係があるか……と思っただけだ。榎原俊一郎の戸籍謄本は取っているのか？」

「ああ。取っとる」

「メールで送っておいてくれ。何かわかり次第連絡する」

一旦電話を切った青山の脳裏には、龍が言った「今後、もっと大きなことをやらかすための予備行為」という言葉が深く残っていた。

青山は大学の同期生で大手都市銀行に勤務している設楽(しだら)に電話を入れて面談の約束をした。

二人は丸の内にある本店の応接室で会った。

「三年ぶりか？　よく勤務先がわかったな」

大学時代の同窓会に滅多に出席しない青山だったが、卒業二十年の記念行事があった三年前の会には、一、二年次のクラス担任だった教授の一周忌追悼の会も一緒に行ったため出席していた。

その際、当日の出席者と同窓会の運営委員の名簿が作られ、青山は勤務先を「警視庁」とだけ記していた。一方、銀行に勤務していた設楽は部署まで記載していたため、銀行の人事経由で現在の勤務先を突き止めていた。この時、青山は銀行の人事担当者に警視庁公安部の内線にコールバックしてもらうことで、個人情報の不正流用ではないことの了承を得ていた。

「そこが警察だ」

「警視庁で何をやっているんだ？」

青山はそこで初めて官用名刺を差し出した。

「警視庁公安部か……怖いところにいるんだな」

「悪い小説の読み過ぎだ。設楽、お前もメガバンクの総合職で総務課長というと、世の中の裏側で起こるいろいろな案件を取り扱っているんだろう？　公安は公共の安全の略称だからな、似たような仕事をしているのさ」

青山が言うと設楽が真顔で答えた。

「その公共が何を示すかだな。現政権をして公共というわけではあるまいが」

「政権ではなく、いまだ道半ばの日本の民主主義……とでも言っておくかな」

「道半ば……か……確かに民主主義を勘違いしている政治家も多いことだしな。そうかといって民主主義の手本を示してくれるはずのイギリスやアメリカがあのざまだ。民主主義とは何か、正解がわからない時代になっているんじゃないのかな」

「さすがにいいところを突いているな。そういう不確定な時代だからこそ、信じる道を進まなければならない……ということだ」

「信じる道か……銀行にとってそれが何なのか……まさに道半ばかもしれないな」

設楽が自嘲気味に言った。青山はその顔をじっと見て訊ねた。

「お前が信じていればいいんだ。ところで本題だ。ＡＴＭのオペレーティングシステムやアプリケーションが盗まれることによって、今後、金融機関が受ける被害にはどういうものがあるんだ？」

　青山の質問に、設楽は顔色一つ変えずに訊ね返してきた。

「ハロウィンATMデータ奪取事件のことか？」

「本社の総務課長だけに反応が早いな。現金よりも、そちらの方が影響が大きいのではないか……という警察内の意見があるんだ」

「とんでもないことをしでかしてくれた……正直なところこれが第一印象だ。キャッシュカード情報から各銀行の預貯金口座と暗証番号情報が盗まれる可能性があるため、全銀行は全てのアクセスポイントを変更し、不正アクセス対策を講じている。

　銀行のATM対策よりもっと悲惨なのがクレジットカード発行会社だ。もちろん全ての都市銀行が不正アクセス対策を行うが、クレジットカード会社が金融機関のATMによってキャッシングの支払い等をしているのは総取引の十パーセントにも満たない。つまりクレジットカード発行会社はそれよりも圧倒的に多い、クレジットカード加盟店から届く決済情報を処理するコンピューターのシステムを総変更しなければならなくなるだろう」

「そうしないとクレジットカードの不正利用が生じる……ということか？」

「それも世界規模で……だ」

「アメリカは大変だな」

「アメリカか……もっと大変なのは中国だろう」

「中国？」

「キャッシュレス化が進んでいる国トップ10は、一位から順にカナダ、スウェーデン、英国、フランス、米国、中国、オーストラリア、ドイツ、日本、ロシアだ。しかし、中国人のスマホ電子決済は国策で驚くほど急速に広がっていったからな」

　二〇一六年のスマホ決済額は中国全体で前年から倍増し、その金額は六百兆円に達しており、スマホ決済の利用者は人口十三億人を超える中国でおよそ八億人に及んでいる。

　スマホの普及率も、二〇一五年のアメリカの調査機関による調査では、日本が三十九パーセントであるのに対し、中国は五十八パーセントとなっている。

「確かにテレビでも中国人のスマホ電子決済は大きく報道されるようになったな」

「今や北京や上海で財布から現金を出して払っている人といえば、老人か外国人旅行者ばかりだ。大都市だけでなく内陸部に行ってもスマホ一台で、どんな支払いも決済できる『超キャッシュレス社会』に変貌してしまっているんだよ」

「これは中国の国策によるものだから仕方ないな」

「そう。中国ではスマホを使わなければ生きていくことができない。初めにスマホありきで世の中が動くようになってしまったため、七十代、八十代の老人だってスマホを使わなければならない。今、銀行が混んでいるのは年金の支給日くらいと言われている。

それもスマホを使えない老人が集まっているだけ……という実情だ」

「中国を実査したのか？」

「もちろんだ。日本も将来的に……というよりも、オリンピックを見越してそういう方向に進む可能性が、少なくとも外国人相手に出てきている」

「弊害はないのか？」

「弊害になるのかどうか判断がつかないのが実情だ。日本はいまだに現金社会だから、ATMが生活に欠かすことのできない存在になっている。しかし、現在の中国ではATMの前にまったく人がいないし、誰も財布を持たなくなった。スマホがなければタクシーにも乗れない。もっと笑い話を言えば、ホームレスに金を与えるにもスマホが必要ということだ。ホームレスといえども銀行口座とスマホを持っていなければ生きていけない時代なんだよ」

　設楽が超キャッシュレス社会を否定的にとらえていることを感じ取った青山が本音を言った。

「超キャッシュレス社会化によって、中国共産党は全ての国民の懐を完全に管理することができる体制を整えた……しかも、国民が今どこにいて、何に金を使っているのかを国が瞬時に把握できる、ということか」

「さすがに警察だな。一般人はそこに気付かない。『中国は凄い』と感心する日本人旅行者が圧倒的多数だ。日本もマイナンバー制度導入で『より正確な所得把握が可能となり、社会保障や税の給付と負担の公平化が図られる』がうたい文句になってはいるが、個人の脱税防止が最大の目的なのは誰の目にも明らかなはずだ」

「個人番号の付与が個人にとってどれだけメリットがあるかだな。少なくとも裏のアルバイトができなくなった……ということくらいしか考え付かないが。個人よりも法人の監督の方が重大かつ多大なんだけどな」

「それは別の話だな」

設楽に簡単に切り返された青山はクスリと笑って訊ねた。

「日本もキャッシュレス時代に入っていくと思うか？」

「四十年以上も前から社会のインフラが整っていた日本では、キャッシュレス・エコノミーが世界で広まってもその必要性をあまり感じていない。日本は人と人との間に相互信頼が成立している社会だったからだが、外国人にとってはこれがWi-Fiの普及率の低さと同程度に、日本が不便な国……と言われる要因の一つになっている」

「そうかもしれないな。外圧に押されて、その道に入らざるを得ない……というところか」

青山の質問に設楽が答えた。

「日本でもクレジットカード決済は個人商店以外はだいたい普及している。中国と日本の違いの一つとして、中国のキャッシュレス化は偽札問題ゆえだという論者もいるが、それはスマホ決済の普及とはあまり関係がないと思っている」

「中国人民元の場合、最大紙幣が百元だからな。『偽札を作る方が金がかかる』という中国人がいたのは確かだ。僕も中国人民元の偽札問題には首を傾げるところが多いと思っている」

「そうだろうな。ただ中国の場合、クレジットカードというよりもデビットカードの銀聯カードが主流だし、カード決済よりもスマホ決済がはるかに多い。そう考えると、今回のＡＴＭ窃盗団の最終目的はどこにあるのかが疑問になってくる。犯人がどこの国の連中なのか……それによって狙いが変わってくるような気がするんだ」

デビットカードとは、預金口座と紐付けられた決済用カードのことである。金融機関が発行し、このカードで決済すると代金が即時に口座から引き落とされる仕組みとなっている。クレジットカードが信用を担保とした事後決済なのと異なり、デビットカードは即時決済で預金額以上は使えない。このためデビットカードを持つには審査を必要としない。

青山の考えも設楽の意見と同じだった。

「銀行マンの直感として、ＡＴＭのデータを盗む最大の目的はなんだと思う？」

少し間をおいて設楽が答えた。

「やはり中国の決済システムだろうな」

「不正決済か……」

「海外で中国人がATMを使う時を考えてみなければならないんだが、この前、東京質屋情報センターが主催した『全国質流れ品大バザール』に行ってきた。支払いは全て現金なんだが、商品はルイ・ヴィトンやロレックスなどの高級ブランド品ばかりだ。そして、多くの中国人が日本円の札束を一千万単位でバッグに詰めて買い付けに来ていたんだ」

「その中国人たちが、どこで日本円に換えて来たか……だな」

「そう。中国人の爆買いは有名だし、以前よりも下火になったとはいえ、いまだに特定のところでは考えられないような爆買いをやっている」

「中国政府による人民元の現金持出制限は一人当たり五千アメリカドル相当額だからな……現金を持ち出せないためにデビットカードの銀行引き落としで買い物しているんだろうが、転売目的で高級ブランド等の商品を仕入れている連中は自らの金の出し入れを国家には知られたくない……という前提がある」

「闇の両替商がいる……ということなのか？」

「実はこれを仕切っているのがチャイニーズマフィアなんだ」

「なんだ、警察はわかっているのか？　それならば新たな問題はないじゃないか。外為法違反で捕まえればいいだけだろう」

「いや、そこが大きな問題なんだ。中国本国では表に出ない裏金が多いんだが、その裏金を現金で持つのは困難だ」

「最高額の紙幣が百元だからな。どれだけ大きな箪笥があっても、たいした隠し金にはならんだろうな」

「そこで出てくるのが、金のインゴットの利用や海外にいる親族の口座を使う手口なんだが……」

　そこまで言ってはみたものの、青山には、その先の秘匿に使う手法がわからなかった。設楽が説明する。

「金を隠したい中国人の手法で最も多いのは、中国や香港にある海外の銀行の支店窓口を使うやり方だな。うちの銀行でも香港を含む十五都市に二十四店舗を展開しているからな。ただし、日本の銀行の中国支店に中国人が個人口座を持つことは実質的に難しいんだ。法人であっても日本国内に本社がなければ口座の開設はできない。そこで彼らはブローカーに手数料を払って、日本人をはじめとした外国人を間に入れた送金システムを作っているんだ。中国には、あらゆる裏口にブローカーが存在すると考えていい。特に中国の国策として移民と不動産購入を進めているアメリカ、オーストラリア、日本に対しては、中国の銀行を使うことなく、米・豪・日三国の銀行の口座を使った送金ができるようになっている」

　青山は設楽の話を聞きながら頷いて言った。

「中国共産党も監視できない金の流れ、ということか……なるほどな、そうするしか自由な金の使い道がないからな」

「中国の富裕層といっても、定義から言えば年収二百万元、日本円にして三千四百万円以上で、投資可能な資産が一千万元、つまり一億七千万円以上ある中国人ということになる。人数では三十数万人というところかな」

「まだ、日本人の富裕層の方が多いわけだな」

　青山は日本人の富裕層が二百万人以上いることを知っていた。日本人の中の格差の広がりを実感してはいたが、その富裕層たちの生活にはまったく興味を持っていなかった。

「中国の富裕層は数ではアメリカ、日本、ドイツに次ぐ世界第四位ということになるようだ。ただし、彼らが中国国内に持っている不動産や金融資産よりも、海外に保有するそれらの方が大きいと言われている」

「中国人富裕層の積極的な海外進出は第二世代になってさらに進んでいるようだからな」

「富一代と言われた親に豊かな環境で育てられた、富二代と言われる、第二世代の生まれながらの富裕層たちだな。中国人富裕層は若年層が多く、四十五歳以下が八十パーセントを占めている現実がそこにあるようだ。しかも、第二世代は海外留学を経験している者が多く、金の使い方も半端じゃない。わずか十日間の日本滞在で、総消費額二千万円を超えるような生活が平気なんだ。彼らのような人種は別格としても、来日する中国人の質は徐々に変わりつつあるようだ」

青山は首を傾げて訊ねた。

「銀座では相変わらず横五列になって、大きな声を出しながら歩いている中国人旅行者を見かけるけどな」

「そういう世代の国外旅行も間もなく終わることだろう。昔、一生一度の海外旅行に出かけていた時代の日本と同じだ。生涯の思い出に日本に来る富一代と言われる世代や、金を得たこどもたちになんとか連れてきてもらった親たちの旅も徐々に終わりかけている。日本製炊飯器や紙おむつも、そろそろ身内に行き渡っただろうからな」

「なるほど。そう考えると、日本で未だに転売目的で爆買いをしている連中というのは富裕層ではなく、富裕層に近づこうとしている中国人、ということなんだな」

「そう。中国国内で売られているブランド物を信用できない中国人は多いんだ。そんな中で、日本の質屋の本物を見る目は中国でも有名だ。質流れとはいえ、新品同様で、しかも質屋の鑑定が付いていれば、これほど安心して買うことが出来るモノはないということだな」

「中国国内で日本の質流れ品を買おうとする富裕層予備軍も多いんだろうな」

「景気は一時期よりも後退したとはいえ、現在でも中国では年率十パーセント近い勢いで、富裕層が増加しているようだ。日本の富裕層を超えるのはまだまだ時間がかかるだろうが、人口的にドイツを抜くのは時間の問題だな」

「富裕層も海外では銀聯を使うのか？」

「まさか……ちゃんとクレジットカードのプラチナカードを持っているし、人民元で決済なんかしない。ただし、中国当局の目もあるから、化粧品のような安い買い物だけは銀聯を使っているようだ」

「もし中国で銀聯のシステムが狙われたとしても富裕層や富裕層予備軍は全く困らない……ということだな」

「銀聯は所詮デビットカードだからな。クレジットカードのような信用は必要ない。現金の代わりに口座から即時に引き落とされるだけの話だ。海外での銀聯カードは、口座残高まで利用可能だが、それも国家から監視されていると思った方がいい。特に銀聯カードの海外での一日あたりの現金引き出し額は中国の法律によって一万元、つまり十七万円程度に制限され、さらには年間引き出し制限も行われている」

「年間引き出し制限？ 口座残高まで利用可能だったんじゃないのか？」

「いわばマネー・ロンダリング対策だな。数年前までは最高で年間三百六十五万元、日本円に換算すれば約六千二百万円を引き出すことが出来たんだ」

「一日一万元か……わかりやすい数字だったんだな」

「これが不正蓄財した連中のマネー・ロンダリングに使われていたことが発覚し、結果的に現在の年間引き出し制限が行われるようになった……ということだ」

「中国で仕事をして、仕送りする場合はどうなるんだ？」

「複数の銀行に口座を開き、資金を分散させるしかないだろうな。収入格差が大きい中国ではまだその程度で十分ということだ。つまり銀聯は中国人が利用するには最適なカードであり、中国国内で利用するには必要なカードだというだけの話だ」

「そういうことか……銀聯のシステムが狂うと中国国内だけはパニックになる可能性があるんだな」

「銀座のデパートの化粧品売り場に並んでいるような、富裕層ではない海外旅行者も、それに含まれるだろうが……確かにパニックにはなるだろうな……」

青山は中国人の富裕層とそれ以外の者の経済観念の格差が銀聯を育て、さらには中国国内のスマホ決済を生んだという背景がなんとなくわかったような気がした。さらにその一方で、ハロウィン仮装窃盗団の目的もそこにあるのではないか……という思いが募っていた。

その頃、青山配下の捜査チームはハロウィンの渋谷でスーパーマリオに仮装したメンバーの実態把握に近づいていた。

埼玉県の志木市にあるレンタカーの営業所から、レンタカーを契約し、車両を持ち出した際と返還した際の防犯カメラ画像と書類に加え、書類に付着していた遺留指紋も採取されていた。

車両に関しては完全ナンバーをNシステムに登録して走行ルートのチェックを行うとともに、これによって判明したチェックポイント周辺の防犯カメラの一斉検索も始まっていた。さらにレンタカー契約者の運転免許証台帳のチェックと遺留指紋から、前歴者としての過去の姿が割り出されていた。

警視庁だけでなく、広域捜査の観点から隣接県と出入国チェックを兼ねた全国海空港手配も進められた。

青山のデスクに捜査経過報告が届いたのは、青山が丸の内のメガバンクから戻って直ぐのことだった。

「ここからは早いです」

捜査主任官を任された渥美(あつみ)係長が笑顔を見せて捜査報告書の概要を説明した。

「朴武鉉(パクムヒョン)か……大統領の名前をつなぎ合わせたような名前だな……在日韓国人か……しかもコリアンマフィアの構成員ではないが、周辺者……ということになっているな」

「確かに韓国籍ではあるのですが、十二年前に詐欺で逮捕された際の供述調書では、奴の両親は北朝鮮系で、朝鮮戦争で往来が絶望的となった親族を抱えているとあります」

「現在の奴の真意がどこにあるのか……だな。奴が接点をもっているコリアンマフィアはどのグループなんだ？」

「池袋の西口を中心としたグループで、歌舞伎町の崔在明（チェジェミョン）とも近いようです」

「崔在明か。減少が続くコリアンマフィアの中ではしっかりとした足場を築いている男の一人だな」

「先日京都で捕まった武装スリ集団は韓国の組織暴力団とは一切、関係がないと言われていますが、奴らに都内のアジトを提供していたとされるのが、崔在明でしたよね」

「崔はコリアンマフィアと言うより日本のヤクザ構成員だった時代が長いからな。しかも崔もまた北朝鮮系だ。武装スリ集団を韓国のヤクザ組織のどこかがやらせているのではないかという質問に、崔は『韓国ではヤクザと乞食とスリは違う』と、韓国の伝統的な台詞で答えたそうだ。それはあくまでも韓国では……であって、日本では、崔にとってヤクザも乞食もスリも同胞以外の何物でもない。武装スリ集団へのアジト提供の際に崔の身柄を捕っておくべきだったんだが、別事件が起こってしまったからな……」

「日本の暴力団に属する韓国人が対立組織の韓国人暴力団員を殺害した事件ですね」

「先日、崔本人が韓国の警察に逮捕されてしまった」

「ソウル地方警察庁が警視庁に、反社会的勢力の構成員のうち韓国人リストの提供を要請した案件ですね」

「日本で活動する韓国人暴力団員の実態を一番知っているのが崔だったからな。司法取引というわけではないだろうが、崔は組対の担当者に『日本全国で四百人』と答えたそうだ」

「管理官は先ほど、減少が続くコリアンマフィアとおっしゃいましたが、それは事実なんですか？」

「コリアンマフィアの資金源であるパチンコ屋、焼肉屋とも、最近は売り上げが減っている。原因は、前者は政策的なもの、後者は同業者の濫立だな」

「しかし、パチンコ店に銀行ＡＴＭの設置が進んでいるようですよ。以前、パチンコ店近隣のサラ金ＡＴＭ設置が社会問題化したにもかかわらず、今では都銀、地銀から郵貯、農協まで、ほとんどの金融機関の預金が店内で引き出せるようになったそうですよ。支店（所轄）の生安課保安担当者が嘆いていましたから」

「ギャンブル依存症の者にとってパチンコ店内のＡＴＭ設置は『地獄に仏』か『泥棒に追い銭』のどちらかでしかないだろうな。それでも都内でもパチンコ業界でホールの閉店ラッシュが止まらない……と言われている」

「そうなんですかね……郊外に行くと大きな建物はほとんどがパチンコ屋ですけどね。

そもそも、ギャンブル依存症の人間なんて、どれくらいいるものなんでしょう」

「ギャンブル等依存症の疑いは〇・八パーセント、約七十万人、その中でパチンコ・パチスロ依存は五十七万人だそうだ。県庁所在地で中央駅前にパチンコ屋があるところは、だいたい、その民度がわかるとも言われている」

二〇一七年九月、国立病院機構久里浜医療センターが「国内のギャンブル等依存に関する疫学調査」の中間とりまとめを発表している。一方、公益財団法人日工組社会安全研究財団は「パチンコ・パチスロ遊技障害（いわゆるパチンコ依存）」の全国調査を同時期に行っている。

「そんなにいるもんですかね……私の故郷の福岡市のＪＲ博多駅前には隣のブロックにパチンコ屋がありますよ」

「福岡か……いい街だけどな。ギャンブルと言っても福岡市にはボートレースしかないんだよな」

「さすがによくご存知ですね」

「なんだ、そのさすがに……というのは」

「以前、福岡で襲われてケガされていましたよね」

久しぶりに忌まわしい思い出が青山の脳裏をよぎった。

「そんなこともあったな……それで、レンタカー契約者の朴武鉉に対する行確（行動確認）は始めているんだろうな」

「運転免許証の住居地には居住しておらず、現在、市区町村の在留カードをチェック中です」

「出国はしていないんだな」

「朴武鉉の名前では海空港からは出ておりません」

「Nシステムの通過記録等から拠点らしきものは出てこないのか？」

「現在、最新のDBマップを活用しながら予測解析を行っています」

DBマップとはデータベースマップのことで、警視庁刑事部捜査第一課第二強行犯捜査科学捜査班がコンピューター関連企業と合同で開発した、リレーショナルデータベースである。これは警視庁が持つ大量の地理的データベースに個人情報、企業情報等のデータベース等を関連付けて作成され、航空地図、さらに最新のストリートビューとも組み合わされた地図である。

複数のデータベースが関連付けられることにより、例えば、ある犯罪発生地点から三十分後に犯人が逃走する可能性が高いコース等を自動的にコンピューターが割り出し、警戒に当たっている警察官を誘導することも可能となっている。

翌日、DBマップを解析していたチームの主任から速報が届いた。

「青山管理官、奴らのアジトと思われる場所が判明しました」

「どこだ？」

「渋谷区代々木六丁目四十七番のマンションです」

「聞いたことがある地名だな……地図を見せてくれ」

青山は示された地図を見るや言った。

「調二が恒常拠点を持っている場所の近くだ。カメラの方向も同じような気がする」

「調査第二が……ですか？　宗教関連施設かカルトの拠点が近所にあるのですか？」

公安総務課の調査第二係は、反社会性が強いカルト集団の視察・行確を専門に行っているチームである。

「そう、とんでもない団体が近所にいる……」

「我々も知っている団体なのですか？」

「どうかな……」

青山は卓上の電話を取った。

「長嶋管理官、代々木六丁目の拠点はまだ二十四時間のビデオ撮影をやっていますか？」

「青山さん、やってるけどどうしたの？」

「六丁目四十七番のクリスタルマンションの入り口が映っているのかどうかを知りたいのです」

「クリスタルマンションは隣だから、五〇〇ミリの方なら映っているはずだな」

「その部分だけで結構なのですが、十月二十五日から十一月五日までの画像データをお借りしたいのです」

「うーん、撮影角度から拠点の場所が漏れるとマズイんだよね」

「そうですよね……修整をかけていただいても結構なんですが……」

「その期間って、まさか……あのハロウィン仮装事件に関係してるわけ？」

「可能性が出てきたのです。そちらで画像確認をしていただいて、ヒットしているかどうかを知らせていただいても結構です」

青山は調査第二の長嶋管理官にいすゞエルフのレンタカーの特徴と車両ナンバー、さらに運転していた可能性があるレンタカー契約者、朴武鉉の個人データを伝えた。

翌日、長嶋管理官から「ヒット」の旨の連絡が来た。しかも朴武鉉は未だに出入りがあるとの報告だった。

「至急、拠点設定だ」

青山は直ちにDBマップ解析チームの主任に対して指示を出した。

緊急であっても、ターゲットを常時視察する拠点設定が速やかにできるかどうかによって公安マンの能力の有無を問われる。

「管理官、いい物件がありそうです」

「ＤＢマップ情報か……ＡＩの活用も大事だがヒューミント（人的情報収集活動）も必ず併用してやってくれよ」

「了解。最近のＤＢマップは公示地価、基準地価情報だけでなく、大手不動産業者に加えて地域密着型の不動産業者のデータベースにもリンクできるようになっています」

「自分の足で探す前に下準備ができる……というわけなんだな」

「はい。都心の賃貸物件だけでなく、土地や売りマンションなど、売買物件の情報も瞬時にわかります。さらに所有者、管理者が対象者であるかないか……までも照会できるのがありがたいです」

　対象者とは反社会的勢力や極左暴力集団、右翼団体等の警察の視察、要注意警戒対象になっている者や団体のことである。

「おまけに地図ビューでは地図の情報を３Ｄで画像表示したり、航空写真で表示したりすることができるんだからな」

「３Ｄ機能は実にありがたいです。ターゲットからの視点で周辺を見ることができますからね」

「ＤＢマップに使用されている地図画像は、一応航空写真ということにはなっているが、パブリックドメインの衛星写真ではなく、情報収集衛星の画像に基づいているしな」

「パブリックドメインの衛星写真の標準的な解像度は十五メートルと言われていますが、

大都市や興味深い施設があるところでは、解像度一メートルの高解像度画像が使われているようですね」

「極めて限られた地域では、解像度六十センチメートルから十五センチメートルの画像が使われているところもあるそうだ。その程度でも車種や、木の枝の影まで判別できるんだが、情報収集衛星からの画像は地上で吸っているタバコの銘柄までわかるんだ」

「そうなんですか？」

「だからＤＢマップ画像に再解析をかけることができるだろう」

情報収集衛星は、光学センサを使用した近赤外線観測機能付きのいわゆる超望遠デジタルカメラを搭載して画像を撮影する光学衛星と、合成開口レーダーによって画像を取得するレーダー衛星との二機を一組として、二組の計四機体制で運用されている。光学衛星は主に昼間の写真撮影を行い、レーダー衛星は、光学衛星より分解能は落ちるものの、夜間および曇天でも画像取得が可能となっている。

合成開口レーダーとは、航空機や人工衛星に搭載して移動させることによって仮想的に大きな開口面が直径として働くレーダーのことである。

「この他に静止衛星も併用しているのですよね」

「その件は口に出してはならないことになっているはずだぞ」

青山は公安部内の特殊研修を受けたＤＢマップ捜査専門官の主任に、やや厳しい口調で言った。

衛星の静止軌道は過密地帯であるため、ほぼ全ての衛星は情報を公開して運用されている。しかし、秘密裏に運用されている衛星もあり、シギント衛星である可能性が高い。シギントとはシグナルインテリジェンスの略称であり、通信、電磁波、信号等の傍受を利用した諜報活動のことである。

「今日中に拠点を設定して、リアルタイムで画像解析できる体制を組んでおいてくれよ。まだ、相手の正体が摑めていない。極左暴力集団のレベルスリーを相手にするつもりでかからなければ失敗するぞ」

「レベルスリーですか……。それほどの防衛意識がありそうですか？」

「仮にコリアンマフィアの幹部クラスならそれくらいの注意を払うのが常識だ。自分のミスが部下や家族だけでなく、一族郎党全てに及ぶんだからな。しかも、それを虎視眈々と狙っている連中も多いんだ。心してかかってくれ」

極左暴力集団や力のあるマフィア組織は、秘密アジト周辺に防衛拠点と呼ばれる監視アジトを複数設け、秘密アジトに接近する者を常時警戒し、時にはこれを非合法に排除している。

青山自身、警部補時代に視察拠点とする物件を探す途中で敵の視察チームに行動を察知され、拠点設定と同時に犯人グループに逃げられた苦い経験があった。

拠点設定の下命を受けた主任は、彼自身が運営している特別協力者から車を借り受け、現場に赴いた。主任は内装業者を装っていた。借り受けた軽トラックの車体にも業者名が記されており、万が一、敵の視察チームがこの内装業者に確認の電話を入れても、社員が営業中であると答えるようになっていた。

内装業者に変装した主任が訪れたのは、ターゲットとなっているクリスタルマンションのほぼ正面に当たる六階建ての雑居ビルだった。主任は軽トラックを雑居ビルの敷地と歩道に跨るように停めて雑居ビル内に入った。ここで注意しなければならないのが駐車違反の取り締まりだった。敷地と歩道に跨るような車両の停め方でも、敷地側に大きく食いこんで停めていなければ駐車違反の対象となってしまう。特にこの地域では、駐車監視員の巡回よりも地域住民による一一〇番通報で警察官が臨場するパターンが多いことを主任は青山から指導されていた。

六階に住むビルのオーナーにはあらかじめ連絡を入れていた。

主任の訪問を受け、四十五歳であるはずのオーナーはその服装に驚いた様子だった。

「警視庁本部の捜査員の方はそういう変装もなさるのですね」

「まだ、相手が海のモノとも山のモノともわからないのです。こちらの動きを察知されたら、それで捜査終了になってしまいますからね」

主任はあらかじめ連絡を入れた際に告げた、「警視庁生活安全部特命捜査班」という偽装部署の名刺を差し出した。

「特命捜査……ですか……なんだかかっこいいですね」

「いわゆる何でも屋ですよ。生活安全部の中の少年事件以外は何でもやらされる部署です」

「それだけ何でもできる……ということでしょう?」

「そうですね。悪い野郎に対してはあらゆる法律を駆使してとっ捕まえるのが仕事です」

「頼もしいですね。実は最近、この辺りにも外国人が増えていましてね。外国人が悪いというわけじゃないんですが、彼らは集団で動くでしょう? 気持ち悪いんですわ」

「ほう。一見して何人っぽいんですか?」

「外見や言葉からすると、インドネシアとか……あっちの方ですね。そして間違いなくイスラム教の信者なんですよ」

「それはどうしてわかるんですか?」

「代々木上原にあるど派手なデカいモスクに入っていくのを何度か見ましたからね」

「オスマン様式の壮麗なモスクですね。あそこは友好的な人たちが多いですよ。心配はないと思いますけどね」

「そうなんだ……イスラム教というのは排他的な宗教なんでしょう? 『イスラム国』

なんていう過激な連中がいますからね」

「キリスト教だって、過去にはどれだけの人を殺してきたか……しかも魔女狩りなんて本気でやっていた時代があったわけですからね。イスラム教の場合にはキリスト教のような宗教改革というものを経験していないんです。いわば宗教が成立してから今日まで、純粋培養のまま拡大してきたんです。だから中には原理主義に走る過激派が貧しい地域に現れるのですよ」

「殺人はいけないという教義はないんですか？」

「現実に聖戦や名誉殺人が行なわれてきたのが、あの宗教の悲しいところですね。大多数のイスラム教の信者は普通に生活をしていますし、他の宗教を否定はしても、決して攻撃したりはしません。日本の仏教の中でも、いまだに他の宗派と血で血を洗う抗争をしている教団がありますよ」

「まあ、新興宗教の中にはそんなのがあるかもしれませんけどね……」

「それ以外の外国人で気になるような存在はありませんか？」

「この辺りには中国人は少ないですね。しいて言えば、去年の夏あたりから朝鮮人が増えたかな……」

「朝鮮人……ですか？」

「私らにとっては韓国人なのか北朝鮮人なのかわからないじゃないですか。韓国だって国連ではRepublic of Koreaでしょう。結局はKorea、つまり朝鮮じゃないですか。相手方を北朝鮮と呼ぶのなら南朝鮮でいいでしょう」

ヨーロッパ諸語で大韓民国、朝鮮民主主義人民共和国に付する呼称である「コリア」は、マルコ・ポーロが記した『東方見聞録』における「高麗（コリョ）」に由来している。ヨーロッパでは報道等において、北朝鮮をNorth Korea、韓国をSouth Koreaと略称することも多いのが実情である。

「確かにそうですね。韓国と北朝鮮では明らかに呼び方が公平を欠くかもしれませんね。でも北朝鮮の正式名称は英語ではDemocratic People's Republic of Koreaで、漢字表記すれば民主主義の共和国でありながら、実質は最高指導者による独裁体制を取る社会主義国です。しかも、共和国というのは君主が存在しない国家の意味ですから、国名からして二重に嘘をついている国家に他ならないのです」

「なるほど……いいこと言うなあ。今度使わせてもらいますよ。それにしても、今の韓国だって、あんな奴が大統領になるのだから、おかしいじゃないですか。国際的な合意を一方的に破棄しようってんだからね。まあ、アメリカも似たようなものだけどね」

「警察は共産主義以外に対しては不偏不党、公正中立でなければなりませんから、韓国とアメリカに関してはノーコメントですね」

「それなら中国と北朝鮮に対しては何を言ってもいいの？」

「何を言ってもいいわけではありませんが、共産主義国家は資本主義国家を敵と看做していることは事実ですからね。中国の毛沢東主義、北朝鮮のチュチェ思想と言っても、所詮はマルクス主義とレーニン思想が根底にあることは間違いがないことです」

「いいねえ。久しぶりに反共人に会ったような気がするね」

「反共ではなく、自由主義擁護と言って下さい」

「まあいいや。それでね、朝鮮人はいつも三、四人が一緒になって大きな声でしゃべりながら歩いているんですよ。奴らは人の迷惑ということを考えないのかねえ」

「自己主張が大事な民族なんですよ。歴史的に見ても長いこと中国の朝貢国だったわけですからね」


朝貢とは、皇帝に対して周辺諸国の君主が貢物を献上し、皇帝側は恩恵として返礼品をもたせて帰国させることで外交秩序を築くことである。

中国の清朝と朝貢国の関係は「属邦自主」の原則のもとにあり、清朝は朝貢国の内政・外交に対して直接支配こそ行わなかったが、上国と属国という上下のいわゆる華夷の関係にあった。

清朝時代は、朝鮮、琉球、ベトナム、タイ、ビルマ、ネパール、イスラム諸国の朝貢国の君主が清と主従関係を結んでいた。この朝貢関係が崩壊したのは琉球処分、及びアヘン戦争後の欧米列強による中国の半植民地化と、清仏戦争や日清戦争における清朝の敗北によってである。

「その南朝鮮は再び中国の属国になっているんじゃないのかな？」

「中国の戦略勝ち……というところかもしれませんね」

主任が言うと、オーナーは顔をしかめて言った。

「共産主義国の属国になって恥ずかしくないのかね」

「恥というものに無頓着な民族なのかもしれませんね」

「無頓着か……だから自分が慰安婦だったとか、売春婦であるとか平気で言えるんだろうね」

オーナーが頷きながら腕組みをしたところで主任が用件を切り出した。視察拠点の設定に際しては貸主との人間関係が最も大事である。オーナーは主任を警察官として信用するだけでなく、歴史認識をも気に入った様子だった。

「電話でも申し上げましたが、三階の西角にある部屋を一か月ほどお借りしたいのです。ただし、十分なお家賃をお支払いできるとは思いません」

「あそこはうちが物置として使っているところで、キッチンとトイレはあるけど、生活するには、中にあるものを片づけなければなりませんよ」

「いえ、簡易ベッドを置かせていただいて、人一人横になるスペースがあれば結構なんです」

「それくらいのスペースはあるけど、掃除もろくにしていませんよ」

「それはうちでやらせていただきます。電源だけお借りできればいいんです」

「一応、エアコンはあるから人が住めなくはないけど……あんなところでいいの？」

「逆にその方が助かります。一度、中を見せていただくことはできますか」

オーナーには捜査内容も何も告げず、「事件が発生する可能性がある」ということで、当面一か月間、部屋を借りる約束を取り付けた。

オーナーは無償でもいい旨を伝えたが、電気、ガス、水道料金込みで、一か月五万円の賃貸借契約を交わした。小田急線参宮橋駅から三百メートルというこの付近では、六畳一間で十三万円の家賃が通常だった。

翌朝、早速、内装工事を装って青山と三人の係員が現場を訪れた。青山は拠点設定責任者として現場を確認する必要があった。ただし契約者はあくまでも主任であり、青山自身がビルのオーナーと直接会うことはない。青山が取るのは万が一の時の責任だけである。公安作業には常に暴露の危険がある。青山は作業に関して直属の部下以外の者は誰一人信用していなかった。

「いい場所だ」

早速、拠点設定作業が始まった。工具箱と脚立（きゃたつ）、大型衣装箱一つ、大きめの段ボール箱四つが搬入された。

衣装箱の中には折り畳み式の簡易ベッドと簡易テーブルが入っていた。パイプ椅子二脚はオーナーが用意してくれていた。

段ボール箱は圧縮袋に入った羽毛布団と枕等の寝具が一箱、あとの三箱はビデオ、カメラ、パソコン、通信機材等がぎっしり詰まっていた。

拠点に入室してから設置完了まで一時間、外から拠点を確認しても、設定前後で全く変化は見えない。その後全ての通信確認を終えるまでに三十分とかからなかった。

第六章　行動確認

朴武鉉が最初に視察拠点のカメラに捉えられたのは視察開始から二日目だった。

「雰囲気が似た男がいます。画像解析をお願い致します」

拠点からの視察は二人一組が二交代で行う。つまり視察拠点に入ると十二時間、じっと建物の入り口付近を見ていなければならない。最初に「らしきもの」を発見した時点から二十四時間体制のビデオ撮影が始まる。記憶媒体は一テラバイトの外付けハードディスクで、ビデオ撮影に成功した段階で本部の画像解析デスクにデータ送信を行うことになっていた。

複数の写真画像とビデオ撮影画像が画像解析デスクに届いた。

「朴武鉉です。現在クリスタルマンション内のエレベーター画像も確認しました」

画像解析デスクはクリスタルマンションのエレベーター管理会社と一か月間の捜査協

力協定を結んでいた。

「八階ですね」

「DBマップで八階の居住者を全て洗ってくれ」

クリスタルマンションの所有者、管理会社とも地元の代々木警察署の協力団体に加入していたが、青山は別ルートでの情報収集を行っていた。

「可能性があるのは八〇四号室だけです。後は全て把握済みで、運転免許証台帳の確認も取れています」

「八〇四号室の住民票はどうなっている？」

「特別永住者証明書の登録者がヒットしています。氏名は金哲鍾（キムチョルジョン）、四十八歳です」

「職業はどうなっている？」

「歌舞伎町で焼肉店を経営しています。北朝鮮系ですね」

「同居人は？」

「現在のところ確認されていません」

「金哲鍾も併せて行確してくれ。要員は八人。遊軍から選んでくれ。イリーガルを問わない」

青山にしては珍しく、はっきりと言った。

「何でもアリアリ……ということですね」

「バレなきゃいいさ。悠長な捜査をやっている時じゃない」

「青山管理官のそういう手法を聞くのは、係長時代以来ですね」

「あの頃は単なるイケイケだったが、今は少しは賢くなったし、ＤＢマップやＡＩが急速に進歩したからな。不必要なイリーガルはやる必要がなくなった……ということだ」

「シギントまではよろしいのですか」

「必要ならばやればいい。ただし、決してヅカれるなよ」

　金哲鍾の行確チームは青山の係長時代の直属の部下で固められていた。青山の意図を阿吽（あうん）の呼吸で実行できるメンバーだった。

　金哲鍾の預金口座の解析は翌日のうちになされ、過去二年間のクレジットカードの使用状況も同じだった。携帯電話の通話記録、メール、ＳＮＳの利用状況まで把握できていた。

「スマホを一時預かりしたのか？」

「奴はコートのポケットに入れていたので、お預かりして、新宿の東京メトロの駅員に拾得物として届けておきました」

「防犯カメラに映っていないだろうな」

「それは完璧です。改札口付近で渡すような馬鹿な真似はしません。電車が入線間際の混雑時に渡しましたから」

「本人がスマホがないことに気づいたのはいつだ？」

「小田急線の南新宿駅を過ぎたあたりです。参宮橋の駅に降りてすぐ駅員に聞いていました」

「交番には届け出ていないのか？」

「代々木署に自宅から電話を入れています。その後、すぐに新宿駅西口ＰＢに受領に行きましたが、受領した際には満面の笑みを浮かべていました」

「不審がってはいなかったんだな」

「見られては恥ずかしい写真がたくさんありましたから、ホッとした……という感覚の方が強かったのだろうと思います」

「犯罪写真ではないんだな」

「合意はあったのだろうと思いますが、ご覧になりますか？　でも管理官はまだ新婚さんだからな……」

「どうせ証拠にはならないんだ。一応、相手を確認してから早めに処分しておけ」

金哲鍾のスマホの解析から新たな事実がわかりつつあった。

「アドレス帳と通話記録をリレーションシップすれば通話回数が多い順や新しい順にソートできますから、事件当日や、その前後に最も連絡を取った相手がすぐにわかります」

「携帯電話の通信会社に令状を出して捜査するよりもはるかに効率的……ということだな」

「証拠能力はありませんけどね」

「そんなのは後から正規の手続きを取って、通信会社宛に令状で請求すれば済むことだろう」

　スマホの解析を任された係長と主任が笑顔で会話をしていた。

「久しぶりにデュープロセス（適正手続き）を没却した仕事をしている自分が可笑しいです」

「褒められたことじゃないし、誰にも言えない仕事だが、これだけの充実感は滅多に味わうことができないな」

「それにしても青山管理官は今回の事件に何か特別な思い入れがあるんでしょうか」

「殺人事件が絡んでいるしな……それも、被害者は無戸籍者という、社会的弱者の中でも特に苦労していた真面目な人たちだったようだ」

「管理官はそういう人たちに対しては極めて寛容ですからね」

「そういう人たちを被害者にしてしまった犯罪者は相手を間違えた……ということだな。今回の管理官はまさに鬼だからな。俺たちも絶対にミスは許されないし、一瞬たりとも気を抜いてはダメなんだ」

「これだけ精神が充実していれば、気を抜くこともありませんよ」

金哲鍾のスマホの通話データが青山の手元に届いたのはその翌日の朝一番だった。

「崔在明とこれだけ頻繁に連絡を取り合っていたのか……朴武鉉とも……これでつながりは解明されたが……」

青山はハロウィン前後の通話記録に特に注目しながらデータを確認していた。さらに彼らが使用していたＳＮＳの解析結果を確認すると、金哲鍾の指揮官としての裏の立場が見えてきた。そしてその中から金哲鍾が崔らに指示した最大のポイントが明らかになった。「計画通りの行動を実践せよ。金よりもＡＴＭのオペレーティングシステムとアプリケーションを重視せよ。目先の金に惑わされるな」。

青山は金哲鍾が伝えた「計画」の中身を探したがＳＮＳの中にはどこにも記されていなかった。

「『計画』がハロウィンの事件を指すことは明らかだが……」

呟きながら青山は腕組みをして天を仰いで目を瞑った。

ふと目を開けた青山は卓上電話から警視庁公安部外事第二課朝鮮班係長の警部に電話を入れた。

「青山管理官、お久しぶりです。何かありましたか？」

「実は今年のハロウィン前一か月間のA3放送で何か特徴的な指示がなかったか聞きたいんだ」

A3放送とは、北朝鮮が各国に潜伏するエージェントに向けた指令を送信するラジオによる乱数放送のうち、日本向けのAM波を用いたものである。約十六年間にわたる長い中断をはさんで二〇一六年に再開されたが、かつて七〇〜八〇年代の日本人拉致事件や、一九八七年の大韓航空機爆破事件に関する指令もこの放送によって行われていた。最近ではCW（Continuous Wave）モードと呼ばれる最も古典的な無線通信で、「ツートツーツー」というモールス信号による通信も盛んに行われている。

総務省総合通信局は「数ワットの不法無線局でも移動しなければ場所を特定する能力がある」と明らかにしている。つまりA3放送が、朝鮮民主主義人民共和国の国営放送局である朝鮮中央放送委員会が製作する国外向けラジオ放送、平壌放送によることは明白である。

「十月いっぱい……ということでよろしいですか？」

「そう。それとハロウィン後の一週間も含めてもらいたいんだが」

「ハロウィン……ですか……、青山管理官、差し支えなければうかがいたいのですが、例のATM窃盗事件を追っていらっしゃるのですか？」

「そうだけど。何か？」

「実はこちらでも不審な指示命令を把握していたのです。ただ、意味がわからなかったので、うちの管理官までしか報告していませんでした」

青山は自分自身も公安総務課長に報告することなく動いていたことを考えながら訊ねた。

「不審な指示命令というのは、どういう内容なの？」

「この件に関して、九月二十日に最初の指示が出されたのです」

「それは女性、男性、どちらの声だった？」

「女性です。いわゆる連絡……ですね」

伝文形式は三＋二文字の数字が朝鮮語で読み上げられ、男性の声の場合は命令、女性の声の場合は連絡が多いと言われている。

日が暮れてから周波数をＡＭ６５７キロヘルツにチューニングしてラジオアンテナの方向を多少調節するだけで、容易に国内放送並みのクリアさで聴取できる。

「内容は『ハロウィンの亡霊は必ず訪れる。準備を怠るな』というものです」

「確かにそれだけ聞いても意味がわからないだろうな。しかも二重の乱数解読を考えることになってしまいそうだ」

「そうなんです。防衛省の電波部も換字式暗号を併用したみたいですが、意味不明だった……という連絡でした」

「換字式暗号か……大日本帝国陸軍じゃあるまいしな……」

換字式暗号は、平文を一文字または数文字単位で別の文字や記号等に変換することで暗号文を作成する。代表的な古典暗号の一つであるが、第二次世界大戦中の日本陸軍が使用したそれは連合国側の手を焼かせたと伝えられている。

「その後、具体的な文章が出ています。まず、『平昌オリンピックを意識させる』『圧力の強化に執着する安倍は一国の首相としてあまりにも愚かだ』『非難の鉄槌は中国にも向ける』とあります」

「それが指示なのか？」

「男性の声でしたから、二重の意味は考えていませんでした」

「最新の乱数表はいつ入手したんだ？」

「本年八月が最新で、これで今のところは全て解読できています」

「ＣＷモードは取っていないの？」

「それは防衛省に全面依頼しています。さすがにモールス信号を解読するまでの人員と時間はこちらにはありませんから」

「そうだよな……他に具体的な指示は出ていないのか？」

「『白いウサギは赤い虎に従え』というのもあります。土台人（日本に潜入した工作員が協力させる在日朝鮮人など）か補助工作員に対して工作員の指揮下に入るよう指示したものと思われます」

「白いウサギと赤い虎の存在は把握できていないのか？」

「白いウサギはわかりませんが、奴には指定された車をハロウィンの二日前までに用意するよう命令が出ています。赤い虎はおそらく、今年の九月に訪朝した国内の有力者と考えられています」

「訪朝者のリストはあるのか？」

「北京経由で北朝鮮に入った者のリストはあります」

「その中に金哲鍾という名前は入っているか」

「えっ」

青山が具体的な名前を出したことに外事二課の担当係長は驚き、一瞬言葉に詰まった様子だった。

「青山管理官、金哲鍾をご存知なんですか？」

「表向きは歌舞伎町の焼肉屋の親父だろう。裏の顔は知らないが……」

「そうですか……金哲鍾か……確かに金哲鍾が赤い虎であってもおかしくないな……」

外事二課の担当係長が電話の向こうで慌ててパソコンを打っている様子が伝わってきた。間もなく係長が言った。

「青山管理官、今、捜査はどのあたりまで進んでいるのですか？」

「まだ行確を始めたばかりだ」

「金哲鍾の行確……ですか？」

「そうだ」

「拠点も設定しているのですか」

「そうだ」

「参宮橋のマンションですよね」

「何かあるのか？」

「金哲鍾は朝鮮総連の中でも発言力がある男で、影の実力者と言われています。それもこの数年で一気に力をつけているのです。奴の自宅マンション付近には幾つかの防衛拠点もあるようですので、私が言うのも僭越とは思いますが十分に気を付けられるよう、お伝えしておきます」

担当係長の言葉に青山は礼を述べて訊ねた。

「奴の本業は何だ？」

「貿易が主で、焼肉屋は隠れ蓑……と考えています」

「貿易か……会社は登記しているのか？」

「はい。横浜に倉庫を持っていますし、船籍は他国ですが実質的オーナーとして船舶も数隻保有しています」

「そんなに大物だったのか」

「急速に伸びた……としか言いようがないのです。おそらく、本国からの指示があったものと思われます」

「奴は特別永住者だよな。年齢から考えて二世代目だろう？」

「二世代目です。彼の父親は朝鮮戦争の戦火から逃れ、生活の糧（かて）を求めるために、さらには荒廃した朝鮮半島より学問の進んだ日本の大学で学ぶために密航した朝鮮人で、戦後の日本国内の混乱に乗じて永住権を得ているのです」

「特別永住者の中には戦後、出稼ぎのために密航で来日した者も多いし、その中には起業家として成功した人物も数多いからな」

「金哲鍾の父親は工作員だった可能性が高いのですが、結果的に金を残したんですね。金哲鍾は十年前に初めて北朝鮮に一時帰国したのですが、その時に北朝鮮政府からその能力を認められたと言われています」

「特別協力者情報か？」

「韓国に脱北した朝鮮労働党元幹部の供述に基づいていますし、裏付けも取れています。その後、奴はパチンコ業界にも手を拡げ、大きくした十数店舗を全て大手パチンコ業者に売却して、貿易会社を設立しているのです」

「大手パチンコ業者か……あの業界にも密航者として来日した著名な成功者がいるからな。その貿易会社のデータを僕のパソコンに『けいしＷＡＮ』（警視庁統合情報通信システム）で送ってくれないか」

「了解。ついでに金哲鍾の渡航歴も添付いたしましょうか」

「ありがたいね。主な出国先はどこなんだ？」

「奴の行先は独特ですよ。サウジアラビアやイスラエルにまで行っていますからね」

「サウジにイスラエル……」

　青山の脳裏がピクリと反応した。担当係長は青山が言葉につまったと思ったのか、言い添えた。

「イスラエルへの渡航はこの三年で五回を超えているんです。うちの課長の話ではモサドも金哲鍾の動きに注目しているようで、渡航歴の照会が来たそうですよ」

　外事第二課長はキャリアである。しかも警察庁警備局の外事情報部理事官から警視庁の外事第二課長に照会が来ていたのだった。

　青山は担当係長の言葉から、モサドが金哲鍾の渡航歴だけに注目しているのではないことを察していた。

「ところで青山管理官、ハロウィンの事件の関係ですが、うちの課長にも報告していいですか？」

「明日にしてくれないか。実は僕もまだうちの課長に何も報告していないんだ」

「青山管理官らしいですね。それでは、明日の午後一番でうちの課長に報告します。うちのデータを外に出すにはそれなりの理由がいるものですから」

「頼むよ。僕も明日の午前中までには課長に報告しておくから」

電話を切ると青山はすぐにA4一枚の報告書を作成して、上司である吉原公安総務課長の別室に電話を入れた。課長は在室しており、今、決裁はさほど混んでいないとのことだった。

青山は警視庁本部十四階の公安部別室に向かった。

「青山さん、新婚生活はどうですか」

公安総務課長が笑顔で言った。

「いいものです。ただ最近はデスクで泊まり込みが続いていますが」

「何か着手したのですか？」

青山は報告書を提示して概要を報告した。

「そこまで捜査が進んでいたのですか……」

「着手報告をと思ったのですが、まだ先が見えていませんでしたので、ズルズルとここまで引っ張ってしまいました」

「視察拠点も設定したのですね。チヨダへの報告は？」

「まだ、視察拠点という認識ではなかったものですから、対象者を発見してから、と考えていました」

「チヨダには早めに行った方がいいですね。先週、岡林と会合で会った時、青山さんが最近顔を出してくれない……と寂しそうに言っていましたよ」

「理事官も野党情勢と、これに伴う極左問題で忙しそうでしたから、しばらく遠慮しておりました。この後で足を運んでおきます」

「そうしておいて下さい。それにしても、一気にここまで進んだのですね」

　公安総務課長は青山の動きを見とおしているようだった。何しろ、通話記録を取るにしても捜索差押許可状の発布を求めるために、公安総務課長の決裁を得なければならないからだった。

「しかるべき段階で正式に令状を請求しようと考えております」

「そうして下さい。係長クラスはともかく、主任クラスにはデュープロセスをしっかりと身に付けてもらわなければ大事故を引き起こしてしまいますからね」

　公安総務課長はニコリと笑って言った。

「現在の行確チームは全員、係長時代の部下でしたので、阿吽の呼吸で進めてしまいました。今後は十分に注意致します」

「よろしくお願いします。ところで、この金哲鍾という男は気になりますね」

「外事二課の情報もありましたので、取り急ぎ報告に参りました」

「こいつがハロウィンの一連の事件に関与している可能性があるとなれば外二とも合同捜査ということになってしまうかもしれませんし、イスラエルやサウジアラビアがつながってくれれば外三も絡んできます」

「こちらとしてはハロウィンの事件以外であまり手を拡げたくはないのが本音です」

「気持ちはわかります。あとはチヨダに任せてもいいと思いますが、正直なところ、青山さんはハロウィンの事件の本質をどう考えていますか？」

「まだ、全貌が見えてきておりません。特にハワイで殺害された無戸籍者たちが、どうして選ばれたのか……そこに大きな問題が潜んでいるような気がしてならないのですが、現在でも八方塞がりという状態です」

「無戸籍者ですか……都内で殺害された四人についても同様だと思いますか？」

「否定はできません。捜査一課がどのように判断しているのか……そもそも無戸籍者が国内、都内にどれくらい存在していて、そのネットワークがどうなっているのか……これを調べるのは困難です」

「警察では生安局ということになるのでしょうね」

「警視庁生安部でどの部署が担当しているのか……それさえわからない案件です。仮に私が所轄の課長だった時に、無戸籍者の事件が起こったとして、最終的に彼らをどう扱うのかも未だにわからないのです」

「法的に存在していない人……ですね」

公安総務課長も首を傾げていた。

「氏名等は『通称』若しくは『自称』で済むと思うのですが、最後に統計に回すときの原票を書くことができないと思うのです。日本人、外国人、無国籍以外の選択肢がないわけですからね。都道府県種別もない……。今回はアメリカ国内で発生した事件ですから、向こうはパスポートどおり死者は中国人で済ませるのでしょうが……。実に悩ましい問題に触れてしまった感があります」

「人の生命に関する問題になってしまいましたからね。類推適用というわけにもいかないでしょう。亡くなった方の出生届を事後に出す、ということですね。誰もやったことがない扱いですが、先行事例を作るということを考えれば、青山さんらしくていいかもしれませんね」

公安総務課長が穏やかな顔つきで言った。

チヨダの「校長」といわれる岡林理事官は青山の報告を驚いた顔つきで聞いていた。

「すでに視察拠点を設定しているのですか？」

公安捜査において、視察拠点を設定する際にはチヨダの承認を得なければならないことになっている。

「現在は視察拠点になる前の状況です。今後、この場所を拠点として使いたいと考え、ご承認を得に参った次第です」

岡林理事官は呆れたような顔つきで言った。

「青山さんとはこれまで信頼関係で仕事をしてきましたし、今後もそうありたいと考えています。ただ、今回のような外事上の重要人物が視察対象になった場合には、事故だけは避けなければなりません。特に対北朝鮮問題は常に騒動の火種になってしまいますからね」

「私もここまで早い時期に捜査が進展するとは思っていなかったのです」

青山が言うと、岡林理事官が笑いながら言った。

「実は刑事局刑事企画課から、国際捜査共助に関してクレームが来ているんです」

「FBIの件ですか？」

「ひと悶着あったようですね」

「FBIだけでなく海外の捜査機関や諜報機関とは、これまで情報収集の一環として、個人的に接点を持ってきましたし、長官も了承済みのことと理解しています」

「それは承知していますし、私も刑事企画課にその旨の通告はしましたが、事実報告さえしていただければ簡単に済んだことだったのです」

「問題になったのですか？」

「刑事企画課長が青山さんのことを知らなかったんですよ。しかも彼は刑事企画課長ではありますが、現場には疎い方なんです」

「そうでしたか……」

それを聞いた時、青山はふと藤中の顔を思い出していた。

「それにしても、大阪府警も京都府警も何も報告をしてこないところをみると、どちらも青山さんに気を遣っているということなんでしょうね」

「京都府警は先の祇園祭の一件がありますから、そうなのかもしれません」

「いろいろなところに人脈を拡げている青山さんらしいですね。私も見習わなければなりません」

「警備局の講習仲間というのはありがたいものです。管区学校の一般課程では同じクラス、同じ居室であっても、そうはいきませんからね」

「全国一体の原則が現場で行われているということを嬉しく感じますよ」

岡林理事官は典型的なキャリアの行政官らしく、一段高いところから発言した。これまでの多くのチヨダの理事官に比べてやや権力意識の強いところが、青山が少し距離を置いてしまう原因の一つでもあった。

青山は今後の報告を迅速に行うことを伝えて警察総合庁舎を後にした。

デスクに戻ると画像分析班が新たな画像を探し当てていた。

「管理官、スーパーマリオ軍団の一部の前足が見つかりました」

分析担当係長が嬉しそうな顔で報告した。

「どこのカメラで？」

「渋谷駅南口バスターミナル前の工事現場に設置していた防犯カメラです」

「東急プラザ跡地の工事現場かい？」

「そうです。資材搬入口を映しているカメラをうちの係員が偶然発見したのです」

渋谷駅南口にあるバスターミナル前は大規模な開発工事が進められており、建設現場内に設置してあった防犯カメラを渋谷警察署の警察官も見落としていたのだった。

分析担当係長はパソコンの捜査一課の最新データに基づくストリートビューを開きながら説明をした。

「このカメラです」

「よく見つけたな……現場百遍というが、まさにそのとおりだな……」

「これがその時の画像です。最初がいすゞエルフのサイドドアから四人が降りてきている場面です。次がバスターミナルの中を縫うように歩いている四人組です」

四人とも赤い帽子に赤いシャツ、紺のオーバーオールという服装に付け髭を付けている。

「この服装だが、どれも四人の遺体と同様に、Tシャツとパンツの一体型だな」

「そうですね。背中にファスナーが付いた、どう見ても安物のハロウィンパーティー用コスプレコスチュームという感じです。しかもこの画像では髭を付けていても顔がはっきりわかるんじゃないですか？」

「カメラの精度がいいんだな……」

「工事現場の責任者の話では、最近の都心の大規模ビル工事に際しては、基礎工事段階から爆弾等の埋め込みを警戒するテロ防止対策として、極めて厳重なチェック体制が敷かれているということでした。防犯カメラもその一環なのかもしれません」

「警察署の建て替え工事もそうだよな……反社会的勢力関係者のチェックも含めて、コンクリートやパネルのはめ込みをする際には、各フロアごとに爆発物、盗聴器の埋め込みがないか確実にチェックしているというからな」

「工事段階で爆弾を埋め込まれたらいつでもテロは起こせますからね……建設業者も責任重大な時代に入ったわけですね」

「その結果、こういう画像も出てきたんだな……画像解析ソフトでの検証はどうなんだ？」

「四人とも運転免許証台帳の写真とは一致しません。現在、入管の出入国記録と照合中です」

「日本人ではない可能性が高いということか……あれだけの行進訓練を事前にできる場所を国内で探すのも難しいし、あの足の上げ方は独特だったからな」

「日体大の集団行動でもあの歩き方を揃えるのは難しいでしょう。ほとんど北朝鮮の軍事パレードの朝鮮人民軍陸軍の行進スタイルと同じでしたから」

「そうなんだが、もし、彼らが海外から入国しているとなれば偽造パスポートを使用していることになるだろうな……」

青山は偽造パスポートの存在によって捜査が途切れることを心配していた。偽造パスポートは発行国によって、国際捜査への協力度が大きく異なる。様々なシンジケートやブローカーが関与している場合には、その捜査に相当な時間を費やしてしまう可能性が高かった。

そこに藤中から青山のスマートフォンに電話が入った。

「青山、いいニュースだ」

「藤中、お前は今、どこにいるんだ？」

「京都だよ。昨日は高野山で清水保と一緒だった」

「相変わらずだな……清水は元気か？」

「ああ。タバコも止め、酒も少なく、精進料理を食べ、いい空気に包まれた生活だ。健康体にならない方がおかしいくらいだ」

「それはよかった。ところでいいニュースというのは？」

「お前、大阪府警と京都府警に無戸籍者の照会をしただろう」

「警備部の話までよく知っているな」

「府警の警備部といっても、コンピューターを扱っているのは生安部だ。だいたいの情報は入ってくるさ」

「お前が付き合うのは刑事部だけじゃないのか？」

「バカだなあ、サイバー犯罪対策課といっても、立ち上げはどこの都道府県警も刑事部捜査一課特殊班のメンバーが多いんだ。しかも捜査のノウハウは刑事部の方が詳しい場合もあるからな。そこが警備部と違う点だ」

「そうか……画像照会をすれば自ずとサイバー犯罪対策につながってしまう……ということか」

「そのとおりだ。そしてそこで偽造パスポートの問題が出ただろう？　それも入手経路に香港マフィアが絡んだやつだ」

「どうしてそこまで知っているんだ？」

「だから、奴らが関空で出入国した際のパスポートの写しを、今、俺が持っているからさ」

青山にとっては驚きの情報だった。さらに藤中が得意げに続けた。

「青山、天下の警視庁公安部といっても、国家機関にとっては地方警察の一部局に過ぎないんだよ。その点でいうと、警察庁長官官房調査官というのは横並びの世界だからな」

「おい、藤中、長官官房調査官ってなんだ？」

「言っていなかったっけ？　俺は今、刑事局分析官を兼ねて長官官房調査官という肩書も持っているんだ」

青山は愕然とした。長官官房に所属している限り刑事も警備も関係がない、いわばオールマイティーのポジションと言ってよかった。

「経緯は後で聞くとして、偽造パスポートの件はどうなんだ」

「正確に言えば偽造パスポートではない。中華人民共和国公安部出入境管理局が発行した正真正銘のパスポートだ。ただし、写真に写っている人物が実在していなかった……というだけの話だ」

「ビザはどうなっているんだ」

「ビザには入国回数が記されているが、不思議なことにお前が調べた無戸籍者は日本に二回、入国したことになっていた」

「二往復した……ということなのか？」

「そういうことになる。金がかかっているんだ」

「そこまでする必要性があったのか？」

「それを伝えたかったんだ。今回、ハワイで殺害された自称山下一二三という無戸籍者は、無戸籍者ネットワークの個人情報データ三千人分を持っていたんだ」

「無戸籍者ネットワークの個人情報データ？　誰がそんなものを作っていたんだ？」

「それをやったのが京都に拠点を置いている岡広組総本部の三次団体に当たる光岡組吉田会だ」

「山下一二三を誘った組員が所属していた団体だ。チンケなヤクザだと聞いていたが、裏稼業があったのか……」

「どうやら無戸籍問題を考える地方議員連盟という団体からデータを盗んでいたようだ」

「どこからの情報なんだ？」

「一時期、この無戸籍者ネットワークの個人情報データは、闇で裏名簿として取引されていたことがあったそうだ。それを全て買い取ったのが光岡組吉田会だったんだ。無戸籍者は法的にこの世に存在しない人間だ。何にでも使うことができる都合のいい存在として人身売買の対象になっていたようだ。特に若い女性や子供は高く売られていたというから驚きだろう？」

「もしかして、それは清水保情報か？」

「そのとおり。おっさんは面白いくらい裏稼業の話はなんでも知っている。反社会的勢力で力がある者というのは、金になるものには超敏感に反応して、囲い込む力がなければならないんだとさ」

「囲い込みか……嫌な言葉だ。それで、無戸籍の人たちは実際にどこに売られていたんだ？」

「一番が北朝鮮だそうだ。北朝鮮は日本人をありがたがる傾向があるらしいな」

「直接、北朝鮮に運ぶことはできないだろう？」

「そこに香港マフィアが絡んでいるんだ。今の香港マフィアの裏稼業で一番儲けているのが、経済制裁に苦しんでいる北朝鮮ビジネスなんだそうだ」

「ビジネスか……奴らしいな。藤中、悪いがもう少しそのあたりを調べてくれないか」

「がってんだ。俺も初めて知った世界だからな。今後の捜査の問題点にもなりそうだ」

「そういえば話は変わるが、刑事企画課長は気難しいのか？」

「刑事企画課長ね……頭はいいんだが、現場を小馬鹿にする癖はあるな。キャリアの中には時々いるじゃないか、学者さんよ。国会答弁だけさせときゃいいのさ。俺は幸いなことに長官官房の方が座り心地がいいんでね。仕事をしやすいところでやってれば済むことだ。それにあと一年だろう。思い切り仕事を楽しむさ。お前も仕事もいいが、文子を大事にしてやってくれよ。そうじゃないと、俺が四方八方から責められるんだからな」

藤中の明るい声に青山は救われる思いがしていた。

参宮橋の視察拠点では相変わらずの二交代勤務が続いていた。電気、ガス、水道、暖房設備にトイレが揃った拠点は畳二枚分の狭いスペースとはいえ、極めて恵まれた環境と言ってよかった。拠点勤務をする捜査員にとって最も気を遣うのが拠点への出入り時だった。

参宮橋の拠点へは表口ではなく、必ず裏口から十分な点検活動を行って出入りをしていた。入る時は視察担当者が周囲の確認をしてGOサインを出し、出る時も遊軍の補助者が外部の安全を知らせたうえで行っていた。

ところがこの日、どういうわけか裏口の扉の蝶番（ちょうつがい）が壊れていた。

出入り時の補助者との会話は携帯電話で行っている。

「点から丸」

「マルですよ。どうしました？」

「裏口が壊れているんだよね。表からしか出ることができないんだけど、表を確認してもらえるかな」

「了解。表に回るよ。このままちょっと待ってて」

「了解」

「扉が壊れてるってどういうことなの？」

「蝶番がバキバキいって動かないんだ。古い建物だからね」

「表に回ったよ。特に異常はないな。今なら人通りもないよ」

「了解。では表から右に出るよ」

「了解」

携帯電話を耳に当てたまま勤務を終えた視察員の一人が表口からビルの外に出て、通りを右に曲がった。続いてもう一人の視察員が補助者と連絡を取り、今度は左方向に曲がった時だった。

前方の路地から自転車に乗った制服警察官が通りに出てきて、視察員の方向に向きを変えた。視察員がやや顔をそむけ、制服警察官と目が合わないようにやり過ごそうとした時だった。

「あっ、前園(まえぞの)キャップ。ご無沙汰しています」

制服の地域課の巡査長が視察員に声を掛けた。視察員は知らん顔をしたが、巡査長は視察員の意図がわからなかったのか、再び声を掛けた。

「前薗キャップ、どうしたんですか」

視察員は仕方なく巡査長に向かって言った。

「仕事中だ。知らん顔しておけ」

巡査長は命令を受けたと思ったのか、視察員に向かって挙手注目の敬礼をして言った。

「了解、勤務中異常なし」

視察員は心の中で「バカが……」と呟いたが、遅かった。

この場面を金哲鍾の防衛担当が確認していた。その日から金哲鍾がこのマンションに姿を見せることは二度となかった。

この報告が青山に届いたのは二日後のことだった。

「前薗、お前らしくなかったな」

「奴を見つけた時にダッシュすべきでした。前任署の担当係長だったこともあり、奴も私が公安であることを知っているはずなのですが……地域ボケしてしまっていたのでしょう」

「敵に面が割れた……となると、この現場は無理だな」

「申し訳ありません」

前薗警部補に異動が発令されたのは、その二日後だった。異動先は警視庁本部から島嶼部を除いて最も遠い五日市警察署で、署長からの勤務命名は地域係長だった。

青山は警視庁本部六階の地域部地域総務課を訪れた。

「歌舞伎町に設置している防犯カメラの画像検索をお願いしたいのですが」

「公安部が画像検索とは珍しいことですね」

青山は苦笑いを見せながら、視察拠点から撮影した金哲鍾の画像と3D化したデータを示して言った。

「飛ばれてしまいました」

「この男は歌舞伎町に現れる可能性が高い……のですね」

「歌舞伎町で焼肉屋を経営していますが、どうやらそれは表の顔で、本業はもっとダークなようです」

「北朝鮮系ですか?」

「そうです」

「Nシステムはやらなくていいのですか?」

「生活拠点を変えた段階で、車も変えたはずです」

「Nシステムは車両ナンバーだけでなく運転者や同乗者も撮れますよ」

「ああそうだ。つい国家予算のオービスと勘違いしていました」

オービスは速度オーバーした車両を記録する。Ｎシステムは犯罪捜査のため全車両を記録している。

「オービスは交通部ですが、最近は国家予算よりも都費の方が増えているので、速度違反をすれば運転者や同乗者画像も撮れますよ」

「逃げている奴がオービスに捕まるとは思われないのです」

「最近は市販されているちょっと高級なナビにもオービスだけでなくＮシステムの場所まで知らせる機能が付いていますからね」

「その裏をかいたカメラも設置していると聞いていますが……」

「それはほんの一部だけですよ。よくそんなことまでご存知ですね。地域部のマル秘情報なんですよ」

地域総務課の庶務管理官が笑って言った。

「予算請求時に会計課経由でバレてしまうんですよ。正直な予算請求はやめた方がいいですよ。ちなみに歌舞伎町の防犯カメラは五十五台のままなのですか？」

「マル秘です」

警視庁では、繁華街等の防犯対策の一環として平成十四年二月に新宿区歌舞伎町地区で「街頭防犯カメラシステム」の運用を開始した。

これは、犯罪発生の蓋然性が高い繁華街等における犯罪の予防と被害の未然防止を目的としている。

その後、渋谷区渋谷地区、豊島区池袋地区、台東区上野二丁目地区、港区六本木地区、墨田区錦糸町地区にシステムを導入し、現在、合計で約百九十のカメラが設置されている。

「とりあえず、地域部が運用しているカメラに画像認知照会をかけておきますよ」

画像認知照会とは、登録した画像に一致する人物を防犯カメラが捉えた段階で非常発報し、請求所属に速報されるシステムだった。

「3D画像を撮っているところが、さすが公安部……という感じですね。これだと後ろ姿だけでもヒットしますからね」

「昔では考えられない技術ですよね。僕が現場で見当たり捜査をしていた頃には対象者の肩だけ見て捕まえた猛者もいましたけどね」

「機械の進歩は人を弱くしてしまいますからね。機械頼みは本当は嬉しくはないのですが、これも時代の流れでしょうね」

青山は地域部を後にしてデータ分析班のデスクがある警察総合庁舎に向かった。警視庁本部庁舎が大改修となり、職員の半数は有楽町駅近くの旧都庁第三庁舎に移っている。

主要コンピューターは大移動が困難なため、警察総合庁舎に移されていた。

「管理官、先日調査の指示を受けた芸能プロダクションのスターネクストプロダクション代表の榎原俊一郎ですが、これが全くの別人で、本名は李鍾全（リショウゼン）という在日朝鮮人でした」

分析担当係長の上田（うえだ）警部が報告した。

「別人？　どういうことだ」

「登記簿上の社長である榎原俊一郎ですが、都内の反社会的勢力との関係が認められる精神科病院に入っておりまして、スターネクストプロの社長を名乗る榎原俊一郎とは別人でした」

「スターネクストプロダクション代表の榎原俊一郎は別に存在している……ということなのか」

「そうです。会社設立時の単なる名前貸しかとも思ったのですが、いつの間にか……というよりもすり替わっている、あるいは……」

「背乗（はいの）りもどきか……」

「その可能性もあります。スターネクストプロの会社設立は七年前で、当時、李鍾全は関西方面で北朝鮮系の闇金をやっていたようです」

「裏は取れているのか？」

「一九九七年に『朝銀大阪』が破綻し、それに対して三千百億円もの日本国民の税金を使った公的資金が投入されたことはご存知ですよね」

「ああ、当時の政権側の大物議員が間に入った件だろう。そして大阪だけでなく京都・奈良・兵庫・滋賀・和歌山の各朝銀が合流して、新たに『朝銀近畿』となったんだが、これもわずか三年で破綻した。そしてそこに再び三千二百五十六億円もの公的資金が投入された案件だ」

「さすがによくご存知ですね」

「当時の政権与党には親中国、親北朝鮮系議員が多かったからな。皆、ろくな奴らじゃなかったし、金の亡者のような連中だった」

「朝銀は独立した金融機関ではなく、朝鮮総連が人事権を握る下部機関であることがわかっていたにもかかわらず、ここには最終的に約一兆三千六百億円もの公的資金が投入されたわけです」

「いわゆる『朝銀事件』だが、まさにあれこそ、北朝鮮による日本の悪徳政治家を利用した計画的な詐欺事件だっただろう」

「しかし誰もその責任を取っていません」

「警視庁公安部もこれを受けて朝鮮総連中央本部へ強制捜査を行ったんだが、これに対して二〇〇一年十二月に、中途半端な革命政党の衆・参議院議員が朝鮮総連中央本部副議長らを連れて警察庁を訪れ『総連に対する強制捜査は不当な政治弾圧』との決議文を手渡したこともあったんだよ」

「間もなく消滅する政党ですね？」

「ようやく淘汰される時が来たようだが、いまだに全国に支援組織があって、百万人近くもの支持者が残っているのが情けない現実だ」

「親北朝鮮系の議員のやることはどこも似ていますよね。黙っていればいいのに、金欲しさなのか、必ず警察に対してパフォーマンスをしたがる……あの政党の支持者数も地域格差が大きいですけどね」

「なにをやってもダメな政党だ。支援組織も悪いが、それ以上に地元のマスコミが悪いからだな。いい加減な情報ばかりもたらされる真っ当な市民が可哀想だ」

　青山は吐き捨てるように言って、さらに訊ねた。

「ところで、その朝銀と李鍾全がやっていた闇金とは実際につながっていたのか？」

「当時の兵庫県警の外事が調べていたのです。チヨダに報告後、データとして公安四課に残っていました」

「すると、指紋でも一致したのか？」

「はい。今回、李鍾全を行確しながら遺留指紋を入手したのです」

「前歴者ではなかったんだな」

「兵庫県警も李鍾全の検挙には至らなかったようです。李鍾全は破綻した朝銀から金を引っ張って、商工人相手に金貸しをやっていたのです」

「朝鮮総連傘下組織の在日本朝鮮商工連合会の会員、つまり商工人がやってるのも朝銀同様に帳簿上は事業に見せかけて、そのうちの何割かを北朝鮮本国へ送金しているのが実態だな。いくら日本政府が北朝鮮の核実験などを理由に経済制裁を科して、北朝鮮を仕向け地とする輸出を全面禁止にしていても、裏で輸出や送金は続いている。奴らがそうするのは単なる同胞、同民族だからという理由だけでなく、さらに言えば親族が人質に取られているからでもなく、朝鮮労働党に洗脳された連中だからだ」

「商工人の真の目的は何なのでしょう」

「共産主義である限り世界同時革命なのだろうが、ソ連の崩壊以後、目的を失っているのが実情だろう。おまけに中国も市場経済を導入することによって、共産党員だけの利益を目指すようになったからな」

「一党独裁……昔の帝政ロシアやフランスのブルボン朝と変わりがありませんね」

「人には能力の差というものがある。平等なんてしょせん無理な話なんだよ。それを勘違いしているのが今のEUだろうな。フランスとドイツがいくら手を組んだところで、旧東欧諸国の惨状を見れば、経済政策のミスもよく見えてくる。二十八もの大小さまざまな歴史を持った国家が、いくら地域統合体といっても、同じ歩調をとるなんてできるわけがない」

「ブリュッセルで働くEU職員の数は三万人を超えているらしいですが、そのEU職員への厚遇ぶりが目に余る……という話を聞いたことがあります」

「ブリュッセルか……ブリュッセルはワシントンに次ぐ世界第二のロビー都市と言えるだろうからな……だからスペイン・カタルーニャ州のプチデモン前州首相は突然ブリュッセルに出現したんだろうな」

「えっ、どういうことですか？」

「もしカタルーニャ亡命政府がブリュッセルで樹立されたとすれば、EUはどう処理するのか……」

「亡命政府ですか……」

カタルーニャで起こった一連の独立運動に対してEUのトゥスク大統領は、独立投票に伴う変化は無く、中央政府のみを対応相手とする方針を示した。ユンケル欧州委員長もまた「これ以上の亀裂や分断はいらない」と述べ、同州の独立に反対している。

「しかしEUにはEU法があるからな」

「EUの法、ですか……EUの法とスペインの法ではどちらが優先するのですか？」

「それを判断するのはEU自身だな」

「でもEU大統領も欧州委員長も反対しているのでしょう？」

「それは単なるその場しのぎの政治判断に過ぎない。そこに目を付けたのがプチデモンだったのだろう。いわば殴り込みだな」

「殴り込み……ブリュッセルのEUのエリートたちに判断させる……ということですか？」

「カタルーニャの独立運動に対してスペイン政府がとった措置が、EUの理念に合致するのか。EU法に照らしあわせて合法か否か……だろうな」

「EUに戦いを挑むためにブリュッセルに来た、ということですか……」

「面白い。実に愉快じゃないか。EUの本音と建前をさらけ出そうとしている」

「なるほど……管理官と話をしていると、話がどんどん展開していく面白さと同時に、大所高所から物事を見なければならないことを実感します」

「北朝鮮のことばかり考えていると、うっとうしくなるからな。たまに視点を変えてみると、新たな対処方法が見えてくるかもしれない……だから、常に頭を巡らせているんだよ。さて、本筋に話を戻すかな」

「商工人の話でしたよね」

　上田係長が笑いながら言った。

「商工人の最大の目的は、本国から認められることだ。そのためにはどれだけ多くの金を本国に送るか……なんだが、自分の金を送ってばかりじゃ面白くない。できれば人様の金を自分のモノとして送りたい。その最大の人様に当たるのが『日本国』ということだ。これは共産主義の使命にも当たるからな」

「敵対する資本主義国家の金を合法的に奪う……ということですね」

「日本国家から金を引き出し、これを有効活用して、そのアガリを本国に送る……という、本国にとっても商工人にとっても笑いが止まらない成果につながるんだ」

「あれだけ好き勝手をされるとは情けないものですね……それに協力する政治家を作ることも、北朝鮮本国にとっては大切なことなのですね」

「そういう国会議員を送り出している地元警察はたまったものじゃないんだが、政治力は警察庁に人事という形で圧力をかけてくる」

「それでも地元警察は二つの敵と戦わざるを得ないのですね」

「だから京都府警と兵庫県警は歴史的に朝鮮総連に対しては壊滅を目指すような捜査をしている。地元出身の親北朝鮮系議員に対する報復でもしているかのようだよ」

「警察が報復ですか……それくらいの意識も必要なのでしょうね」

　青山は頷いて訊ねた。

「そうだな……ところで、アルファースタープロダクションの榎原哲哉との関連はないんだな」

「それが取引先には入っていました」

「銀行調査の結果か？」

「はい。一時期、地銀から融資を受けているのですが、その際の保証人が榎原哲哉でした」

「融資は完済しているのか？」

「帳簿上はそうなっていますが、完済したわりには、それまでの期間のスターネクストプロの業績はさほどでもないんです」

「なるほど……スターネクストプロの背景を探ってみても面白いかもしれないな」

「何か出てきそうなのですか？」

「今、二課がクレジットカード利用の詐欺事件を調べているんだが、その他にも何かやっていそうな気がするんだ」


デスクに戻った青山に地域総務課から連絡が入った。

「金哲鍾の画像が今、東京駅の東海道新幹線改札でキャッチされました」

「早かったですね。行先はわかりますか？」

「タイミングがよかったのでしょう。新幹線改札機の情報と防犯カメラ画像を照合した結果、京都ですね。のぞみの十号車グリーン車です。鉄警隊（鉄道警察隊）に乗車確認と品川までの警乗をさせておきます」

「こちらは途中下車対策を兼ねて神奈川、愛知県警にも手配をかけておきます」

金哲鍾は品川、新横浜でも下車することはなかった。

青山は遊軍の一個班六人を急遽、京都に派遣し、視察拠点に入っていたメンバーを遊軍に回した。

さらに青山は龍に連絡を入れて、榎原俊一郎が本名は李鍾全という全くの別人であることを伝えた。

「なんやそれは……捜査報告書、全部書き換えやな……」

「捜査二課ともあろう立場で戸籍謄本の人物と本人の確認を怠っていた……というのはあり得ないミスなんじゃないのか？」

「運転免許証台帳に該当がなかったんで、裏の取りようがなかったんやが……指紋の入手まではできんかった。さすが公安……としかいいようがないな」

「健康保険証の照会をすればすぐにわかったはずだけどな」

「面目ない。ただ、健康保険証には写真がついとらんし、レセプトを確認しても意味がない思うたんや」

龍は素直に捜査指揮官としてのミスを認めた。

「少なくとも、レセプトを確認すれば、榎原俊一郎が長期間同じ病院、しかも精神科に入院していることはわかったはずだ」

「その精神科の病院は反社会的勢力とつながってないんか」

「つながっているからわかりやすいんだが……反社会的勢力同士で何らかの提携が組まれている様子なんだ」

「裏取引……か？」

「そうだ。奴らは精神科という医師の判断によって強制入院させられる環境を巧く使っている。そこもまたチェックしている最中だけどな」

「さすがに公安やな……」

「ところで二課はクレジットカード詐欺をどこまで追っているんだ？」

「複数の手口を使うとるんや。フィッシング詐欺とスキミング詐欺がメインやったが、最近急にクレジットマスターの手口が増えとる」

　クレジットマスターとは、コンピュータープログラムを用いて使用できるクレジットカード番号を割り出し、その情報を使ってカードを不正利用する手口である。

「コンピューターの専門家を増やしている……ということか……」

「そうやな。ただ、なんで芸能プロダクションが表舞台になっとるのか……そこがわからんのや」

「スターネクストプロの実態はどこまで解明しているんだ？」

「うちらは二重帳簿等による税務調査上の脱税行為でもないかぎり、なかなか企業実態の解明は難しい。もちろん、複数のデータバンクを使うてはいるが、表向きの仕事以外の実態がわからんのや」

「クレジットカード詐欺の被害者はどれくらいいると考えているんだ？」

「携帯電話の情報からわかると思うんやけど、奴らが使うてる携帯電話はほとんど生活保護受給者名義で、契約者本人とはまだ直接接触しとらん」

「それはそうだろうな。携帯電話の数はどれくらいなんだ」

「少なく見積もっても二百はあるな。一個の携帯電話で架けるのは五十件くらいや。その中で一件当たればええとこやけどな」

「偽造クレジットカードによる被害はどうなんだ？」

「このグループで今、逮捕状を請求しとるんは、中国人の五人組で、同じ日にディスカウントストア十五店舗で偽造クレジットカードを使い、二百五十万円以上のブランドバッグを騙し取ったとみられとる」

「そういう初心者のような手口も使っているのか？」

「中国人グループはそんなもんや。情報によれば主犯格の自宅には、まだ百枚以上のクレジットカードがあるらしい」

「パクればいいじゃないか」

「その五人組は都内のディスカウントストアに手配書を配っとるから、今日明日にも現行犯としてパクることができると思うとる」

「まずはそこからスタート……ということだな。龍、スターネクストプロのさらに裏の仕事に関してはうちで動いてもいいか？」

「それはかまわん。中国人グループをパクった段階ですぐに関連施設に対してガサをぶち込む予定や。押収品の中で参考になりそうなものは何でも使うてえぇで。それで、裏の仕事は何があるんや？」

「まだわからない。ただ、反社会的勢力が実質経営している精神科病院の存在と、榎原俊一郎にすり替わっていた李鍾全のもともとの仕事だった闇金業が気になるんだ」

青山は電話を切ると大阪、京都への出張許可を取った。

第七章　人身売買

大阪は青山にとって、相変わらず雑然とした街のように感じられた。

大阪駅がある梅田から東に五百メートル離れた北区中崎に、経営破綻した「朝銀近畿信用組合」の事業の一部を譲り受けた信用組合があった。

「これが日本の独立した信用組合か……冗談じゃない」

総額約一兆三千六百億円もの日本国民の血税からなる公的資金が投入され、救済が図られた信用組合だった。この意味不明の救済を推し進めた大物政治家の中には北朝鮮関係者から裏金を受け取り、女性接待を受けた者が少なくなかった。

結果的に事実上の賄賂を享受し、弱味を握られて、北朝鮮の国益のために働いてきた輩（やから）である。彼らは国家の最高議決機関たる立法府の一般的な呼称である「国会」を構成する、特別職国家公務員の議員であるにもかかわらずだ。

「まさに常識では考えられないような異常な政治の腐敗だったな……」

青山は今年、レックス・ティラーソン米国務長官が「北朝鮮を非核化しようとする二十年間の努力は失敗に終わった」と述べ、対北朝鮮政策の大転換を示唆したことを思い出していた。

二〇〇一年に九・一一の同時多発テロを受けたアメリカのブッシュ政権は、二〇〇三年三月、イラクを攻撃し、約一か月で全土を制圧した。これは明らかな戦争であるため国連決議などは行っていない。先制空爆攻撃で幕を開け、フセイン政権を打倒すると、国防政策諮問委員会のリチャード・パール委員長は「次は北朝鮮」と公言した。

これに対して「北朝鮮の核開発を放棄させてみせる」と手を挙げたのが日本の総理大臣だった。

北朝鮮はアメリカの本気度を知って何とかイラク同様の攻撃を回避しようとした。そこで使われたのが日本の外務省アジア大洋州局長だった。日本や韓国のマスコミの間では「ミスターX」と呼ばれた当時の北朝鮮国家安全保衛部副部長との交渉により、アメリカに対して北朝鮮本国への攻撃を回避させることに成功した。

その結果が今日の核ミサイル開発につながったことは紛れもない事実で、しかも日本は結果的にその開発費用まで提供していたのだった。

「二度の『共和国英雄』の称号を得たミスターXも結局は銃殺だったからな……」

青山は次の一手を考えながら呟いていた。

北朝鮮では英雄称号は最高の称号と位置づけられている。また、これを二回授与の場合は「二重英雄」、三回の授与の場合は「三重英雄」と称される。この「三重英雄」は国家主席の金日成、その後継の朝鮮労働党総書記である金正日の二人しか存在しない。

すでに青山は次の手を打つ準備を進めていた。

大阪市内の終電はほぼ終わっていた。それでも北新地には人が溢れていた。

「悪いな、忙しい時に」

「こんな時間になってしまって申し訳ありません。うちも最近はいろいろありまして、バタバタが止まらないんです」

「仕方ないだろう。あれだけの大組織が分裂したんだからな」

「それにしても兄貴、最近関西が多いんじゃないですか」

「それだけ闇が深い……ということだ」

「闇は東京の方が深いでしょう。大阪は闇が広いだけです」

岡広組総本部若頭補佐の白谷昭義は自分で頷きながら言った。中肉中背でエリートサラリーマン風の外見だが、実際に複数の会社の役員をしている。かつて極左団体から足を洗い、商社マンを経て、さらに清水保のもとで経済ヤクザとしての知識を叩きこまれた。あるトラブルで青山の世話になって以来、協力者となっている。

「この前頼んでおいた件はどうなっている？」

「あんなところを突っついて大丈夫ですか？　私たちでもなかなか入り込まないところですよ」

「どうしても必要なんだ。そこを突破口にするのがベストだろうからな」

「一応、入り口になりそうなところは押さえておきましたが、兄貴の言うとおり、あいつらも決して一体ではありません。特に三世代目となると本国よりもこちらでの生活に比較的満足していますし、ミサイルごっこには呆れていますからね」

「そういう時代だろうな。ところでおでんとカレーうどんでいいか？」

「相変わらず、お好きですね」

北区曽根崎新地、通称キタである。

「北新地の繁華街で深夜でも行列のできるうどん屋といえばここくらいのものだろう」

「終電後が混みますからね。カレーうどんが美味いのは当たり前ですが、その前のおでんが何ともいいです」

おでん鍋を目の前にしたカウンターと小さなテーブル席だけの、二十人足らずで満席の店である。

「田酒（でんしゅ）とビールから始めるか……」

「おでんは私が選んでいいですか？」

「任せる」

「あつあげ、とうふ、たまご、だいこん、こんにゃく、すじ」

白谷は青山の好みをよく知っている。

「昆布、カツオに加えてソウダガツオで取った出汁が美味い」

「ソウダガツオ……メジカのことですよね……そこまでわかるんですか？」

「だと思う……」

青山が表情を変えずに答えたので、白谷が思わず笑い声をあげて言った。

「その、断定と推測のギャップが兄貴の面白いところなんですよね」

「別に面白くはない。ソウダガツオはおそらく使っているはずだ。旬のソウダガツオは高知でさんざん食べたからな」

「かつお節を食べるんですか？」

「バカだなあ、カツオだって生で食べるだろう。高知ではもっぱらタタキにするが、ソウダガツオはブシュカンとリュウキュウを添えて酢醤油で食べるんだ」

「何ですか？　そのブシュカンとリュウキュウというのは……」

「ブシュカンは柚子の仲間の柑橘だ。リュウキュウはハスイモの茎だ」

「よくわかりませんが、兄貴がそこまで説明するということは美味いんでしょうね」

「生きているうちに一度は食べておいた方がいい」

「そこまで言いますか……」

白谷は愉快そうに笑って二個目のたまごを口に入れていた。

「久しぶりに食べましたが、やはり美味いですね。表に並んでいる人たちには悪いですが、酒もすすみます」

「この牛すじは、ゼラチン質と肉の歯応えのコンビネーションが絶妙なんだな」

青山は嬉しそうな顔をして酒を口に運んだ。

「兄貴はうまいものを喰っている時の顔が一番いいですね。この人が鬼のようになるとは想像がつかない笑顔です」

「こんなうまいものを食べて、顔をしかめるわけがないだろう。しかもこの後に天カレーがあるんだ」

「今日は海老天付きですか？」

「たまには贅沢をしてもいいだろう」

「新婚なのに、嫁さんを放って贅沢……ですか？」

「誰に聞いたんだ？」

「清水の大親分です」

清水は青山の結婚に際して「結婚祝い」として百万円を、上質な和紙の祝儀袋に結び切り水引をかけて送ってきて文子を驚かせた。

「清水保か……」

「私もお祝いを送ろうと思ったのですが、清水の大親分が『迷惑を掛けるな』と言うんで、控えさせてもらったんです」

「余計な気を遣わなくていい。式は身内だけでやったからな。ほとんど案内も出していない」

「そうだったんですか……でも水臭いですよ」

「まあいいじゃないか。お前の式にも出ていないからな」

おでんを食べ終わるとビールを追加して天カレーを注文した。

海老天が二本入ったカレーうどんである。

「美味いな……」

カレーうどんを一口食べた青山がしみじみと言った。

「おでん出汁だけでこんなにカレーが美味くなるものですかね」

「いや、おでん出汁にルーを入れ、さらに深みとコクを与えるため、牛バラとロースで取った出汁を入れている。だろうな……」

「今度は推測が入りましたね。それにしても牛バラとロースの出汁ですか……全く考えもしませんでした。牛すじの味だろうと思っていました」

「それだけ手がかかっている……ということだ。辛さとまろやかさのバランスが絶妙だ」

「嬉しそうな顔してますよ、兄貴」

「これを至福と言わずして何と言うんだ。こういう時間があるからこそ仕事ができるというものだ」

「そこまで感動しますか……カレーうどんで……」

白谷が再び笑った。

身体が芯から温まったところで、二人は白谷の行きつけのバーに向かった。

「白谷、お前、無戸籍者というのを知っているか？」

シングルモルトのストレートを口に含んで青山が白谷に訊ねた。

「関西には多いみたいですね」

「そうなのか？」

「訳ありが多い……ということでしょう。関西と関東というよりも、大阪、京都と東京、神奈川との違いで顕著なのは、人口比で見ると圧倒的に大阪や京都に在日朝鮮人が多いことでしょう」

大阪府と京都府の人口はそれぞれ約八百八十万人と約二百六十万人、これに対する在日韓国・朝鮮人の数は約十万四千人と約二万五千人である。人口比率では一・二パーセントと〇・九パーセントに当たる。東京、神奈川の同比率が〇・六パーセントと〇・三パーセントであることに比べるとほぼ倍の比率になる。

「在日朝鮮人問題は日露戦争以降のことだからな……特殊な地域性があるのだろうな」

「関東人の感覚では計り知れないですよ。無戸籍者もそんな中で生まれてきた存在なんです。私たちの間でも無戸籍者は一万人以上は存在していると言われています」

「例えば反社会的勢力にとって無戸籍者はどういう存在なんだ？」

青山の問いに白谷は平然と答えた。

「女の子は人身売買の対象でしょう。男は危険な仕事請負人……というところでしょうかね」

「日本で人身売買か……」

「岡広組の中でも京都の団体がそれを仕切っているという噂は聞いています」

「そんな噂があるのか？」

「そうでなければ世間様から反社会的勢力と言われている我々が、善意で手を差し伸べる対象ではないでしょう」

白谷の言葉を聞きながら、青山はシングルモルトをまた口に運んだ。

「白谷、お前、ハロウィンの時に東京の渋谷とハワイのホノルルでＡＴＭが襲撃された事件を知っているか？」

「ああ、あのスーパーマリオの格好をした連中でしょう？　テレビで見ましたよ。それがなにか？」

「あの事件で日米それぞれ四人ずつ犯人グループの仲間と見られる者が、銃で頭を撃ちぬかれて死んだんだ」

「そういえば、そんな報道もありましたね」

「日本の被害者はまだ判明していないんだが、ハワイで殺された四人は京都に在住していた無戸籍者だということがわかった」

白谷の目の奥が一瞬光ったように青山には見えた。しかし白谷はすぐには言葉を発しなかった。青山が訊ねた。

「どうして殺されたのだと思う？」

「どうしてそんな役を引き受けたか……ですね。犯罪に加担すればそれなりの不都合を背負うことになりますからね。ただ、兄貴もご存知だと思いますが、たいていの無戸籍者は最低限度の教育も受けていないのです。テレビで言う内容は少し理解できても、読み書きのできない者も多いんですよ」

「よく知っているじゃないか」

「それくらいの話は入ってきますよ。港湾労働者の中にも無戸籍者がいると聞いていますからね。ただ奴らには最低賃金の保障もない。だから、使う側から言えば危険手当も保険も全く必要がないのです」

「そういう無戸籍者を誰が探し当ててくるんだ？」

「地元にいればわかりますよ。昔から顔見知りでも小学校にも中学校にも行っていないんですからね。最初は養護学校かどこかに通っているんだろうと思っていましたけど、そうでもなかったんですね」

「お前自身もそういう無戸籍者のこどもを知っているのか？」

「仕事で……ですよ。無戸籍者同士の夫婦がこどもをつくって、結局女の子は売られていきました」

「まさか、お前がかかわったわけじゃないだろうな」

「勘弁してくださいよ。いくら法律的に存在しない人間でも人間です。それに俺だって昭和五十年代生まれの神戸っ子なんです」

「お前がそういう人身売買の現場を見たのはいつ頃のことなんだ？」

「十五、六年前の話ですよ。その後二人目のこどもも売られるところだったんですが、たまたま地区の誰かが警察に通報したんです。そして無戸籍のこどもが警察に保護された時に、親は『金が無くて戸籍を作れなかった』と泣いていました。戸籍の作成に金はかからないんですが、自分自身が無戸籍者だったし、病院など行くことができずに自宅出産したため出生証明書がなかったそうです。これも日本の姿ですよ」

「日本には違いないだろうが、極めて特殊な事例に過ぎないだろう」

「そういう極めて特殊な事例の当事者が一万人以上いるんですよ。日本の人口の、約〇・〇一パーセントに当たるんじゃないですか」

数字を示されても青山は素直に頷くことができなかった。

「ところで白谷、お前、京都にある岡広組総本部の三次団体に当たる光岡組吉田会を知っているか？」

「兄貴、そこまで調べているのなら人身売買組織はすぐに解明できますよ」

「人身売買組織？　まだ残っているのか？」

「吉田会は北朝鮮系の組織ですが、今、本国と直に交易ができないので香港マフィアを間に噛ませて活動しています」

「人身売買も……か？」

「そうですね……やっていると思いますよ。おそらくハワイで殺された連中は、何か特別な技を仕込まれていたんじゃないでしょうか。そして、それを実行した段階で殺害された……と考えた方がよさそうですね」

「わざわざ無戸籍者をハワイまで連れて行って事件を起こさせるのか？」

「だって、偽造パスポートを使ったとしても、戸籍上は存在しない人間でしょう？　中国の警察というか、向こうの呼び名は公安でしたね。公安にしても、パスポートの申請が虚偽ということが立証できれば役所はパスポート発行はしなかった……と主張するでしょう。結果的にパスポートを申請した者は中国人の本人ではなかった……で終わるんですよ」

「中国人は犯人ではなかった、どうやら日本人らしい……というところで捜査を終結させて、被害の賠償請求もできない案件にしてしまう、ということか……」

「ATM本体や、その中の金に保険がかかっていれば、損をするのは保険会社ということで終わってしまうというわけです」

「そして本格的な事件がこれから発生する……ということだな」

「そういう図式かと思います。吉田会は岡広組総本部の三次団体という立場のようですが、今の幹部は総本部の者とは誰も盃を交わしていないんですよ」

「分裂したグループの系列……ということか？」

「光岡組のナンバーツーと繋がっていたのですが、奴が光岡組を飛び出した挙句、殺されてしまったものですから、この数年宙ぶらりんの組になってしまっているんです」

「それでも香港マフィアとのパイプがあるのか？」

「北朝鮮系ビジネスは儲かりますからね。香港も現在の中国共産党が安全パイだとは誰も思っていません」

「習近平（しゅうきんぺい）をもってしても……か？」

「習近平が歴史に名前を残したがっているのは誰もが知っていることです。ただ、その弊害も中国国内の多くのところで出ています」

「ほう。たとえば？」

「北京周辺ですね。最近、北京の空が綺麗だという話を聞いたことがありませんか？」

「北京周辺の事情は聞いていないが、そういえば最近ＰＭ二・五の警報が出ないな」

「そうなんです。これは北京周辺の石炭を使う工場や家屋が徹底的に破壊されているからです。あとは上海周辺で同じようなことをすれば、外国人が多く居住する地域の環境が一気に改善された……と思われるでしょう。でも、これは改善ではなく、改竄なのですが、今の日本の大企業がさんざん改竄をしてきただけに、日本人が大きな声をあげることはできないのです」

「破壊された工場の労働者や家屋の住人はどうなったんだ？」

「そんなことまで国は面倒を見ませんよ。『改善しなかったお前たちが悪い』という、中国一流の論理で逃げるだけです」

青山も頷くしかなかった。

「中国は北朝鮮を滅ぼそうとしているわけではなく、現在の金王朝に代わる、市場経済を理解できるリーダーが登場してくれればいいだけなんです。その点で、韓国の今の大統領は非常に使い勝手がいい。コリアンマフィアと香港マフィアが巧くやってくれさえすれば、あとは高みの見物で、北でも南でもどちらかが中国と西側諸国との緩衝材になるのを待っているだけなんです」

「しかし、その北が中国に歯向かっているんじゃないのか？」

「金正恩（キムジョンウン）だって、万が一の時は中国に一時亡命しなければ第三国に逃げられないことくらい知っています。その手は打っていると思います」

「その手か……アメリカの動き次第、ということか」

「そうでしょうね。平昌オリンピックが終わるまでは攻撃を行わないというアメリカの意思表示を金正恩がどう考えるのか……だと思います。香港マフィアの連中もそれまでにいくら稼ぐことができるかに集中しているようです」

「吉田会の人身売買行為を、岡広組総本部としてはどう考えているんだ？」

「人身売買行為そのものを評価はしていません。しかし、無戸籍者は日本にいても法的には存在しない人間ですからね。それを国家が放置している実態を考えると吉田会に対してはあまりきつくは言えなかったでしょう。しかし、今回のように彼らが泥棒の片棒を担がされた後で虫けらのように殺されたとなれば話が変わってきます」

「岡広組総本部の中で動きが出てくる……ということか？」

「日本人を舐めるな……という動きもあるはずです」

「それは香港マフィアに対してなのか？」

「まだはっきりとは言えませんが、香港マフィアが無戸籍者とはいえ、日本人に対してあいうことはやらないと思います」

「奴らの本当の狙いは何か……だな」

「私も洗ってみます。岡広組総本部に唾を吐くような連中を放置しておくわけにはいきませんからね」

白谷の目が久しぶりにヤクザのそれになっていた。

翌朝、青山は藤中に電話を入れた。

「藤中、無戸籍者の人身売買組織について詳しく知りたいことがあるんだ。岡広組総本部系列の三次団体に関することだ」

「それなら清水のおっさんに聞いた方が早いんじゃないのか」

「清水は今、どこにいるんだ？」

「今日から博多と聞いている」

「相変わらず連絡を取っているんだな……」

「ああ。俺も今、例のＡＴＭ事件を追っている。その件で今日、清水のおっさんと博多で会う予定なんだ」

「お前は今、どこにいるんだ？」

「京都どすえ。青山、お前こそどこにいるんだ？」

「大阪だ」

「なんだ、それなら一緒に博多に行くか？　おっさんとはいつもの味噌汁屋で会う予定なんだ」


二時間後、青山と藤中は新幹線の自由席に並んで座っていた。

「そう言えば青山、お前、仮想通貨は大丈夫なのか？」

「以前保有していた仮想通貨はレートがやや下がり始めた段階で売り抜けたから大丈夫だ」

「すると、それなりに儲かった……ということか？」

「年収の数倍の利益は出たな。ただ、今後も上手く行くかは判断できない。僕は仮想通貨を投機の対象として考えていないからな」

「それでも売り抜けたのはどうしてだ？」

「仮想通貨が投機の対象となってしまって、流通よりも買い抱えする投資者が増えてしまったからだ。仮想通貨の時価総額は今や五千億ドル、日本円にして約五十五兆円に膨らんでいる。これはすでに世界経済に基盤を築いたと考えるべきで、新たな経済システムを構築していると言っても決して過言ではないだろう」

ばれるまでになっていた。

「するとお前も『億り人』の仲間入りをした……ということか?」

最近は、仮想通貨への投資で一億円以上の利益をあげた者が続出し、「億り人」と呼ばれるまでになっていた。

「マネーゲームのつもりはなかったが、長い独身時代のカネ余りが生んだ利益が、労働の対価としての実体経済上の収入をはるかに上回った……というわけだな。New Economy Movement に上手く乗ったというところだ」

「新たな経済運動か……国の信用を超える新しい経済圏の確立という人もいるようだが、バブル期には必ず相乗りして、楽して儲けようとする輩が多い中で、先手を打ったお前は巧いことやったもんだな」

「世界には既に一千種類以上の仮想通貨がある。そして日本の都市銀行をはじめとする金融機関に加えて、ロシア、中国は国家的な仮想通貨を発行しようとしている。ただしこれは供給量を決めて景気を調整する法定通貨とは違うからな。そして新しい技術には常に新しい詐欺が仕込まれる。それを考えずに手を出すと痛い目を見ることになる」

藤中も青山に同意した。

「今回の仮想通貨取引所からの不正引き出しは、テレビCMを打ちまくって顧客を集めたにもかかわらず、仮想通貨をインターネットで外部と接続された『ホットウォレット』と呼ばれる状態で管理し、しかも複数の秘密鍵を必要とする『マルチシグ』をも導入していなかったという、言葉は悪いがある種の確信犯だろう。素人の俺だって、呆れてしまうお粗末な管理体制だ」

「仮想通貨に関してテレビＣＭを打つこと自体、投資目的の金集めと言われても仕方がない状態だ。そもそも論議をしても仕方ないことだが、通貨の理念を失っている」

通貨とは、流通貨幣の略称で、国家もしくはその地の統治主体によって価値が保証された、決済のための価値交換媒体のことである。

「価値が保証されない点で、すでに通貨の認識とは違うということか？」

「そう。今の仮想通貨は単なる決済の道具だな。電子情報処理組織を用いて移転する財産的価値に過ぎない」

日本で二〇一六年に成立した改正資金決済法の下でも、仮想通貨は、財産的価値として定義されているだけである。

「仮想通貨及びＩＣＯの格付け開始も、投資判断を行うための情報に過ぎないということなんだな」

ＩＣＯ（Initial Coin Offering　新規仮想通貨公開）とは、企業や団体による仮想通貨技術を使った新規資金調達の手法のことである。

「なんだ藤中、お前も仮想通貨投資を始めるのか？」

「乗り遅れたかな？」

「どれくらいの確率で利益を得るのかは判断できないが、投資目的で利益を得ようとするなら、一割程度と考えた方がいいぞ」

「そうだよな……そんなにうまい話はないよな。お前が儲けて、文子は喜んでいただろう？」

「自分の銀行が出す仮想通貨に投資しろ……と言っていた」

「相変わらず、人の財布で儲けようとする奴だな」

「銀行というのはそういうところだから仕方がない。人の金を動かして、顧客に損をさせても銀行には確実に手数料が入るからな」

「真面目な公務員の感覚からすれば腹立たしいよな」

藤中はちょうどそこにやってきた車内販売員に声を掛けると、ビールを二本とつまみを買って青山に言った。

「青山、これはおごりだが、今夜はおごれよな」


中洲人形小路（にんぎょうしょうじ）の味噌汁屋に入ったのは午後五時の開店と同時だった。

「おや、お二人お揃いで。ということは仕事かいな」

主人が笑顔で訊ねた。

「いつも仕事に決まっとろうが。何ば言いよっと。それからもう一人、間もなく合流するけん」

「清水さん？」

「そのとおり。指定席空けとくけん。よか？」

「よかよ。それにしても藤中さん。博多弁がすっかり板についたね」

「そりゃそうくさ。博多克範やもん」

青山は呆れた顔つきで主人に訊ねた。

「こいつの博多弁は合っているんですか？」

主人は笑って答えた。

「博多もん、そのものよ」

藤中が胸を反らして青山の肩をポンと叩いて言った。

「おごってもらう人に言うのは、なんやばってん、人を疑ごうて訊ねるのはやめた方がよかばい。青山しゃん」

「わかったよ。博多克範しゃん」

「おーよかよか。というわけで、今日は青山大富豪のおごりやけんね」

「大富豪？　株でも儲かったとね？」

「仮想通貨お大尽様やけん」

「仮想通貨か……うちらにはようわからん世界やけんね」

主人が真顔で言った時に入り口の引き戸が開いた。

「まだ、オーダーしていなかったのかい？」

「清水さんを待っとったとよ」

藤中はいつになく上機嫌で言った。それを見て清水保が笑顔で答えた。

「ご機嫌だね。今日はいい酒にしてよ。青山さんも元気そうだね」

「その節はお祝いを頂戴し、ありがとうございました」

「ワインの一本でも買って、ご夫婦でお楽しみ下さい」

一本百万円のワインを青山も知らないわけではなかったが、清水保のさりげない言葉と笑顔には敬服に値する独特な雰囲気があった。

「家内にも伝えておきます」

清水が青山に贈った祝儀の額面を知っていた藤中もまた、さりげなく言った。

「清水さん、今日は仮想通貨お大尽様の青山のおごりですから」

「ほう。さすがに経済を知っていると強いね。それではごちそうになるかな」

清水は鷹揚に笑って言った。

一合升（いちごうます）の中に入ったグラスにこぼれるように注がれた熱燗（あつかん）で乾杯をして、黒板に書かれたその日の献立から藤中が適当に見繕ってオーダーした。

「ガメ煮と酢モツにカキフライ、それから、ヒラスの刺身をちょうだい」

料理を引き受けた主人の息子の周ちゃんが藤中に言った。

「藤中さん、オーダーの仕方も、すっかり博多人やね」

「そうやろ。博多克範の千社札を貼ってもろうとうけんね」

そこで清水が口を開いた。

「酔うまえに、先に質問に答えておくとするかね。いいかい藤中君」

「よろしくお願いいたします」

「香港の仲間から聞いた話では、日本から来た四人は北朝鮮のエージェントに引き渡したようだ。それも日本人の了承を得た上だということだ」

「北朝鮮のエージェントというのは、どういう立場の連中なんですか」

「北朝鮮との裏貿易をやっている担当者だな。結果的には北朝鮮国家機関のエージェントなんだろう」

「諜報機関……ということですか？」

「そうなんだろうな。機関の名称までは聞いていない」

「香港からの送り出しはどうなったのですか？」

「一旦引き渡して、先方が数週間トレーニングをしたようだが、香港からアメリカ本国に出国する際には顔つきも変わっていたそうだ」

「北朝鮮の狙いはどこにあると思いますか？」

「それは何とも言えんな。ＡＴＭに残っていた現金でないことは確かだろうな」

「そうですね。現金狙いならば銀行の開店時間や、現金が満タンの時を狙うでしょうから……」

「香港マフィアの連中も同意見だな」

清水の言葉を聞いてすぐさま青山が訊ねた。

「使用されたパスポートがＡＴＭ事件のことを知っていたのですか？」

「ものので、香港からアメリカに入国しているんだ。そういう情報は公安当局からすぐにマフィアに問い合わせがくるもんだ」

「そういうことですか……」

青山は少し考えながら清水に訊ねた。

「先ほどの本人から了承を得たという四人の日本人のことですが、彼らの渡航等に関して日本の窓口になったのは吉田会ですか？」

清水は「ほう」と言って答えた。

「そこまで調べているのか……さすがに警視庁公安部だな」

「清水さんは知っていながら見て見ぬふりをなさっていた……ということですか？」

「わしも今回のような事件が起ころうとは思ってもいなかった。しかも、その相手方が北朝鮮と知ったのはつい先日だ。わしはてっきり香港で何らかの仕事をさせられているのだろうと考えていたんだ」

「何らかの仕事……と言っても真っ当な仕事のはずはありませんよね」

「それは彼らの立場を考えると日本でも同じことだろう。どこに行っても同じなんだ、それならば自分の知らない海外で仕事にありつく……しかも、彼らの人生で一度もチャンスがなかった飛行機に乗ることができるんだ。本人が同意しても決しておかしな話ではなかっただろう。亡くなってしまったことに対しては気の毒だと思うし、吉田会にはその責を負ってもらわなければならないがな……」

「責……ですか……岡広組の内部だけの責ですよね」

「彼らの縁者もわからないんだ。ただ、現在、送り出した人たちを何とか無事に日本に帰らせなければならないと思っている」

清水が大きなため息をついて答えた。


その時、青山と藤中のスマートフォンがほぼ同時に鳴った。

「デスクからだ」

「俺もだ」

青山は店の外に出て電話を受けた。

「青山管理官、現在、銀座のデパートを中心としたパニックが発生しています」

「パニック？　原因は？」

「中国銀聯の電子決済システムがトラブルを起こしているらしく、中国人買い物客が暴動のようになっているらしいです」

「日本だけか？」

「どうやら、世界規模で起こっているようなんです」

この報告を聞いて青山は背中に冷たいモノを感じながら思わず呟いていた。

「これか……」

龍の「もっと大きなことをやらかすための予備行為」という言葉が脳裏に甦った。

青山の呟きを無視するかのようにデスクの宿直主任は報告を続けた。

「中国人民銀行は中華人民共和国の中央銀行ですが、中国国務院の同意を得て中国銀聯を認可しているだけで、システムを管理しているわけではありません。中国銀行、中国建設銀行、中国工商銀行、中国農業銀行の中国四大商業銀行をはじめとした三百以上の金融機関が預金者に対して発行しているデビットカードに過ぎないのです」

「それはわかっている。銀聯の名前の由来を考えると、銀行の『銀』と連合の『聯』の組合せだからな」

「そのまんまですね」

「それで、現実に中国人旅行者はＡＴＭだけでなく、店頭でも銀聯カードを使うことができないんだな」

「そうです。中国銀聯は午後四時で会社を閉めており、全く対応していないのです」

「中国銀聯はともかくとして、個々の銀行が発行しているカードだ。都内に支店がある中国四大商業銀行はどのような対応をしているんだ」

「全く電話は通じませんし、ネットもフリーズ状態が続いているようなのです」

宿直主任は困惑した声で言った。

「これはサイバーテロの可能性が高いので、生安部のサイバー犯罪対策課同様、公安部もサイバー攻撃対策センターが動き出していると思うのだが……中国本国に対して捜査権限がないからな……」

「銀座と新宿を管轄する築地署、新宿署が機動隊の派遣要請を行っています」

「わかった。宿直は今後の動きをメールで伝えてくれ。僕は今福岡なんだが、今日の午後に約五千人の中国人を乗せた大型客船が上海から着いたばかりだ。東京とは違って、こちらの旅行者は、まだ買い物が目当てだからな、悲惨な状況が生まれることになるかもしれない。内閣サイバーセキュリティセンターの情報も取って送ってくれ」

「管理官の件は承知しています。今後続報をメール送信致します」

電話を切って味噌汁屋に入ると藤中はまだ電話を続けていた。

青山の姿を見た藤中は会話をスピーカーモードに切り替えた。

スマートフォンから相手の緊迫した声が響いてきた。

「分析官、東京だけでなく、京都、北海道からも次々に同件の連絡が入っています」

「日本のミスじゃないんだから、相手方には納得してもらうしかないな」

「それができる相手ならここまで騒ぎが大きくなることはありません。札幌の新千歳空港では買い物ができない客が搭乗拒否を続けていて、航空会社との間でもトラブルが起こっているんです」

「また新千歳空港か……あそこはお土産屋が日本一多い空港だからな……」

藤中が青山の顔を見ながら答えていた。青山が了解のサインをすると、藤中はスピーカーモードを停止させた。

「クレジットカードとデビットカードの違いを知らない旅行者たちですからね」

青山が清水に言うと、清水が大きなため息をついて答えた。

「こりゃ、世界中でパニックだろうな。なにしろ、旅行者に対して説明責任がある者が皆無だろうからな」

「中国大使館や領事館がある地域はまだ説明をさせることができますが、一日二日では終わらないでしょう」

するど清水が笑いながら言った。

「その点で言えば、福岡は宿泊地が豪華客船ということになるから、市内での暴動は起こらないだろうが、船内はほとんど暴動状態なんだろうな」

「日本国内にいる約三万人の中国人旅行者の大半が無一文状態なんです。大使館も早急に手を打つでしょうが、帰りの飛行機に乗ることができない旅行者も出てきているようです」

「団体旅行客じゃないのか?」

「団体旅行客だけでなく、個人旅行客も新千歳空港のように航空会社相手に暴動の一歩手前になっているのです。航空会社もまた銀聯頼みですから収拾がつかない状況です」

「旅行会社はちゃんとした説明をしているのか?」

「説明も何も、正しい情報が入ってこないでしょう。ただ、唯一の救いは、旅行者の多くがスマホを持っているので、今回のトラブルの原因が日本にないことは理解してくれると思いますが……」

「暴動の矛先が日本に向かなくてよかったものの、気の毒といえば気の毒だな」

「中国の国家政策に基づく銀聯の使用ですから、彼らが帰国後にどうなるのか……これが春節の時でなかったことがまだ救いです」

「海外旅行者だけで年間では億を超えるからな……しかも国内の移動もほとんどが銀聯を使うわけだ。これはもしかしたら、中国政府に対する何らかの警告なのかもしれないな」

青山の脳裏にふと浮かんだのも同じことだった。

第八章　銀聯パニック

その日は深夜まで日本だけでなく、世界中で銀聯騒動は続いた。しかも一番の被害を受けたのが航空会社で、遅延どころか欠航にまで発展した事案が続出した。

これに対して中華人民共和国政府は海外に旅行中の自国民に向けて、異例と思われる緊急メッセージを発することで、懸命に混乱を抑えようとした。

一方で世界中のインターネットセキュリティー関連企業もまた、今回の中国銀聯のセキュリティーチェックとサイバー攻撃の状況を調べていた。

岡広組総本部若頭補佐の白谷が専務取締役を務めているサイバーセキュリティー対策会社も、数日前から中国に対するサイバーテロが増えていることを探知していた。青山が電話をかけると白谷はその状況を説明した。

「中国銀聯に対するサイバーテロは、中国本国及び北朝鮮とロシアから断続的に行われていました」

「中国本国とはどの辺りなんだ?」

青山の質問に白谷が答えた。

「香港、深圳、そして丹東です」

「丹東か……北朝鮮から川を渡った中朝貿易の拠点だな。中国政府も世界的な恥をかいたわけだからな、本気になって捜査をやっているんじゃないのか」

「やっていると思いますが、最終的にはどういう形で世界に向けて公表するのか……ですね」

「国家の恥をどうさらけ出して、責任者をどう処分するのか……とはいえ、これは金を盗まれたわけではないのだろう」

「その点も確認中です。ただし銀聯はあくまで連合組織であり、その最大の目的は中国全土の金融ネットワークの構築、管理、監視、戦略立案にあったわけです」

「銀行業務自体を行う組織ではないからな。八十以上の国営銀行を株式銀行に移行して、世界にアピールする必要があったから最高国家権力機関が設立に動いたんだろう」

「結果的には中国銀聯は一定の成功を収めたのだと思います。株式会社となった銀行にはアメリカの有名企業が株主として資本提供を行いましたから……」

「しかし、こういう結果になるとはな……。サイバーテロの規模も想像を超えたものだったのだろうな」

「初めは日に五百件くらいのものだったのですが、一昨日は一時間で数十万件のサイバー攻撃が行われた模様です」

「一時間で……」

「組織的にターゲットを絞って行われたことは明らかです」

「北朝鮮が中国を敵に回した……ということなのか？」

「何らかの意思表示なのだろうと思われますが、それ以上のことは私らにはわかりません。それから別件でもう一つ、兄貴に伝えておかなければならないことが判明しました。例の無戸籍者名簿なるものを入手しました」

「どこから手に入れたんだ？」

「総本部の会長代行が吉田会の会長を総本部に呼びつけたんです」

「名簿には何が載っているんだ」

「法的な裏付けが何もないので、全てが自称ですが、氏名、年齢、出生地、親の名前、居住地、勤務先、携帯電話番号と本人確認のための写真です」

「ご丁寧に写真まで付いているのか？」

「そうしないと組織は確認の方法がありませんから……」

青山はかつてオウム真理教の信者名簿が押さえられた時の話を思い出していた。当時、オウム真理教は信者の資産管理と教祖の麻原の好みの女性を確保する目的で、信者名簿を作る際に顔写真を載せていた。しかも、顔写真はご丁寧に通し番号の札を持たせるような形で撮られていたため、警察も写真と名簿番号を照合することで信者の面割りができたのだった。

「何人くらいのリストなんだ？」

「約八千八百人です。最高齢は四十五歳で下は七歳です」

「六歳以下はないのだな」

「ただ、親になっている者がおりますんで、その『子』という形で載っています」

「データをコピーできるのか？」

「もうやってます」

青山は翌日、新大阪駅でデータを受け取ると、直ちに仮想ディスク付きのメールに添付してデータを分析班に送った。

帰京してデスクに戻ると、渋谷で殺害された四人の身元が割れていた。栗原係長が取り寄せていた無戸籍者ネットワークの名簿を分析した結果だった。

「やはり無戸籍者だったか……罪もない、可哀想な人たちを、道具にして、しかも無残に殺すとは……」

青山は思わず拳を握りしめていた。

ＡＴＭは製造メーカーによって構造が異なっているが、今回狙われた十二台は同じメーカーのものだった。

「十分な下見をした上での犯行か……」

捜査第三課の特殊事件担当係長が三回目の犯行現場の検証を行いながら部下に向って呟いた。

「この機材でＡＴＭを破壊したんですね」

「上手くできている。これだけ簡易な道具で、あっさりと短時間でこじ開けることができるのか……」

その道具は厚さ一センチメートルのジュラルミン製の板の四か所に円錐形の楔（くさび）が取り付けられていた。運搬用の車輪の付いた台車が横に広がる構造になっており、方向を九十度変えることによってＡＴＭに向かってレール状になる構造だった。

楔が付いたジュラルミン板をＡＴＭにぶつけると、楔がＡＴＭの正面板をぶち抜き、それと同時に楔の先が開く。あとはジュラルミン板の裏に取り付けられた取っ手を引くだけだった。ＡＴＭの正面にある金属板は薄く、これくらいの工具で簡単かつ瞬時に破壊が可能だった。

現金を盗む場合にはＡＴＭの最下段にあるスタッカーと呼ばれる三つの現金収納ケー

スを引き出すだけである。しかし、今回の窃盗団はこのスタッカーだけでなく、ＡＴＭの心臓部ともいえるシステム基板を丸ごと盗んでいた。

このシステム基板に接続された重要な部分がカードリーダーである。挿入されたキャッシュカードやクレジットカードに施された、磁気ストライプやＩＣチップを読み取るリーダーに加えて、エンボスリーダーがカードの種類ごとにデータを読み取る仕組みになっている。一旦読み取ったデータはただちに信用照会端末によって本店センターの勘定系ホストコンピューターに送られて確認される。

この確認を行う際のＷｅｂ－ＡＴＭシステムを狙うため、窃盗団はＡＴＭのシステム基板をも一緒に盗み出していたのだった。

「十二台全てからシステム基板を奪う必要があるのか？」

「システム基板にはカードリーダーの他にレシートプリンターも接続されています。このプリンターに記録されたデータがハードディスクの中に残っているのです」

「ＡＴＭから出てくるレシートか……確かに様々な個人情報が含まれているな……」

「このデータがハッカー連中にとっては宝の山なのです。Ｗｅｂ－ＡＴＭシステム内のＷｅｂＡＰサーバー、ＤＢサーバー、バックアップ・デプロイサーバー、運用管理サーバーへのアクセスデータが暗号化されています。例えば同じ銀聯カードでも三百を超える金融機関が発行しているわけでしょう。その信用照会端末へのアクセス暗号がわかるということなのです。これが銀聯パニックのスタートだったわけですね」

「まさにキャッシュレスの怖さだな……」

　捜査第三課の特殊事件担当係長は、これからも起こるだろう新たな手法の窃盗事件に思いをはせながら、大きなため息をついていた。

　京都府警から金哲鍾の潜伏先情報が入ったのはその日の夕方だった。

「青山管理官、遅うなってすんまへん。昨日まで金哲鍾の野郎、ホテルを転々としよったんですわ。そして今日、四条烏丸(しじょうからすま)近くの賃貸マンションに入居しました」

「賃貸借契約をしたのですか？」

「そうです。ただ契約者は本人ではなく、京都にシマを持つ岡広組総本部系光岡組の若頭なんですわ」

「光岡組……吉田会ではないのですね」

「ちゃいます。光岡組のナンバースリーの朴正哲(パクジョンチョル)です」

「そいつはどういう男ですか」

「京都では経済ヤクザいう肩書をつけられておりますが、もっぱら不動産の地上げ屋ですわ」

「京都駅近郊の物件ですか？」

「いや、それが寺専門なんですわ」

「寺？」

「京都だけやのうて、愛知から大阪までの寺物件を扱うとるんですわ」

京都と言えば神社、寺院の数の多さが一番に思い浮かぶ。正式に登録されているだけで京都市内の神社が約八百、寺院が約千七百と言われている。しかし、日本全国で見ると、神社は八万一千、寺院は七万七千あり、その中で寺院数のトップは愛知県で四千六百もの数がある。

「愛知から大阪まで東海道線のルートだけでも大変な数ですね」

「そうなんですわ。そして京都でも後継ぎのない寺が多いんです。全国でも無住寺院は二万を超えとるとかで、墓地を持ちながら廃業する寺院も多いそうですわ」

青山は考えたこともない世界の話に驚いていた。

「廃業した寺はどうなるんですか？」

「同じ宗派の上位の寺から新しい住職が来ることもあるそうですが、ほとんどは檀家を別の寺に預かってもらって、寺は売却されるようです」

「仏像などはどうなるのですか？」

「これが案外、海外で売れるそうで、そういうビジネスも光岡組はやっとるようです」

「金はある、ということですか……」

「そりゃ他人の褌(ふんどし)で相撲を取るわけですから、持っとりまっしゃろうな」

「光岡組のナンバースリーの朴正哲は北朝鮮系ですか？」

「そうです。京都にパチンコ屋も持っとりますし、貿易会社を神戸で経営しとるようですが、貿易会社の実態はうちではようわかりません」

貿易会社と聞いて青山は、金哲鍾もまた貿易会社を経営していたことを思い出していた。

「貿易会社つながりか……朴正哲の親族か関係者に、朴武鉉という者はいませんか？」

「朴武鉉は甥っ子やなかったかな。あまり賢くない甥を預けられて迷惑しているような話を聞いたことがありますわ」

「調べる方法はありますか」

「写真でもあれば、パチンコ屋のマネージャーに聞いたらわかると思いますよ。一時期、パチンコ屋におったのが、キャバ嬢に当たり台を教えていたのがバレて、飛ばされた……とかいう話でしたから」

引き続き京都府警が金哲鍾の行動確認をしてくれることになり、その旨を府警からチヨダに報告してほしいと依頼して電話を切ると、青山は再び白谷に電話を架けた。

「兄貴、今度はなんでしょう」

白谷は笑いながら訊ねた。

「度々で申し訳ないんだが、光岡組のナンバースリーの朴正哲について知りたいんだ」

「パックンですか……奴は今ナンバーツーですよ。前にも言ったようにナンバーツーが消されてしまいましたからね」

「そう言えばそうだったな」

「光岡組は元々手形詐欺で大きくなった組なんです。それでターゲットにしたのがお寺さんというバチ当たりな連中だったんですが、逆に不動産で儲かるようになった……ということなんです」

「最初から寺を狙っていたのか……」

「なんでも、朝鮮から盗んできた仏像が日本には多い……とかいう言い方でしたよ」

「なるほどな……それで手形詐欺というのはどういう手口なんだ？」

「俗にいうパクリ屋とサルベージ屋ですよ」

パクリ屋（沈め屋、シンカーともいう）とは、資金繰りに困っている企業などに手形を振り出させ、その手形を持ち逃げする詐欺師である。パクリ屋から善意の第三者（形式的な場合が多いが……）に渡った手形を、手数料を取って振出人に代わって引き揚げる業者をサルベージ屋という。どちらも裏社会の隠語であるが、手形詐欺においてはパクリ屋、第三者、サルベージ屋がグルで、連絡を取り合っている場合も多い。

「そうか……そのターゲットが寺の住職だったわけか……」

「儲かる寺ほど裏金が欲しいんですわ。そこで美味い話を持ち掛けて手形を切らせるんです」

「そういう詐欺はまだ続けられているのか？」

「奴らの生業ですから、手を替え品を替えやっていますよ」

　白谷は平然と言った。

「朴正哲が神戸でやっている貿易会社は何を取引しているんだ？」

「新古車になっている高級外車を中東で買ってきて、国内や海外で売りさばくものらしいですね。ドバイやサウジアラビアの大富豪はたくさん持っているようですよ」

　新車にナンバーをつけて登録すると、その時点で、その車は分類上では「中古車」となる。分類上は「中古車」であっても中身は全く使われていない新車と一緒ということで、「新古車」という呼び名が付いている。

「そうなると、それは真っ当な商売だな」

「その部分もある……ということでしょうか。売り先は北朝鮮や旧ソ連邦諸国が多いようですよ」

「向こうにも支社があるのか？」

「形式的なものは置いていると思います。貿易会社とはいうものの、ある種の商社のようなものですからね」

そこまで聞いて青山は、金哲鍾がサウジアラビアやイスラエルに渡航していたことを思い出した。

「イスラエルの話を聞いたことはないか？」

「イスラエル……ですか？　北朝鮮の武器購入の件じゃないですかね」

「武器購入？」

青山はオウム返しに訊ねた。

「いわゆる『死の商人』の真似事ですね。あくまでも北朝鮮の代理人として第三国を経由していたようなことを聞いたことがありますが、詳細はわかりません」

青山は経済ヤクザと言われている光岡組の裏の仕事が見えた思いがした。

数日後、思わぬニュースが飛び込んできた。マレーシアで亡命した北朝鮮軍関係者が思いがけない発言をしていた。日本に漂着した木造船の中には工作員だけでなく、日本人も乗せていた……というものだった。

「日本人を北朝鮮から運んできた……ということか？　拉致被害者というわけじゃないだろうな……」

青山の言葉に、分析担当の上田係長が反応した。

「詳細を聴取するよう外交ルートを通じて依頼しています」

金哲鍾が参宮橋のマンションを出た後も、一週間、朴武鉉はマンションに居残っていた。他に行き場所がなかったこともあったが、ハロウィン事件に関するあらゆる証拠隠滅作業を金哲鍾から命じられていたからだった。

レンタカーはすでに返却し、スーパーマリオの衣装も燃えるゴミの日にビニール袋にまとめて廃棄し、ゴミ収集車によって回収されたことを朴は自分の目で確認した。

朴自身にも行動確認が付いている可能性を金哲鍾から注意されていた。しかし、行確に対して何をしていいのか、全くわからなかった。ただ漫然と後方を気にしたり、電車に乗る際には自分を見ている者がいないか周囲を見回して確認する程度だった。

最後の証拠隠滅は実行犯グループに渡しているスマホの回収だけだった。

ハロウィン事件の実行犯グループは、北朝鮮籍の協力者が経営する都内五か所の民泊に散宿して、帰国の船が到着するのを待っていた。

本国からの連絡はラジオのAM波を利用した平壌放送のA3放送と決まっており、重要な指示の際には、あらかじめ連絡放送が発信されることになっている。

実行犯グループは常に三人一組で動くことを命じられており、相互の連絡手段として各リーダーにスマホが渡されていた。

もう一つ朴に課せられた仕事は、三日ごとに五人のリーダーに対してメンバー全員分の生活費を手渡すことだった。この金は金哲鍾から預かっていた。民泊を経営している複数の協力者は日頃から工作員の潜伏先の手配も行っていたが、工作員を自分の民泊施設に泊めることはしなかった。

そのため五人の民泊経営者には、今回、泊まっているそれぞれ六人が、あの世間を騒がせたハロウィン仮装窃盗団のメンバーであることは知らされていなかった。

朴は金哲鍾から指定されていた五人の民泊経営者に対して三日ごとに六人分の宿泊費を支払い、次にそれぞれの民泊を訪れ、散宿している窃盗団メンバーの生活費として、リーダーに金を手渡しながら本国からの指示を伝えた。

彼らはいずれも朝鮮人民軍陸軍で特殊訓練を受けている特殊作戦軍のエース級だった。しかし彼らもまた多くの北朝鮮人民同様に、海外の生活、しかも日本のように衣食が豊富なうえ、テレビ、ラジオによる情報が溢れている世界に身を置くのは初めての経験だった。そして何より、彼らにとって憧れの一つでもあった、韓国オリオンのチョコパイ「情(ジョン)」を思い切り食べることができたのが至福の喜びであった。これを調達してくるのも朴の仕事だった。

朴は参宮橋のマンションや、その後移動した南新宿の秘密拠点を出ると、必ず、新宿区の新大久保エリアに形成されたコリアンタウンで、このチョコパイを大量に購入していた。

彼らが欲するチョコパイは、日本のチョコパイと少し異なり、中にクリームの代わりにマシュマロが入っている。日本のロッテのチョコパイよりも、外側のチョコレートコーティングが薄めである。誕生日ケーキが買えない韓国の貧しい人たちは、チョコパイを代用品にしているとも言われている。

さらに窃盗団メンバーの軍人たちを喜ばせたのが、このチョコパイのバナナ味だった。

「帰国する時には、このチョコパイをたくさんお土産にしたい」

北朝鮮国家が決して許しはしないだろう要求を朴は受け入れねばならなかった。

窃盗団メンバーに渡される生活費は日本円にして一日わずか三千円だった。それでも民泊では食事が提供されるため、一週間も経てば一人一万五千円ほどを貯めこむことができた。

ある民泊の経営者が、比較的長期滞在になっている若い団体客に対して、サービスと気遣いのつもりで、三度目の宿泊費を受け取った夕食時にビールと日本酒を提供した。しかし、これが裏目に出るとは思っていなかったようだった。

若い軍人たちは酒には全く免疫ができていなかった。日頃は極めて礼儀正しい若者が乱痴気騒ぎを起こしたのだった。誰一人止められる者はいなかった。すぐに近隣の住人から一一〇番通報が入った。

「警視庁から各局、新宿管内大久保二丁目騒音の苦情。近い局は現場へ」

この地域ではよくあることなので、現場に到着したパトカー乗務員は通信指令センターに対して現着報告をし、通信指令センターもまたいつもどおり受傷防止のため、臨場警察官に対して手に警棒を持って現場に向かうよう指示した。

現場では屋外まで韓国語と思われる大声が響いていた。

玄関で家の主を呼ぶと、さすがに困惑した顔つきをした初老の男が出てきて警察官に言った。

「すいません。初めて酒を飲んだようで、ブレーキが利かなくなってしまったようです」

「お客さんなの？」

この家はまだ民泊の届出をしていなかった。

「今、オリンピックに向けた民泊の訓練中なんです」

「訓練？　届出は？」

「まだ、実際にできるかどうかわからないので、友人のこどもたちを呼んで実験中なんです」

「こども？　こどもが酒を飲んで騒いでいるの？」

パトカー乗務員の巡査部長が怪訝な顔つきで訊ねた。

「こどもと言っても、みな成人しています」

パトカー乗務員は一人で屋内に踏み込むのは危険と判断し、近くの交番の勤務員に応援要請を行った。すぐに三人の若い警察官が到着したため、全員に警棒の把持(はじ)を指示して屋内に入った。玄関を入って最初の扉を開けたところがダイニングキッチンになっていた。床には床暖房が施されており、靴下越しに暖かさが伝わった。

ダイニングの奥に障子様の仕切りがあり、騒ぎはその向こう側から聞こえる。韓国語の歌を大声で歌っていた。巡査部長が仕切りを少し開けて中を覗くと、二十代後半と思われる短髪の若者六人が真っ赤な顔をして歌ったり、肩を抱き合って談義していた。巡査部長が初老の主に訊ねた。

「彼らは日本語はわかるんだろうな」

「それが、本国から来たばかりで、理解できないと思います」

「本国か……韓国人ならば英語はできるだろう?」

「それはわかりません」

「警察が来たから静かにするよう、あんたからまず伝えてくれ」

巡査部長が言うと、初老の主が仕切りを大きく開けて、やや大きな声を出して韓国語で何か言った。

若者の一人がこれに気付いて大きな声で答えた。そして初老の主の後ろに警棒を持った警察官の姿を認めるや、仲間に向かって何か叫んだ。

するとそれまで大声で歌っていた男がその場で立ち上がり、巡査部長を目掛けて突進してきた。巡査部長は警視庁逮捕術の指導員資格を持っていた。酔っ払いの扱いも手慣れたものだった。警棒の両端を両手持ちに替えると、警棒の中心部を突進してきた男の左肩口に押し当てた瞬間、身体を開いて左足で相手の向こうずねを軽く蹴った。突進してきた男は前方につんのめるように倒れた。巡査部長は倒れた男の左腕に警棒をくぐらせて肘関節を捉えると「キメ」の関節技をかけ、初老の主に向かって大きな、ドスの利いた声で言った。

「これ以上暴れたら、公務執行妨害罪で逮捕すると言ってやれ」

初老の主が巡査部長を真似て、大きな声でその場の全員に向かって伝えたが、男たちは揃って四人の警察官に向かって突進してきた。

制圧されていた若者が巡査部長に対して反撃を試みた。この瞬間、巡査部長が同僚に向かって叫んだ。

「こいつら普通じゃない。拳銃を使え。奪われるな」

巡査部長は制圧を解くと同時に警棒を倒れている男の後頭部に強く叩き込み、さらに両膝に対しても同様に行った。そして突進してくる先頭の男の向こうずねにも警棒を叩き込んだ。メシッという下腿骨が折れる音がして、突進してきた男が言葉にもならない叫び声を発した。

すでに逮捕などという法律用語が適用できるような現場ではなく、戦場に近い緊迫感が漲っていた。一番後ろにいた交番勤務の巡査がいち早く拳銃を抜き、三番目に突進してきた男に向けて一発目を発砲した。弾が男の左鎖骨付近に命中すると、男はその場に倒れ込んだ。二発目、三発目はその後方でビール瓶を割って突進しようとした男の腹部に命中した。

巡査部長も二人目を警棒で倒すと同時に拳銃を抜き、五発を連射した。

結果的に発砲したのは二人だけだったが、発射した八発の銃弾は全て男たちに着弾していた。拳銃を抜くことができなかった最年長の巡査長が震える声で所轄系ＳＷ無線機を使って、発砲事件の発生と応援要請を本署のリモコン席に送った。

新宿署のパトカーに続いて警視庁刑事部第二機動捜査隊、新宿署刑事課の覆面パトカーが現場に到着した時には、すでに騒ぎは収まり、巡査部長がこの家の電話を使って一一九番に救急車の要請を行った後だった。

「二名は即死、二名は被弾して重傷、二名は骨折の模様」

警視庁本部の通信指令センターには先着していたパトカーの相勤員が所轄系無線機の情報を聴きながら報告を入れていた。

新宿署長は元捜査第一課長の武井警視正だった。署長官舎でテレビを見ている時に本部から至急報が届いた。署長の運転担当が迎えに行き、そのまま現場に向かった。到着すると同時に署長は、規制線を設けてパトカーを停めていた巡査長に大きな声で訊ねた。

「署員に怪我はないか？」

「職員に怪我はなし」

　それを聞いた武井署長は二度頷いて、今度は小声で訊ねた。

「そうか。撃ったのは誰だ？」

「撃ったのは田口部長と瀬古巡査です」

「よし。田口部長はどこだ？」

「まだ現場におります」

　武井署長は捜査員のあいだをかき分けるようにして事件発生現場に向かった。

「勤務中異常なし」

　署長の姿を見ると、現場の前で警戒していた制服警察官が挙手注目の敬礼をして言った。

「ばか、立派に異常があるだろう」

　署長は笑顔で言うと制服警察官の帽子の歪みを両手で正して訊ねた。

「現場鑑識の他に誰も入っていないだろうな」

「刑事課の当直責任者だけです」

「よし」

武井署長が入り口から当直責任者の刑事課長代理を呼んだ時、後ろから聞き慣れた声がしたので振り向いた。

「おう、藤中じゃないか、相変わらず情報が早いな」

「いえ、たまたまなんですけどね。ここは北朝鮮のたまり場らしいですね」

「そうなのか？　本署から送られてきたメモには何も書いていなかったぞ」

「実はうちらもこの場所をチェックしていたんです」

藤中がいつもとは違った小声で報告するのを不思議に感じたのか、武井署長は首を傾げて訊ねた。

「うちら？　一課か？」

「警察庁長官官房です」

「そうか……そう言えばお前は察庁だったな。なんで察庁が現場をチェックしているんだ？」

「署長だからお伝えするんですが、ここは公安も視察していたようですよ」

「ハムが？　すると犯人たちはスパイか何かか？」

「そこまではわかりませんが、この事件の広報はタイミングをみてやった方がいいかもしれません。総監には拳銃使用事件ですから速報が行くでしょうが、背後に大きな事件があるかもしれませんよ」

「何だ、奥歯にものが挟まったような言い方をするじゃないか。裏に何があるんだ？」

「そこまでは私もよくわからないんですが、公安部の青山も動いていますから」

「公安部の青山君といえば、お前の同期生仲間じゃないか。何があるんだ？　言え」

「ハロウィン仮装窃盗団の事件関係者かもしれません」

「なに？　あの殺しを含んだ仮装ＡＴＭ窃盗事件か」

「あくまでも、かもしれません……です」

「確かに公安も動いているという話を警察庁から聞いたな。ハワイでも同様の事件が発生したのだろう？」

「それも大統領訪問の直前ですから、アメリカの当局もテロを心配したようです」

「アメリカでもテロとは断定していないんだよな」

「そのようですが、奴らの本当の狙いはいまだにわからないという状況のようです」

「ところで藤中、お前、随分変わったんじゃないか」

「どこがですか？」

「以前は捜査一課の暴れん坊というイメージが強かったんだが、キャリアとの付き合いが増えたせいか言葉遣いがやけに慎重になったような気がする」

「ぜんぜん褒められていないんですね」

「そうじゃない。立派な捜査責任者になった……と感心しているんだ。それに情報も的確なようだしな」

「的確なのかどうかわかりませんが、今回の事件はほぼ間違いなく、背後に北朝鮮の影がありますす。公安部の動きにも注意した方がいいかもしれません」

藤中の言葉に武井署長が敏感に反応した。

「注意？　どういうことだ」

「ホシと言っていいのかどうかわかりませんが、奴らの人定が取れるかどうかです」

「公務執行妨害の現行犯だからホシには違いない。身元が問題なんだな？」

「口を割らせるのに、一課の捜査員と通訳だけでは難しいかもしれない……ということです」

藤中のアドバイスに武井署長は頷きながら訊ねた。

「お前だったらどうする」

「取調べ状況をビデオ撮影しながら、同時にリアルタイムで専門家に検分させるのも一考に値するかと思います」

「なるほど……リアルタイムか……」

「拳銃を発砲した制服警察官に反撃を試みた連中ですからね」

「確かにそうだな。最初に取り押さえたのは警視庁逮捕術大会で優勝の経験もある、百戦錬磨の巡査部長だ。状況はわからんが、そう簡単に逃げられるわけがない。署に戻っな」

「刑事部長……ですか？」

「現行犯人の逮捕現場とはいえ、拳銃使用と同時に二人の犯人の命を失っている。司法解剖の結果も待たなければならないが、警視総監賞の上申も急がなければならないからな」

「正当な武器の使用であることを祈るだけです」

藤中が言うと、武井署長は苦渋の顔つきで「ウン」とだけ言った。

「現場における唯一の参考人は、あの家の主の金全徳(キムチョンドク)ですが、彼は、丸腰の青年に向かって警察官が一方的に発砲したと供述しています。確かに現場には凶器となるものはなく、割れたビール瓶が二本あったのは事実ですが、これは部屋の隅であり、割れたビール瓶を凶器として用いる虞があったという警察官の供述は、現場鑑識の立場からは誤りと言えます」

新宿署会議室における捜査会議は最初から紛糾した。すでに拳銃を使用した二人の警察官に対しては朝一番で警視総監賞が授与されている。

「最初に犯人を制圧した田口巡査部長の供述では、完璧な制圧だったにもかかわらず、自ら左肩の関節を外して、右手に持っていた金属製の箸で同巡査部長の目を目掛けて攻撃を仕掛けたとのことです。医師の診断の結果、確かに左肩の関節は脱臼しておりましたが、これが自ら外したものか否かの判断はつきにくい、との指摘があります」

「事実関係も大事だが、犯人たちの身元はどうなんだ？　全員が鍛え上げられた体軀だったことも、田口巡査部長がとっさの判断で危機感を持ったことにつながってくるんじゃないのか？」

「あの家の主は、韓国の友人から、息子とその友達が日本に行くから何日か泊めてもらいたいと頼まれた旨の供述をしており、本人も東京オリンピックに向けて民泊をしてみたいという希望から、実験的に預かっただけだと答えています」

「それならどうして、六人が六人ともパスポートもクレジットカードも持っていないんだ？　誰かに預けたとしても、おかしな話じゃないか。家の主は何と言っているんだ」

「彼らは空港から直接家に来たので、途中のことはわからない。しかもその友人のこどもが殺されたことのショックが大きいと言っていました」

「奴は北朝鮮系という話があるんだがどうなんだ？」

「本人は朝鮮戦争当時、両親とともに済州島から日本にいる親族を頼って入国した韓国人であると主張しています」

「済州島は韓国の高級リゾート地なんだろう」

　捜査第一課長が呟いた時、ふと捜査会議場の一番後ろに座っている、これまで何度か見かけた男に目が留まった。捜査第一課長は隣席に座っている捜査第一課理事官と一言二言交わすと、頷いてその男に向かって言った。

「公安総務課の青山管理官、そんなところに座っていないで、こちらに来ればいいじゃないか」

青山はその場で立ち上がって答えた。

「ここで結構です。現場の状況を聞きたかっただけです」

「青山管理官が同席することは警備部長からも連絡を受けている。何か意見があったら言ってくれ」

「特に現時点で意見はありません。ただ、今、現場の主が済州島から日本に来たと言った旨の話がありましたが、済州島出身の二世ということは、両親は一九四八年に発生し数年続いたという、済州島四・三事件の難を逃れるために、日本に密入国したものと推測されます。済州島民が大量虐殺されたこの事件は韓国政府の『赤狩り』とも言われ、韓国政府は口を噤みますが、公然の秘密のような事案です。当時、この島から日本に密入国した島民は五、六万人はいるとも言われています」

「済州島にはそういう歴史があったのか……さすがに公安部の情報責任者だな。数字が出てくるところが凄い。問題点があったらすぐに指摘してくれ」

ひな壇に座っていた捜査第一課の幹部は頷きながら平然としていたが、その他の私服、制服の捜査官は胡散臭そうな顔つきになって青山を見ていた。

　司会進行役の捜査第一課管理官が新宿署の強行犯担当刑事課長代理に質問をした。

「死亡した青年が家の主の友人のこどもならば、人定は取れるのではないのか」

「父親はよく知っているが、息子と会うのは初めてで、友人には電話を入れているがまだつながらないと言っています」

「警察が間に入ればいいんじゃないのか？　当事者同士の連絡では埒が明かないだろう」

「最初の連絡だけは、友人から身柄を預かった以上、自分でしたい……と言い張っています」

「仕方ないか……父親の人定は取れているのだろう」

「李正勲という実業家だそうです」

「実業家……業種はわかっているのか？」

「そこまでは答えませんでした」

「六人の所持品で特異なものはなかったのか？」

「ありません。現金も少なかったですし、身分を証明するものは何もなかったのです」

「来日はいつだったんだ？」

「十月のはじめということです」

「周囲の防犯カメラの画像解析はやっているのか」

「二十五台の保存画像を現在解析中です」

「滞在予定はいつまでだったんだ？」

「数日中に旅行に出かけるようなことを言っていたらしいのですが、旅行のパンフレット等は何も持っていませんでした。さらに現金は六人ともほとんど同額を所持しており、彼らが持っていた現金のうち千円札の通し番号が連番だったのです」

「現金の出元が同じ……ということか……この背景はどう考えられるんだ」

捜査第一課長の質問に誰も答えることができなかった。一課長が青山に訊ねた。

「青山管理官、公安部はこの件をどう考えている」

捜査員の視線が一斉に青山に注がれた。青山が立ち上がって答えた。

「公安部は協力者の朴の立ち回り先である五か所のアジトをすでに二十四時間視察、行確中です。今回の拳銃使用事案があった現場も六日前から視察しておりました。本件は最低でも三日間、広報を控えていただきたいと考えております」

「他の四か所に影響を及ぼす……ということか？」

「はい。千円札の連番の件ですが、これは現金を運ぶ協力者が三日ごとに家賃と三十人分の生活費を運んでいる結果です。協力者自身、まさか自分が警察に追われているとは考えていないのでしょう。上の者から預かった新券の金をそのまま分けて配付するという、基本を忘れた行動をとっているのです」

「基本か……」

「北朝鮮の工作員は日本のお札は綺麗なものだという印象を持っているようで、新札を与えられることを好む傾向があるのは事実です。ただし、今回のように組織的な行動を取る際には、新札の通し番号によって他のグループとの関連性が見えてくることまで考えていなかった。つまり、大きなミスを犯しているのです」

「青山管理官に基本的なことを尋ねるが、差し支えなければこの場で話してもらいたい。先ほど三十人分と言ったが、彼らは一体何者で、公安部は何の容疑で彼らを追っているんだ？」

「彼らの正体は判明しておりませんが、先のハロウィン仮装窃盗団のメンバーであろうと考えております」

　青山が平然と答えた内容に会議室が大きくどよめいた。捜査第一課の幹部もひな壇の上で一瞬立ち上がって青山に注目した。

　捜査第一課長がゆっくり頷いて訊ねた。

「公安部はなぜ身柄を捕らないんだ？」

「現在、彼らの行動を確認しながらビデオや写真撮影を続けております。ハロウィン当日、彼らがスーパーマリオに仮装した際の画像は鮮明に撮れております。公安部が新たに撮影したものと画像解析照合の結果、窃盗団のメンバーと一致した段階で令状請求を行う予定です」

「あとどれくらいかかるんだ？」

「あと三日。三日目には協力者が現金を持って再びあの現場に現れます。その段階で身柄を捕る準備を進めております」

「それは公安部だけで行うのか？」

「すでに刑事部長には公安部長から話がいっていると思います。殺人事件、窃盗事件は捜査一課、三課が主体になるかと思いますが、彼らが北朝鮮からの不法入国者であった場合は公安部が捜査に当たらねばなりません」

「三十人も一斉に逮捕して、取調べはどうするんだ？」

「すでに通訳も確保しておりますし、分散留置先も決まっております。集団密航事件は公安部ではよくある事件の一つです。ただ、今回の事件の最終的な目的がわかるまでにはまだ時間を要すると思われます」

「銀聯のパニックではないのか？」

「それもあろうかと思いますが、そのために何故日本人の無戸籍者が利用され、殺害されなければならなかったのか……その点もまだ不明なのです」

「無戸籍者？」

「ハワイで発生したハロウィン仮装窃盗事件で殺害された四人は全員が京都在住の無戸籍者でした。さらに渋谷の現場で殺害された四人も無戸籍者でした」

「無戸籍者がどうやってハワイに行くことができるんだ？」

「中国政府が発行したパスポートで中国人として出国し、その後アメリカに渡ったのです」

「そんな面倒なことをしていたのか……すると、今回の事件は北朝鮮ではなく不良中国人によるもの……ということか？」

「いえ、パスポートの偽造発行には確かにチャイニーズマフィアが関わっていますが、これはチャイニーズマフィアによる北朝鮮密貿易の一環と思われます。なぜなら、北朝鮮人はアメリカ本国に入国することができない事情があるからだと思われます」

「同胞は殺すことができず、そうかと言って中国人を殺すわけにもいかない……ということか……」

「もうひとつ、無戸籍者を対象とした人身売買が行われている可能性も高いのです」

「日本の無戸籍者を一体どこに売りさばくというんだ？」

「中国、北朝鮮両国だろうと思われます」

捜査第一課長は「信じられない」という顔つきで青山の顔を凝視していた。

すると今回の拳銃発砲事件の捜査主任官になった捜査第一課管理官が青山に訊ねた。

「我々は今回四人を公務執行妨害の現行犯人として逮捕しましたが、現場の家主の金全徳は事情聴取後、帰してしまっています。情報はすでに漏れているのではありませんか？」

「いえ、その後、直ちに公安部が別件で逮捕しております」

「別件？」

「電波法違反です」

「電波法？」

「あの家の二階の屋根裏には本国との通信を行う設備があったのですが、総務省に対して無届かつ無免許でした」

「いつガサを入れたのですか？」

「鑑識課が現場鑑識を終えた直後に、一緒に行いました。おかげで証拠隠滅を防止できただけでなく、貴重な証拠収集をすることもできました」

「そうでしたか……」


渋谷で発見された四人の殺人事件被害者の身元は、白谷から受け取ったデータと、公安部が独自に入手した無戸籍者ネットワークの情報で明らかになった。そして、その出国記録は入国管理局に保存されていた膨大なデータを解析照合した結果、指紋照合によって中国人として把握されていることが判明した。

「これも偽造パスポート……ということだったわけだな」

　青山が分析担当の上田係長に言った。

「外二の情報係長の話では、中国公安当局も偽造パスポートの存在には頭を悩ませているようです。その中でも日本人残留孤児に関連するパスポート申請については、交付するパスポート番号に特殊な符号を付しているそうです」

「特殊な符号？」

「いわゆるパスポート番号の頭のアルファベットらしいです。中国本国に在住する中国人でパスポートを持っているのは、人口のわずか八パーセントに過ぎません。実は、アルファベットの組み合わせで、日本人残留孤児関連の人物かどうかは中国に入国する時点でわかるようになっているそうです」

「それは偽造申請が多いから……ということなのか」

「偽造申請が発覚して日本から強制退去させられることは、国家としても悔しいようです。特に中華人民共和国外交部長は、中国共産党中央委員の他、駐日中国大使も経験していますから、その思いが強いのでしょう」

「彼はジョージタウン大学客員研究員も経験しているからな。国際的な感覚で自国を見る目を持っている」

「そうなんですか……てっきり日本嫌いな中国外交官とばかり思っていました」

「それで、最終的に四人の日本人無戸籍者の足取りはどこまで確認できたんだ？」

「最後は昨年十一月に成田から大連に中国南方航空を使って飛んでいました」

「大連か……丹大都市間鉄道を使えば同じ遼寧省の丹東までは二時間だな」

「さすがに鉄ちゃんと呼ばれるだけのことはありますね」

　上田係長が笑って言った。

「最終入国は摑んでいないんだな」

「航空機、一般船舶を利用した形跡はありません」

「彼らはどうやって再び日本に入ってきたのか……」

「その点で気になることがあります。先日、管理官から調査の下命があった、マレーシアに亡命した北朝鮮軍関係者の発言です」

「漂着木造船に日本人も乗せていた……という件か？」

「その裏付けを外交ルートを通して確認を取ったのですが、詳細はわからなかったものの、四人の工作員を新潟に運んだ……ということだったのです。そこで防衛省情報本部電波部と警察庁情報通信局に確認したところ、当時、不可解な平壌放送を傍受していたそうです」

「不可解？　どういう内容なんだ？」

「どこかで人、物の受け渡しがあったようなんですが、場所の特定ができなかったらしく、一般的なA3放送に使われていた乱数表とは異なる符号で、一九八七年の大韓航空機爆破事件に関する指令が送られたときとよく似ていた……というのです」

「大韓航空機爆破事件か……秘密工作員もしくは朝鮮人民軍が関与しているんだな」

「朝鮮人民軍といえば、その放送の数日後に新潟県佐渡で、朝鮮人民軍の部隊名が記されたプレートが貼り付けてある木造船が複数見つかっていました」

「佐渡か……新潟に運んだという事案と一致するな……」

「秋田や青森の木造船で保護された北朝鮮の漁師の話や着衣にも、問題点が多かったですよね」

「漁をしている最中に流されたと話す乗組員たちが口裏を合わせて嘘をついているとしか思えない点が多々あったのは事実だな。何らかの工作活動が仕掛けられているとしか思えなかったのだが……その最大の疑惑が青森で発見された木造船だ。船内で見つかった靴が不審だった。それを見た専門家も『この靴裏で漁業をしていたら滑ってしまう。なので、この船に乗っていた漁師は、本当の漁師ではない。漁業以外の目的か、もしくは普段の漁業者ではない人間を船に乗せて、送り出した可能性がある』と指摘していたほどだ」

「マレーシアからの情報では、そのうちの一人が今回の軍関係者ということです」

「みすみす工作員を取り逃がしたばかりか、土産に米まで与えたというのか……」

青山は苦渋に満ちた顔つきで言った。

「そいつを取調べできないのでしょうか？」

「相談してみよう」

即座に青山は警備局長に電話を入れて捜査員の派遣を依頼した。さらに逮捕勾留されていた、警察官による拳銃発砲事件現場の民泊の主だった金全徳に対して取調べのための捜査員を派遣した。金全徳宅にあった複数の乱数表の中に、一つだけ特殊な構成のものがあったことを思い出したからだった。

「四人は私が直江津港で受け取りました」

殺害された四人の無戸籍者の受け取りに関して金全徳は全てを語った。金には彼らのハロウィン事件への関与は知らされていなかった。

「大韓航空機爆破事件がいいヒントになった」

金全徳の供述調書を一読して頷きながら青山が上田係長に言った。

ハロウィン事件の支援役でレンタカー契約者の朴武鉉の身柄確保は、公務執行妨害という、公安部らしい罪名で、混雑する品川駅構内の公衆の面前で行われた。しかも、職務質問した制服警察官に対しての暴力行為によるものだった。

「お前もワルだよな」

思わず青山が笑うほど、この暴力行為には伏線が仕込まれていた。

朴武鉉に対する二十四時間の行動確認を続けながら、青山は様々な事件の解明のきっかけを作るためにその身柄確保を最優先課題にしていた。罪名は何でもよかった。

遊軍係長が頭となり、朝の満員電車の中で朴を取り囲んだ公安捜査官たちのチームが計画的な公務執行妨害の伏線を張った。

捜査員の一人が真後ろから朴の耳元で囁いた。

「人殺し」

朴は思わず後ろを振り返ると、無表情の男がさらに言った。

「泥棒野郎」

朴の顔が蒼白になっていた。するともう一人の捜査員が言った。

「金哲鍾はお前を放り出して京都で遊んでるぜ。可哀想にな」

朴はその場から何とか逃げようとしたが、朝の山手線内回りの車中は身動きが取れないほど混んでいた。

朴の口元が震え始め、間もなく全身に悪寒（おかん）が走ったかのように奥歯をガチガチと鳴らし始めた。大崎駅と品川駅の間は短い。もう一人の捜査員が周囲の乗客に聞こえるように言った。

「具合が悪いんですか？　次の駅でお医者さんを呼びましょうか？」

周囲の客が一斉に声のする方向を見ると、そこには顔面蒼白の男がブルブルと震えているのが確認できた。

ドアロにいた一般客を装った捜査員が言った。

「すいません。病人の方がいらっしゃいますので、品川では押さないようにしてください」

品川駅に到着するとドアロ付近の客は静かに、しかも整然と降車した。最初に降りた捜査員がわざとらしく大声で言った。

「ああ、おまわりさん、ちょうどいい所にいた。急病人です」

あらかじめ公安部から協力要請を受けていた鉄道警察隊の制服警察官二人がドアロに駆け寄った。三人の捜査員に囲まれた朴は誰の目にも急病人に見えた。三人の捜査員はしらじらしく朴に言った。

「大丈夫ですか。もう大丈夫ですよ」

電車から降りた朴は正面に制服警察官の姿を見た途端に逃走を図った。しかし、背後についていた捜査員が朴のズボンのベルトをしっかり握っていた。制服警察官が朴に近づいて言った。

「鉄道警察隊の警察官です。大丈夫ですか？」

周囲の乗降客も心配そうにその光景を眺めていた。制服警察官が朴の両側に寄り添って、朴の腕にそっと手をかけた瞬間、朴は「ワーッ」と奇声を発して制服警察官の手を振りほどくと、左手にいた制服警察官の胸に自分の肩をぶつけ、さらに制服警察官の肩の部分に掌底攻撃をして逃走しようとした。

「何をする。警察官とわかってやっているのか」

制服警察官が大きな声で言ったが、朴は必死だった。しかし抵抗もそこまでだった。もう一人の制服警察官が一度振り払われた朴の腕を摑んで静かに言った。

「公務執行妨害の現行犯として逮捕する」

ちょうどその場に居合わせたホーム整理のガードマンが自主的に言った。

「私は一部始終を見ていました。協力します」

ＪＲ品川駅は品川区ではなく港区高輪に所在するため、朴は管轄する高輪警察署に護送された。

朴が落ちるのは早かった。叔父にあたる朴正哲と金哲鍾の関係から、ハロウィン仮装窃盗団についても、驚くほど詳細に供述を始めた。

朴の供述に基づき、刑事部捜査第一課、捜査第三課、公安部公安総務課の総合捜査本部は関連施設の一斉捜索差押を実行し、金哲鍾を含む二十五人を逮捕した。

北朝鮮がウクライナ経由でイスラエルから武器を買い付けていた実態も明らかになっ

た。

新京都合同福祉事業団の理事長を務めている長野健一の裏稼業は、彼の父親がかつて関西を中心に総会屋として活動していた際に得た裏情報を基にした、経済誌という名目のブラック誌の販売だった。一冊十万円の雑誌を毎月十冊単位で関西系銀行を中心とした企業に売り付けており、中京、関東の企業も買わざるを得ない事情があった。長野健一の父親は一代で関西の総会屋の雄として名をはせながら、岡広組総本部の経済ヤクザと手を組んで様々な分野に手を拡げていたが、代を譲る際、年寄りは全て引退させ、息子の健一が仕事をしやすい環境を作った。

しかし、息子の健一は父親の半分の実力も持ちあわせていなかったのが不幸の始まりだった。

関西の三流大学を出た後、父親の力を借りて大手広告代理店に入ったまではよかったが、この会社に多いコネ採用の仲間と遊び呆けるだけの社会人生活だった。

この健一に取り入ったのが丸山健と、その同僚の宮崎健斗だった。この三人は反社会的勢力の中では「トリプル健」と呼ばれる詐欺集団のリーダー的存在となった。

闇金から転身した丸山健が中心となって作った詐欺集団は、詐欺と名の付くあらゆる行為をしていた。丸山はかつての同僚をことごとく騙しながら排除してのし上がった、ワルの中のワルだった。宮崎健斗は国立大学を出たものの仕事に恵まれず、詐欺まがいの仕事をしている時に、大手広告代理店勤務の長野健一と知り合い、一時期は健一のよき理解者を装いながら集団内で丸山と並ぶ地位に就いた。丸山も宮崎も汚れ仕事には自ら手を染めず、旨い所だけ自分の手柄にして長野親子に忠誠を尽くすというタイプだった。

　ところが、宮崎の異常とも思えるネチネチとした部下いじめが組織内で悪評を買うと、丸山は宮崎を貶（おとし）めることに成功し、詐欺集団のトップの地位を固めた。

　この丸山に目を付けたのが龍だった。

「なんでこんな阿呆に騙されるんや」

　部下の前で思わず関西弁が飛び出すほど、龍は騙される者の悲哀に思いをはせながら徹底した証拠固めを行っていた。

「狡賢（ずるがしこ）さにかけては、そんじょそこらの詐欺師なんぞ相手にならないんですよ。長野健一の父親は総会屋ではありましたが、一時期は神戸で兵庫合同新聞という真っ当な新聞社を経営していたこともあるんです。そんな世間の裏も表も知り尽くした男の懐に潜り込む才能は、詐欺師になるほかない類稀（たぐいまれ）なものがあったとしか言いようがないのです」

　事件担当係長の野崎（のざき）警部が龍に報告した。

「そうかなあ……俺もある人物を介して直接会って話したんだが、普通の阿呆だぞ。よくあれで闇金屋ができたもんだと思うほどだ。しかも兵庫合同新聞は政治的には左翼を標榜しながら、裏では岡広組総本部に警察の捜査情報を垂れ流していたわけだからな」

「さすがに関西のことはよくご存知ですね」

「お前たちは知らんだろうが、兵庫合同からどれだけのブラックジャーナリストが出てきて、警察捜査を混乱させてきたことか……」

「警視庁もやられたんですか？」

「捜査二課も公安も、一時期はさんざん空回りさせられたもんだ」

龍は苦々しい過去を思い出したのか、顔をしかめて言った。

「しかし、ようやく奴らも年貢の納め時が来た……ということですね」

「まだだ。この詐欺事件にはもっと大きな裏がある」

「えっ。どういうことですか？」

「バランスシートをよく見てみろ。収益は数百億円はあるはずなのに、奴らの手元には数十億円しか残っていない。どこかに投資しているとしても、反社会的勢力の連中にとって最も必要なキャッシュフローが足りない」

「どこかに流れている……ということですか？」

「そうだ。丸山という狡賢い野郎が、裏で誰かと組んでいるはずなんだ」

「電話の通話記録やメールも確認していますが、何も出てきませんよ」

「そこなんだ。何か別の連絡手段があるはずだ」

「丸山が勝手に詐欺集団を作って仕事をすることに、岡広組総本部は目を瞑っているんですかね？　そこが不思議な気がするんですが……」

「いや、今、奴は岡広組総本部ではなく、分裂した新岡広組と手を組んでいる」

「えっ。しかし……」

「野崎、お前、捜査報告書をちゃんと読んどるのか？　それとも反社会的勢力に関する基礎知識が足りんのか？」

　龍にしては珍しく強い口調で言った。野崎係長は俯きながら答えた。

「申し訳ありません。関西の反社会的勢力の勢力図が今一つ理解できておりません」

「阿呆んだら。今回の捜査はそこが基本や。何やっとんのや。徹夜してでも明日までには覚えとけ。このパースケチンが」

　知能犯捜査のエリート警部と自他ともに認めていた三十八歳の野崎係長は、唖然として返す言葉がなかった。それを見た龍が、今度は穏やかに言った。

「野崎、いくら帳簿を見るのが上手くて、一流企業のエリートや政治家との関係を知悉していようが、その裏側のドロドロとした部分を知らなければ、湖に浮かんでいる白鳥だけを眺めているのと同じだ。俺たちは一流と言われている連中が転落するきっかけになった原因を突き止めるのが仕事の一つだ。そこには必ずと言っていいほど裏の連中が蠢いている。それを知らずして本当の知能犯捜査はできない。お前はこれから捜査第二課を背負って立つ人材だ。今のうちに、そして、この事件を契機にして社会の裏のドス黒い川の流れを見ておくことだ。それも関西の流れをな……」

「警視庁でもそれが必要なんですね」

「公安の連中は警視庁などという言葉は決して使わんぞ。奴らは警察、いや公安という名前だけで仕事をしている。関東、関西どころか、アジア、アメリカ、ヨーロッパ……全く関係なく仕事をしている。うちらも、そういうところは見習う時期に来ている」

「確かにそうかも知れません。一連の仮想通貨を巡る事件でも、国内だけでは全く捜査になりませんからね……」

「そうだ。仮想通貨に関しては公安部は十年近く前から捜査している。それも実際に自分の金を使って勉強しながら……だ」

「すると大儲けした人もいるわけですね」

「そんなところだな。そこが公安の面白いところでもあり、怖いところでもある」

「公安で関西の反社会的勢力を調べている人もいるのですか？」

「大物親分とツーカーになっとるわ」

「そんな人がいるんですか……」

野崎係長は思わず生唾を飲み込んでいた。

野崎係長が席を外すと、龍は分析担当係長の松下（まつした）警部を自席に呼んだ。

「スターネクストプロダクション代表の李鍾全の件はどうなっている？」

「李は闇金上がりですが、経営手腕はなかなかのようです」

「経営手腕か……所詮クレジットカードの不正利用による大型詐欺の主犯じゃないか」

「それが、この詐欺は単なる駄賃のようなもので、奴のバックも稼ぎも、もっと大きいようなんです」

「反社会的勢力か？」

「岡広組総本部のようです」

「またそこが出てくるのか……」

ふと龍は狡賢い詐欺師の丸山健の名前を思い出して訊ねたが、そこまでは知らない様子だった。

「岡広組総本部との関係の裏は取れているのか？」

「現在調査中です」

龍は松下係長を帰すと青山に電話を入れた。

「龍、どうした？」

「以前聞いた李鍾全という元闇金の関係がどうなっとるかと思うてな」

「一言で言えば岡広組総本部と分裂組の争いに発展している」

「そういうことか……李鍾全の闇金つながりで、京都で動いとる、かなり狡賢い詐欺師の丸山健という名前を聞いたことないか？」

「丸山健か。なんでも仲間を売ったり、相棒を使って貶めながら昇ってきた野郎のことか？」

「そうや。どこでそれを聞いた？」

「李鍾全をよく知っている名古屋の闇金関係者だ。相当のワルのようだな」

「俺から見りゃ、ただの阿呆なんやが、丸山健と李鍾全に接点があるんか？」

「昔は同じ穴の狢だったようだな。ただ、丸山健の相棒だった宮崎何某とかいうのが嫌な野郎で、そいつと喧嘩をしたら、丸山が李鍾全を攻撃して来たようだ。そこで袂を分かったちょうどその頃、岡広組が分裂した関係で、丸山は新岡広組の、李鍾全は岡広組総本部の傘下に入った……というのが実情のようだが、よく丸山のところまで捜査を進めたじゃないか」

「なに言うとんのや。二課やで、二課」

「東京にいてそこまで調べているだけでもたいしたものだと思って褒めているんだ。僕なんか大阪、京都、名古屋を回ってようやく出てきた名前だからな」

「そうやったんか……しかしな、なるほど一応のつながりはあったということやが……

おもろうないな……」

　龍の言葉に青山が訊ねた。

「面白くない……というのは一緒だったらよかった……ということか」

「今でもつながっててくれたら、捜査の進展が見えてきそうな気がしたんや」

「つながってはいないが、面白いところもあるようだ。例えば、今、丸山グループはジリ貧になってきているようなんだ。何でも、切り捨てられた元同僚が結束して、新たな詐欺組織を作ったそうだ。これと李鍾全がつながっている。しかも、丸山は部下を育てることができないばかりか、親分格の長野一家組長の長野健一のところからもまた優秀な部下が逃げ出しているようだな」

「長野一家？　奴はヤクザもんやないやろう？」

「二年前に新岡広組組長と盃を交わしている」

「そこまで落ちとったんか……」

「長野の親父は昔は確かに優秀だったようだが、息子の育て方を間違えたんだな。それに本人も年甲斐もなく若い愛人を囲っていて、老いらくの恋どころか、周りからも見放されているようだ」

「そんな連中を引き入れるとは、新岡広組も資金難というところか……」

「それはあるだろうな。組織の最大の稼ぎ頭である二代目清水組も距離を置き始めているようだからな」

「清水保情報か？」

「まあそんなところだ」

「そうすると詐欺集団は李鍾全の一人勝ち……ということになるんか？」

「そこが微妙なんだ。李鍾全は芸能プロダクションの名前を使って、北朝鮮で強制収容所に送られた若い美女軍団を裏で引き取って、コリアンマフィアが経営している芸能プロダクションに売っているというんだ」

「そんなこと北が許すんか？」

「ハニートラップを職業的にやってきた国家だ。これに使われた女性の末路は強制収容所送りとわかっているんだが、捨てるのはもったいない……というところだろう。新たな金のルートができればいいというのが国の判断だな」

「何ちゅう国家や」

「そんな国家と手をつなごうとしている国家があることも事実だけどな」

「北から送られてきた女性はどないなっとるんや？」

「これがワールドカップ等で唯一人気を博している美女軍団同様、韓国の財閥幹部に人気があるらしい。整形を施していない色白の美人だからな。しかもそれなりの教養がある」

「するとドル箱……ちゅうことか？」

「一度は使い捨てにされたようにもみえるが、結果的には憧れの外国に行くことができたとなれば、祖国や金王朝に対してさほどの敵愾心を持ってはいないということなんだろう」

「しかし、所詮は売り物やろう？」

「若いうちは売り物でも十分なんだろう。それほど過酷な生活の中から這い上がってきた子たちだ。しかも韓国国籍を取得しているんだからな」

「すると李鍾全は人身売買をしてる……ということになるんやな」

「そう。そしてその真似を始めたのが丸山健ということだ」

「丸山健が人身売買？　まさか……」

「そう。奴が無戸籍者売買の張本人だ。その後、光岡組吉田会と手を組むようになった」

「無戸籍者を北朝鮮に売っとるんか？」

「女は中国、男は北朝鮮……ということだ。女は未だに中国残留孤児の二、三世として日本に送り込んで国籍を与えながら、本国から肉親と称する中国人を呼び寄せる道具に使われている。そして一族郎党が生活保護や老齢基礎年金を個別に請求するシステムだ」

「中国残留邦人に生活保護か……六十歳以上の老人にとっては天国のような生活が待っとる……ちゅうことか」

中国残留邦人とは昭和二十年当時、主に中国の東北地方、つまり旧満州地区に開拓団などとして居住していた多くの日本人の中で、ソ連軍の対日参戦により、肉親と離別して孤児となり、中国の養父母に育てられる等、やむなく中国に残ることとなった人々をいう。

日本政府は中国残留邦人が日本への永住を希望する場合、帰国旅費の実費相当を支給し、身元引受人のあっせん等、永住帰国に対する援護を行ってきた。

だが、帰国後も中高年となっていたため、懸命な努力にもかかわらず老後の準備が十分できず、言葉が不自由で地域にもとけ込めない人が多かった。そのため公的年金に関しては、特例として保険料を全額国が負担して、一定の条件をクリアすれば老齢基礎年金等の満額支給が受けられるようになっている。

「昭和二十四年までに生まれた老人を中国残留邦人に仕立て上げる……ちゅうことやな」

「老齢基礎年金に生活保護か……中国の最低賃金よりも高いからな」

「えげつないことを考えるもんやな」

二〇一〇年、大阪で中国残留孤児を名乗る福建省出身の姉妹の親族ら四十八人が、訪日直後に生活保護を申請して三十二人が受給していた。

また、二〇〇七年に発覚した、残留邦人の親族と偽り不法滞在して十年以上にわたり生活保護を不正受給した事件では、最初に偽装入国した中国人は、本物の残留邦人の存在が判明した後、国に対して詐取した金額を返還することなく帰国している。

元法務省関係者は「中国残留邦人は人権がからむので特に審査が甘い。書類が揃っていれば、確認もろくにしないで自動的に許可していたのでしょう」と語っている。

中国国内には、残留邦人やその親族として無関係な中国人を大量に日本に入国させるブローカーが今なお存在する。ブローカーは数百万円の手数料を受け取り、残留邦人の家族に謝礼を渡し、中国で戸籍、パスポートを偽造し、中国人を残留邦人であると偽り入国させる。発覚した偽残留邦人は、氷山の一角にすぎないともいわれている。

「チャイニーズマフィアが関わるビジネスはえげつないもんだ」

「それで無戸籍者の男はどうなっとるんや」

「あらゆる犯罪の実行犯だな。しかも中国人のパスポートを所持しながら中国人ではない扱いだ」

「パスポートを持っていれば中国人やろう？」

「パスポートに仕掛けがあるらしい。彼らが海外で犯罪を行った場合、最終的に中国公安はこれが偽造パスポートであることを証明して、犯罪実行者が中国人ではなかったことを海外に示すんだ」

「そんなことがまかり通るんか？」

「そこが中国や北朝鮮が共産主義国家である所以だ。資本主義が最大の敵なのだから仕方がないことだろう」

「そうか……彼らの敵は民主主義ではのうて資本主義やったな」

「基本を忘れるなよ」

青山の冷めた言い方に龍が大きなため息をついて答えた。

「そうやな。基本やったな……。青山、基本ついでにもう一つ教えてくれるか。丸山が新岡広組の連中や北朝鮮系のコリアンマフィア、その他の連中と何らかの形で連絡を取り合っているはずなんやが、その連絡手段がわからんのや」

青山は二、三秒考えて答えた。

「はっきりはわからんが、もしかしたら、平壌放送のA3放送を使っているのかもしれない。ガサを打つときに無線装置の有無と乱数表の存在を確認してみることだ」

「平壌放送のA3放送……それも基本なんか？」

「外事警察では基本だが、警察官であっても知らなくて普通だ」

「外事か……つまり、お前にとっては基本ということやな」

「公安総務の情報担当としては知っておかなければならないことには違いない。ところでガサはいつ頃打つ予定なんだ」

「お前の情報を捜査報告書にまとめれば、すぐにでも令状請求できる。ガサには北の連中や反社会的勢力の妨害対策と、捜査員の安全確保を考慮して機動隊一個中隊を要請する必要もあるやろうな」


龍が追っていたクレジットカードの不正利用による詐欺事件捜査は佳境を迎えていた。それも部下の田辺係長が騙された「なりすまし」事件を捜査したところ、思いがけない証拠が出てきたのだった。

「クレジットカード会社も、騙された本人が警視庁捜査二課の警部と知って、おとり捜査を疑ったくらいだからな」

龍の言葉に田辺係長は平身低頭しながら、事件の全容を摑んだ本人としてポツリと言った。

「銀行窓口の女性職員が反社会的勢力に脅されていた……というところがスタートでしたからね。私なんて善意の第三者以外の何物でもなかったわけで……」

「何が善意の第三者や。ブラックジャーナリストが紹介した三流銀行のねえちゃんたちと合コンなんぞするからや」

龍が思わず関西弁で反論した。

「情報収集の一環だったんですよ。いくら三流といっても、一応銀行ですからね。それも反社会的勢力の連中が口座を持っているとなれば、面白い情報が入ってくるかもしれないじゃないですか」

「その結果、まんまと騙されたんやないか。まあ、そのおかげで事件の端緒が摑めたことは事実だったけどな」

「あの時、管理官が詐欺だと気づいて下さったので助かりました。しかし、偶然というのは面白いものですね」

「確かにあの芸能プロダクションと繋がっていたのは、例のブラックジャーナリストが裏を知っていたからだろう？」

「ブラックジャーナリストをそんなに強調しないでください。奴だって、まだ完全にブラックに落ちたわけではないんですから」

「神戸の新聞社から総会屋の御用聞きになった段階で、立派なブラックジャーナリストの仲間入りだ。まあ総会屋が亡くなった後で、その実態を暴露したレポートは警察的にも大きな財産にはなったけどな。よく殺されなかったもんだ」

「本人もそれを覚悟していたところはあったようですが。暴露しなかった部分……つまり、さらに深い闇の部分をカットしたことが救われた原因だったようです」

「そんなところだろうな。反社会的勢力にとっても脅しになるかもしれんからな」

「岡広組の分裂が、奴にとってはラッキーだったのでしょう。しかも、奴を裏で育てたのが長野健一の父親の元総会屋だったことが大きかったです」

「長野健一か……トリプル健の親玉かと思っていたが、結果的には丸山健にいいように騙されていたわけだからな」

「丸山は闇金上がりではありましたが、あれだけえげつない闇金は他に類を見ません。保険屋と組んですぐに借主に生命保険をかけて債権を回収するところは反社会的勢力の連中も舌を巻く手口でしたから」

「借主には保険を掛ける。その連帯保証人には身体を売らせるばかりか、挙句の果てには外国に売り飛ばすんだからな。中途半端なヤクザドラマより面白い構図だったな」

「詐欺師とはいえ、闇金そのものが詐欺の手段だったようなところがありましたからね」

　闇金の世界の情報網は裏で繫がっている。多重債務者を巧く転がして、最後に警察や弁護士のところに駆け込まれる前に、様々な手を使って債権を回収するのだ。

「芸能プロダクションそのものが人身売買組織だったとは思いませんでしたが、そこに無戸籍者という新たな人材があったことで、奴らは新たな商売を見出したのですね」

「無戸籍者か……中でも、亡くなった人たちは可哀想な人たちだったな。単なる道具としてしか見られていなかったんだからな」

「丸山は単なる詐欺師から、国際的シンジケートに入ろうとしていたのでしょう？」
「ああ。それもチャイニーズマフィアを利用して、結果的には北朝鮮の手先になってい
たわけだ。もう少し賢い奴なら北朝鮮を巧く利用しながらチャイニーズマフィアの中で
出世して大成できたんだろうが、女を絡めた段階で仕舞いだな」
「それも結果的に昔の仲間にはめられた……という感じですからね」
「所詮、詐欺師の中でも一流にはなれない奴だったということだな」
ため息をつきながら龍が言うと、田辺係長も頷きながら訊ねた。
「今回の事件の絵を描いたのは一体誰だったのでしょうか？」
「うちらの捜査では最終的にそこに行き当たらなかったが、まだ隠された闇の部分が残
っている……ということだな。後は公安部がどれだけ事件を掘り起こすかだ」
「公安ですか……向こうは丸山の存在も知っていたわけですよね」
「怖いくらいに何でも知ってたな。ただ、まだホシを挙げたという話は聞いてないけど
な……闇から闇というのは反社会的勢力の連中の世界だけではなくて、警察にもある、
ということだろうな」
「それが公安……ということですか？」
「ハロウィン仮装窃盗殺人事件で三十人以上のホシを挙げたのは捜査一課だったが、そ
の親玉クラスの数人の男は行方不明だからな。公安は一度はパクってるんだ。それを起

訴猶予処分と不起訴処分が出て、奴らを釈放した途端に所在がプッツリだ」

　起訴猶予処分とは、刑事訴訟法第二百四十八条に基づき、被疑事実が明白な場合において、被疑者の性格、年齢及び境遇、犯罪の軽重及び情状等から訴追の必要がないと検察官が判断して不起訴とすることである。

　さらに被疑事実につき犯罪の成立を認定すべき証拠が不十分なときは、嫌疑不十分として、不起訴処分の裁定がされることになっている。

「ハムが消した……ということですか？」

　田辺係長が唖然とした顔つきで龍に訊ねた。

「いや、いくらなんでもハムが直接手を下すことはしないだろうな……」

「すると誰かに身柄を渡した……ということですか？」

「よくわからん。『日本の税金でぬくぬく生かしておく必要はない』と言った公安マンがいることは確かだ……」

　龍は冷徹に言ってのけた青山の顔を思い出しながら呟くように言った。

「あの一連のハロウィン仮装は一体何が目的だったのでしょうか？」

　田辺係長の質問に龍が大きくため息をついて答えた。

「戦争前夜のどさくさに紛れた、弱者の最後の抵抗……という感じかな……」

「北朝鮮が日本や中国、アメリカに向けて行った……ということですか？」

「アメリカに対しては大した影響を与えることはできなかったが、大統領個人に対して与えたダメージは大きかったかもしれんな。ハワイ事件がそれを物語っているし、銀聯パニックはアメリカにも脅威になったかもしれん」

田辺係長は思わず腕組みをしてだまり込んだ。

四日後、捜査第二課による大掛かりなクレジットカード詐欺事件の強制捜査が行われた。

青山の元に龍から通信機器の発見が伝えられたのは、捜査に着手してから一時間後のことだった。

「青山、お前の情報のおかげで通信用の秘密の部屋を探し当てることができたんや」

「秘密部屋があったのか？」

「ああ。丸山の自宅に小型のグランドプレーンアンテナとかいう変わった形のアンテナがあって、そこからコードを辿ったら、壁の中を通って、本棚の裏に小部屋を作っていた」

「脱獄映画を観ているようだな」

「まさにそのとおりで、金のインゴットまであったで。しかも、丸山の野郎、李鍾全の事務所に盗聴器まで付けてやがって、ご丁寧に録音しといてくれたんで、二重の証拠が出てきたわ」

「北との通話状況はどうだった？」

「乱数表をうちの若いもんが発見したんや。数字の羅列に加えて、照会用の別本があったわ」

「それはいい証拠になる。数字のメモや録音はあったのか？」

「バッチリや。これはお前にそのまま渡すから、そちらで解析してくれるとありがたい」

「うちの解析班でやればすぐに解明するだろう」

「ありがたい」

「ところで丸山の柄は捕れたんだな」

「もちろんや。思った以上に弱っちい野郎で、ガタガタ震えとったわ」

「龍、聴取する時に忘れずに丸山健に聞いてもらいたいことがあるんだ。スーパーマリオに仮装した意味だ」

「なるほどな……あんな目立つ格好をしよったからパクられたようなもんやからな。取調官はベテラン中のベテランや。キッチリ落とすで」

　龍はめずらしく青山を酒に誘った。

「いい仕事をしたようだな」

　青山が言うと龍が熱燗を青山のぐい飲みに注ぎながら答えた。

「何を言うとんのや。本業の詐欺事件だけやのうて、一課と三課も絡んでしもうたからな。余計な仕事まで回ってきたわ」

「あの芸能プロダクションによる人身売買事件は今後も政財界にも影響を及ぼすだろうな」

「そこなんやが、公安は本当はあの事件、どこまでやったんや。韓国、北朝鮮に加えて中国、ロシアまで出てきたんで、てっきり外事が動いたんかと思うとったんやが、そうでもなかったんやろう？」

　龍が青山の目を覗き込むように訊ねた。

「阿呆な政治家たちが韓国で脱北女性と一緒だった写真まで回ってきたんだ」

「それは、ハニートラップみたいなみっともない写真やったんやろうな？」

「ああ。まさしく国家の恥だな。次回の選挙までに奴らが出馬できないようにしなければ、公安の存在価値がない案件だ」

「日本の芸能プロダクションだけやのうて、韓国の悪徳芸能プロダクションも人身売買に絡んどったわけやろう？　まさに蛇の道は蛇やな。悪い連中は巧く繋がっとる」

「韓国だけではなく、ロシア、中国の警察も結果的には信用できない。情報交換ができない虚しさがあるのは事実だ」

「警察がそうなんやから、政治の世界はもっとそうなんやろうな。法治国家といっても、その政治形態の根幹が違えば正義もまた全く違った結果になる。警察という組織は所詮、政治の影響をもろに受ける立場やからな」

　龍が言うと青山がふと遠くを見るような顔つきで言った。

「正義か……僕は今回、無戸籍者という存在が未だにこの法治国家にあって、しかもこれを警察ではなく反社会的勢力の方が把握していたことに公安の無力を感じたんだ」

「公安だけの問題やないやろう。警察全体の問題や」

「ハロウィン仮装事件が発生した時、まさかこんな闇と直面するとは考えていなかった」

「俺もクレジットカード詐欺と人身売買がつながっとるとは思わんかった。事件というのは常に新たな現実を警察に突き付けてくるもんや。インターネットのウィルスと同じようなもんやな。攻める方がいつも優位なんや。ただ、これに対処する術をいかに日頃から警察が準備しておくか……が大事なんやと思う。警察に想定外があってはならんのや」

「龍、お前も時にはいいことを言うようになったな」

「阿呆。これが昔からの俺の姿や」

「そうか……」

思わず青山が笑うと、龍も笑って言った。

「いつもお前には助けられとる。大和田、藤中しかりやけどな」

「それは僕も同じだよ」

二人は再び、ぐい飲みを合わせて熱燗を同時に喉に流し込んだ。

「青山、スーパーマリオに仮装した意味がわかったで」

「ほう。早かったな」

捜査第二課の取調官は流石(さすが)だった。

「丸山本人は直接聞かされてなかったようやが、窃盗団のリーダーが丸山に話したところによると、現在の日本の政権に対する暗黙のメッセージだったそうや」

「現政権があれを見れば、黙っていてもメッセージを理解できる……というのか？」

「東京オリンピックまで、北朝鮮に対して余計なことをするな、ということらしい」

「無事に東京オリンピックを開催したいのならば、北朝鮮に対して攻撃をするな……ということか？」

「リオデジャネイロ五輪の閉会式で日本の総理大臣がスーパーマリオに扮して、渋谷のスクランブル交差点から土管に潜って、会場に出てきたやろ。あのパフォーマンスを逆手に取ったんやな。スーパーマリオはどこにでも現れて、どんなことでもできるというわけや。それに、オリンピックは平昌オリンピックにも掛けとるわけや」

「平昌オリンピック？」

「北朝鮮は、平昌オリンピック後に間違いなく、アメリカが斬首作戦を仕掛けてくると感じとるらしい」

「その可能性は高いだろうな。アメリカに対してストレートに核攻撃の可能性と意思を示すのは、かつてのソ連でもしなかったことだからな。キューバ危機以上の圧力を、北朝鮮という、ならず者ポンコツ国家の若造にいいようにかけられているわけだ。普段は冷静なイースタン・エスタブリッシュメントの面々であっても、今回はさすがに怒り心頭というところだろう」

「すると、青山、お前も本気でアメリカは北朝鮮を攻撃すると思うとるんか」

「アメリカも日本も、今の韓国の政権を信頼していない。米韓合同軍事演習がそのまま瞬時の斬首作戦になる可能性は否定できない」

「そうか……そのために日本とアメリカほぼ同時に大統領が来る直前に事件を起こした……ということなのか」

「今考えればそういうことだったんだな。ただし、中国の銀聯に関してはもう一つ別のメッセージがあったのだろう」

青山は以前、モサドの友人が教えてくれた中国国内の銀聯パニックの実態を思い出していた。

「中国国内で銀聯システムがパンクするということは、キャッシュレス化が進行した中国国内の経済機能の停止を意味する。日本に置きかえれば、日本中の店舗や交通機関で現金とクレジットカードが使えなくなり、ＡＴＭが止まった状態を意味するんだ。その状況を考えてみてくれ。たった二日間でも国内全ての経済活動が停止する恐怖を味わうと政府はどう対応すると思うかい？」

この指摘を受けた青山は背筋が凍るような思いがして言葉を失った。すると、モサドの友人は笑って言った。

「おそらく今回の銀聯パニックは序章だろうな。先日、ハッキングとセキュリティーの最前線を競い合うBlack Hatのカンファレンスで、読み解いたキーコードから自作したプログラムを走らせ、様々なＡＴＭから数千ドル単位の大金を自由自在に引き出してみせるデモンストレーションが披露され、見事に成功したんだ。そしてその時のターゲットに銀聯が含まれていた」

「様々なＡＴＭ……というのは世界中のメーカーが製作したＡＴＭということなのかい」

「そうだよ。特に中国製のパクリＡＴＭは瞬間芸のように解析されていた。デモンストレーションを行ったハッカーの中には口座を調べると、インドのある団体から莫大な資金が提供されている者がいたんだ」

「インド？」

「そう、中国の『一帯一路』に反発を強めているインドだ。そしてこの団体は、中国西部から中央アジアを経由してヨーロッパにつながるシルクロード経済ベルト、つまり『一帯』の通り道になっている中央アジアの資源保有国から資金調達を行っていたんだ」

「モサドはそんなところまで調べているのか？」

「イスラエルはすでにＥＵの経済を信用していないからな」

「ＥＵを信頼せずして、国際社会の中でどうやって生き抜いていくつもりなんだ？」

「ユダヤ人はどこの国でも巧みに生き抜く術を知っている。ＥＵも間もなく中国の……というよりも、あの国の独裁者の金と野望にまみれた中華思想に基づく巨大プロジェクトに加担した愚かさに気付くだろう」

「習近平のチャイナドリームとしての世界戦略のすべてが西向きである最大の理由は、東側の太平洋をアメリカと二分したくても、アメリカがそれを許さないからだろう」

　青山が言うと、モサドの友人は大きなため息をついて言った。

「中国は、なんとか第一列島線を突破して、宿敵の日本と台湾の間を強引にすり抜けて太平洋に出ていこうとしているが、もし日本が本気になって中国のボロ船を沈めたとしても国際社会が非難しないだろうことは理解している。しかし、中国は南シナ海の権益をめぐってフィリピンが提訴した仲裁裁判所の裁判で敗れたが、その決定を単なる紙切れとしか考えていないことを世に示しても、ＥＵは何も言えないことも知っている。確かにフィリピンと日本を一緒にはできないだろうし、フィリピンの今のリーダーを支持する者はヨーロッパには少ないがね」

「中国と日本が戦争をするようなことにはならないと思うが……」

「それをさせようと、あらゆる手立てを使って画策しているのが北朝鮮ならばどうする？」

「北朝鮮が……」

青山は北朝鮮の深慮遠謀が見えてきたような気がしたが、その背後には中国自身の本音、もしくはロシアの意思が隠されているような気もしていた。

それを見越したかのようにモサドの友人が言った。

「トランプ大統領が単なる商売人であって政治家ではないという証拠は、外交と防衛を知らないお粗末さにある。その最大のミスがエルサレム問題だったんだよ。自分の唯一ともいえる腹心である娘可愛さもあったのかもしれないし、選挙当時からの公約にもあったからかもしれないが、あれでムスリムが団結してしまった」

「イスラム教徒が分裂していた方がよかった……ということなのか？」

「原理主義者はともかく、イスラム教は宗教改革が一度も行われていない世界宗教だからな。おまけに唯一絶対の神を信奉するがゆえに排他的、かつ偶像崇拝を否定するとなれば、自然発生的に原理主義が出てきて当然なんだ。しかも、ムスリムの多くが、一部の特権階級を除けば貧しい信者だ」

「貧富の差を挙げればきりがないだろう。日本だって経済格差が頻繁に取り上げられるようになったが、大富豪の数など、他国に比べれば可愛いもんだ」

青山は世界中に大富豪がいるユダヤ人に対する嫌味のように言った。

「そこが日本のいい所なのかもしれない。たった八人の大富豪が全世界の下位半分と同額の富を持つ中で、個人資産十億ドル以上の人数は世界で十五位だからな。GDPが日本に比べて圧倒的に低い韓国やトルコよりも富豪の人数が少ないのは、それだけ理想的な社会主義国家に近いということだろう」

「それももう終わりが近いな。世界最高峰と言われるアメリカのハーバード大学では、学生の親の平均年収は約五千万円。金持ちの子が最高の教育を受けてエリートになり、ますます富と権力を得る図式が明らかだ。日本の東京大学も規模は小さいが似たような傾向にある。それで経済格差が叫ばれているんだ」

「しかし、ムスリムの生活圏を見れば違いはわかるだろう。日本のようなインフラも整っていない上に、一部の大都市以外では情報も共有できていない。だから、一部のリーダーに引き寄せられるんだ。良きに付け悪しきに付けな」

「ムスリムが一体となることが、イスラエルにとってなんの弊害があるんだ？」

　青山の問いにモサドの友人は深刻な表情で答えた。

「イスラエルとユダヤ人が共通の敵になってしまう……ということが第一だが、経済的には、イスラエルの数少ない輸出産業である武器の輸出が困難になってくることだ」

「そうだったな……北朝鮮まで、ウクライナマフィアやチャイニーズマフィアを経由してイスラエル製の武器を購入しているくらいだからな。もっといえば、紛争が途切れることがないアフリカでは小型武器を含む通常兵器の約八割が、アメリカ・イギリス・フランス・中国・ロシアの五大国によって生産されていると言われているが、最近ではイスラエル製のものも増えてきているという噂もある」

「アフリカではどうかな……南スーダンの紛争で中国が大量輸出を始めたのが武器のだぶつきを進めている、という実態はあるが、アフリカの戦争は宗教戦争というよりも、欧米列強によって植民地時代に広く導入された分割統治が原因だ。それがいまだに解消せず、結果的に部族間の争いになってしまっている状況だからな。分割統治にかかわった旧列強が責任をもって処理するしかないだろう」

「国際連合難民高等弁務官事務所、略称ＵＮＨＣＲもアフリカでの活動に力を入れているようだが……」

「無理だな。あの広報役の女優じゃ好感も得られないし、ＵＮＨＣＲのやっていることは、本質的な教育を無視したその場しのぎの偽善行為に見えて仕方がないんだ。だから本気で彼らの慈善事業に手を貸す大企業や大富豪が出てこない。武器問題なんて二の次だ」

「イスラエルはこれからどうしようと考えているんだ？」

「キリスト教とユダヤ教の関係はこれ以上壊れることはない。問題はムスリムだけだ。エルサレムの旧市街、もしくは三つの聖地だけを三つの宗教の代表者が協議して共同保有すれば済むことだ」

「そんなことができるのか？」

「そもそも、あの地の歴史を見ればわかることだ。最初にあそこに神殿を建てたのはユダヤだからな」

　三つの聖地の歴史は、紀元前二〇年頃、ユダヤのヘロデ大王の改築した神殿に始まる。紀元七〇年、ローマ軍とのユダヤ戦争でエルサレムは炎上し、神殿は破壊され西側の壁のみが「嘆きの壁」として残った。

　四世紀になると、キリストの磔刑（たっけい）の地ゴルゴタの丘があったとされる場所に、「聖墳墓教会」が建設された。

　さらに、エルサレムを支配したイスラム王朝であるウマイヤ朝は、六九一年に神殿の丘に「岩のドーム」を建設している。

「順番から言えば、ユダヤ、キリスト、イスラムということか……」

「イスラム教が成立したのは六二二年のことだからな」

「ユダヤ人が世界経済を支配していると言われているが、それを君はどう思うんだ」

「金融とメディアに多いから、結果的にそう見られているんだろうな」

そこまで言って、モサドの友人は思いがけないことを口にした。

「そうだ、トランプとムスリムの話に集中していて、言い忘れていたことがあった。望が気にしている北朝鮮のことなんだが、北朝鮮がイスラエルに接近を図ったことを知っているか?」

「イスラエルに北朝鮮が接近? どういうことだ?」

「モサドも北朝鮮がウクライナ経由でイスラエル製の武器を調達していることは知っていたんだが、北朝鮮のエージェントがＩＭＩシステムズの技術者に営業をかけてきたんだ」

ＩＭＩシステムズ、イスラエル・ミリタリー・インダストリーズはイスラエルを代表する兵器コンツェルンである。

「営業? どういうことだ?」

「ＩＭＩシステムズは、従業員二十人規模の日本のレンズメーカーに発注して、三十キ

「望と話していて気が付いたことなんだが、その前段で小型無人機に小型核を積んでトランプ大統領の居所に打ち込むつもりなのかもしれない。逆斬首作戦だな……」

「ムスリムがアメリカとイスラエルを非難している間に、ムスリムを味方に付けようという狙いか……そうなると中国も『一帯一路』の野望から北朝鮮を安易に攻撃できなくなる……しかし、イスラエルはアメリカと組んでいたいんじゃないのか？」

「アメリカは確かに最強の同盟相手だが、トランプじゃないということだ」

青山は北朝鮮の野望の裏にふとロシアの影を見たような気がした。

防衛と外交の二本柱は国家が生き抜くための最大の武器であり手段でもある。

日本が国境で接するロシア、中国、朝鮮半島の同胞二国の計四か国とは、未だに領土問題を抱えている。しかもこの四か国は防衛、外交の表舞台だけでなく、密貿易を含む裏舞台でも相互につながりを持っている。

お互いを牽制し合いながらも、したたかな外交が求められる中で、日本を当事者とする新たなテロの予感を青山は感じ取っていた。

エピローグ

カルテットが久しぶりに顔を揃えていた。

南青山にある地中海料理のレストランだった。

「青山、お前は本当にいろんな洒落(しゃれ)た店を知っているな」

「ここは以前、広尾にあって、親父たちのたまり場だったんだが、青山に移った途端に若者の店になってしまったんだ」

「付き合いが長いのか？」

「もう二十年にはなるかな。しかし、メンバーがだいぶ替わってしまったからな。親しい店員はもういない」

「料理はお前に任せる。まずシャンパンで乾杯といこうぜ」

藤中が店内を見回しながら言った。

「オーダーする料理は三つだけだ。ハムス、カラマリ、ホタテのローストだ」

「ホタテはわかるが、最初の二つはなんだ？」

「ハムスはひよこ豆のディップ、カラマリは小イカの詰め物だ」

「豆とイカか……地中海料理らしいが、肉はないのか？」

「まあ、食べてから言ってくれ」

シャンパンで乾杯をすると早速、ハムスが運ばれてきた。薄い焼いたパンのようなものが一緒についていた。さらに青山は五種類のオリーブオイルを注文していた。店員がオリーブオイルの説明を行った。

青山が最初に食べ方を実演して見せた。

「オリーブオイルがこんなに違うとは知らなかったな」

大和田が最初にカリフォルニア産の若いオリーブオイルを使ってハムスを口にした。

「これは……」

思わず美味さに絶句するのを見て、藤中と龍がそれぞれ別のオリーブオイルをハムスに合わせた。

「参ったな……これが豆か……」

青山はあえて黙っていた。ヨーグルトを使ったというモチモチのパンがあっという間になくなる。パンを追加して、オリーブオイルの色と味の違いを確かめながら三人はハムスを口に運んだ。これを見ていた青山が訊ねた。

「どうだ。美味いだろう」

た。

「青山君、百点」

珍しく大和田がはしゃぐように言った。

キプロス産のシャルドネとハムスの追加を青山が注文すると、カラマリが運ばれてきた。

「確かにイカやな」

龍が嬉しそうに串に刺さった小イカに手を伸ばして、一口かじって言った。

「独身やったら、若いねえちゃん連れてくるんやがなあ」

「嫁さんを連れてこい」

藤中が切り返しながら、カラマリに手を伸ばした。

「確かに節子にはわからんかもしれないな。博多のねえちゃんの方が似合う」

笑いがおこったところで青山が言った。

「今回の事件、大和田の情報がなかったら犯人には辿り着かなかったかもしれないな」

「ヤクザもん情報が端緒だからな。人事一課の警察官にはなかなかできることじゃない」

藤中が茶化すと龍が言った。

「藤中、お前も捜査一課出身の割には、最近は専らヤクザもん情報で生きとるんやないか」

「あれは、元ヤクザだ。今はただの世捨て人だな」

「なにが世捨て人だ。あれをフィクサーというんだ」

大和田が藤中に言った。

「フィクサーか……そういや最近、高野山参りする政治家が増えたと言っていたな」

「昔は鎌倉参りする政治家が多かったんだがな……」

青山が言うと藤中が訊ねた。

「そいつもフィクサーだったのか？」

「戦後最大のフィクサーと呼ばれる存在だったな。僕も何度かお邪魔したものだ」

「お邪魔……というのか？」

「あそこまでになれば、過去にどれだけ悪いことをしていようが、歴史の生き証人であり、政財界のご意見番というところだ。高所大局からものを見る勉強にはなった」

「清水のおっさんはどうだ？」

「まあ、それなりに日本だけでなくアジアを中心とした社会をきちんと見定めている人なんじゃないか」

「ほう。そこまで青山が評価しているとは思わなかったな。結婚祝いが百万だからな」

藤中が言うと龍が笑いながら言った。

「金の使い道がない老人にとって百万くらいどうってことはないんやろうな。青山、その金は文子ちゃんに取られたままか？」

「相手は銀行だからな、余計な金は持たせてもらえない」

「文子の方が収入が多いんだから仕方ないよな」

藤中が青山の肩をポンと叩いて話を戻した。

「それにしても無戸籍者という存在によくお前、気付いたよな」

「名簿を見て愕然としたよ。これが法治国家の姿なのか……とな」

「まだあれで氷山の一角なんだろう？　中国からの残留孤児三世にされていた女性は名簿になかったからな」

大和田が言うと、青山は二度頷いてしんみりと言った。

「東大阪の工場にも無戸籍者がいたんだが、その関連で出てきたのが、ATMを破壊した道具だった……北朝鮮は我々が知らない世界にも深く食い込んでいた……ということだ」

大和田も頷いて答えた。

「そうだったな……それにしても銀聯パニックも二日で済んで、中国は俺たちに感謝しなければならないんだが、だんまりを決め込んでいるな」

「そこがあの国の危ういところだ。一帯一路がこければ習近平の野望は頓挫するだけでなく、粛清の対象になってしまう」

「しかし、彼を粛清する人材がいないだろう？　賢い奴はジッと我慢しているものさ。トップの寝首を掻くのがあの国の伝統だ」

大和田が言うと青山も頷いた。そこにホタテのローストが運ばれてきた。

「なんや、この下に敷いてあるリゾットは……」

一番に手を伸ばした龍が思わず声を上げた。

「スーパーマリオの仮装が、東京オリンピック開催に対する警告を含んでいたとは思わなかったよ」

「何か意味があるって前に私が言ってなかった？」

「そう。文子が早い時期に気付いていたことだった」

文子は満足気に頷いて言った。

「ねえ、ところで仮想通貨の利益の半分でいいんだけど、うちの外貨保険で運用してみない？」

「たいした金額じゃないぞ」

「なに言ってるのよ。なんのためにマイナンバー制度があると思っているの。億り人さん。バンクを舐めちゃだめよ。一億円近い収入を妻に隠しておく気だったの」

「マイナンバー制度と仮想通貨売買にどんな関係があるんだ？」

「えっ。やっぱり警察官は経済に弱いのね。マイナンバー導入の大きな目的の一つは正確な所得把握を実現するためでしょう。だから銀行口座への付番が決まることは織り込み済みのものだったの。日本人の多くが持っている預金資産を把握しないことには個人の正確な所得把握は不可能でしょう」

「銀行口座への付番が行われると、預金資産が複数の口座に分散されていても、税務当局が預金総額を把握しやすくなるということか……」

「税務署が知る前に銀行が知ってしまうけどね」

「銀行はまだマイナンバーの収集事務を完全にはやっていないよな」

「今、マイナンバーの収集事務はいろんな企業に委託されているの。その中には大手人材派遣会社の百パーセント子会社も入っているわ」

「人材派遣会社？　まさか、あの宗教団体の支配下にある会社か？」

「そうよ。だから気をつけないと、あなたの個人情報はすぐに漏れてしまうわよ」

文子が話題を逸らしそうな気配を感じたので青山が訊ねた。

「ところで、どうして僕の仮想通貨売却を文子が知ったんだい？」

「今や電子銀行取引サービスの導入が進んで、顧客との新たな取引形態・窓口機能が急速に拡大しているんだもの。銀行だって独自の取引サービスの利用を促進するためにはビッグデータを活用しなければならないでしょう。そこには銀行間の連携も必要なわけ。

仮想通貨の売却利益もデータ化されているのよ」

「すると、文子のデスクの端末を叩くだけで僕の収益がわかった……ということなのかい？」

「それは国が求めていることなのよ。ただし、バンクは個人情報に関しては知らないふりをしなければならないけどね」

「手強い……」

青山の呟きが聞こえたのかどうかわからなかったが、文子がいつも以上に明るい声で言った。

「ねえ、お祝いにワイン開けようか」

青山の背中に冷たい汗が流れた。

この作品は文春文庫のために書き下ろされたものです

この作品は完全なるフィクションであり、登場する人物や団体名などは、実在のものと一切関係ありません

濱 嘉之
聖域侵犯
警視庁公安部・青山望
パナマ文書と闇社会。汚職事件、テロリストの力学。日本の聖地、伊勢で緊急事態が発生。からまる糸が一筋になったとき、公安のエース青山望は「国家の敵」といかに対峙するのか。
は-41-8

濱 嘉之
国家簒奪（さんだつ）
警視庁公安部・青山望
組のご法度、覚醒剤取引に手を出した暴力団幹部が爆殺された。背後に蠢く非合法組織は、何を目論んでいるのか。国家の危機に、公安のエース、青山望が疾る人気シリーズ第九弾！
は-41-9

濱 嘉之
電光石火
内閣官房長官・小山内和博
権力闘争、テロ、外交漂流……次々と官邸に起こる危機を元警視庁公安部出身の著者が内閣官房長官を主人公に徹底的なリアリティーで描く。　著者待望の新シリーズ、堂々登場！
は-41-30

秦 建日子
殺人初心者
民間科学捜査員・桐野真衣
婚約破棄され、リストラされた真衣。どん底から飛び込んだ民間科捜研に勤務開始早々、顔に碁盤目の傷を残す連続殺人に遭遇する。「アンフェア」原作者による書き下ろし新シリーズ。
は-45-1

秦 建日子
冤罪初心者
民間科学捜査員・桐野真衣
民間科学捜査研究所の真衣は、アジアからの出稼ぎ青年に着せられた冤罪を晴らそうと奮起した。しかしひょんなことから連続殺人の渦中に——科学を武器に謎に挑む人気シリーズ第二弾！
は-45-2

森田健市
ドラッグ・ルート
警視庁組対五課 大地班
薬物捜査を手掛ける警視庁組対五課大地班に内部告発でもたらされた秘密の取引情報。それは、罠と裏切りで血塗られた悲劇の序章にすぎなかった——疾走感溢れる本格警察小説の誕生！
も-28-1

若竹七海
さよならの手口
有能だが不運すぎる女探偵・葉村晶が帰ってきた！　ミステリ専門店でバイト中の晶は元女優に二十年前に家出した娘探しを依頼される。当時娘を調査した探偵は失踪していた。（霜月　蒼）
わ-10-3

（　）内は解説者。品切の節はご容赦下さい。

敗者の嘘
堂場瞬一
アナザーフェイス2
神保町で強盗放火殺人の容疑者が、任意同行後に自殺、その後真犯人と名乗る容疑者と幼馴染の女性弁護士が現れ、捜査は大混乱。合コン中の大友は、福原の命令でやむなく捜査に加わる。
と-24-2

第四の壁
堂場瞬一
アナザーフェイス3
大友がかつて所属していた劇団「アノニマス」の記念公演で、ワンマンな主宰の笹倉が、上演中に舞台の上で絶命する。その手口は、上演予定のシナリオそのものだった。（仲村トオル）
と-24-3

消失者
堂場瞬一
アナザーフェイス4
町田の駅前、大友鉄は想定外の自殺騒ぎで現行犯の老スリを取り逃がしてしまう。その晩、死体が発見され……警察小説の面白さがすべて詰まった大人気シリーズ第四弾！
と-24-5

凍る炎
堂場瞬一
アナザーフェイス5
「燃える氷」メタンハイドレートをめぐる連続殺人事件。刑事総務課のイクメン大友鉄最大の危機を受けて、「追跡捜査係」シリーズの名コンビが共闘する特別コラボ小説！
と-24-6

高速の罠
堂場瞬一
アナザーフェイス6
父・大友鉄を訪ねて高速バスに乗った優斗は移動中に忽然と姿を消す——誘拐か事故か!?　張り巡らされた罠はあまりに大胆不敵だった。シリーズ最高傑作のノンストップサスペンス。
と-24-8

愚者の連鎖
堂場瞬一
アナザーフェイス7
刑事部参事官・後山の指令で、長く完全黙秘を続ける連続窃盗犯を取り調べることになった大友。めったに現場に顔を出さない後山や担当検事も所轄に現れる。沈黙の背後には何が？
と-24-10

親子の肖像
堂場瞬一
アナザーフェイス0
初めて明かされる「アナザーフェイス」シリーズの原点。人質立てこもり事件に巻き込まれる表題作ほか、若き日の大友鉄の活躍を描く、珠玉の6篇！（対談・池田克彦）
と-24-7

赤川次郎
幽霊列車

山間の温泉町へ向う列車から八人の乗客が蒸発。中年警部・宇野は推理マニアの女子大生・永井夕子と謎を追う――。オール讀物推理小説新人賞受賞作を含む記念碑的作品集。（山前　譲）

あ-1-39

赤川次郎
幽霊晩餐会

殺人予告を受けたシェフが催す豪華晩餐会の招待を受けた宇野警部と夕子。フルコースに隠された味な仕掛けから犯人を暴く表題作他、ユーモアあふれる全七編。シリーズ第二十二弾。

あ-1-36

赤川次郎
幽霊恋文

夕子の友人・咲宛てに、不運な死を遂げた恋人から〈近々君を迎えに行く〉と直筆の手紙が届く。早速宇野たちは捜査に乗り出すが…「呪いの特売」「失われた音楽」など全七編を収録。

あ-1-40

赤川次郎
マリオネットの罠

私はガラスの人形と呼ばれていた――。森の館に幽閉された美少女、都会の空白に起こる連続殺人。複雑に絡み合った人間の欲望を鮮やかに描いた、赤川次郎の処女長篇。（権田萬治）

あ-1-27

赤川次郎
充ち足りた悪漢たち

つぶらな瞳、あどけない顔、可愛くて無邪気な子供たち。しかし彼らには大人に見せないコワイ素顔があるのです。屈託なき悪辣ぶりを描くチビッ子版ピカレスク、全6篇。（権田萬治）

あ-1-37

我孫子武丸
弥勒（みろく）の掌（て）

妻を殺され汚職の疑いをかけられた刑事と、失踪した妻を捜し宗教団体に接触する高校教師。二つの事件は錯綜し、やがて驚愕の真相が明らかになる！　これぞ新本格の進化型。（巽　昌章）

あ-46-1

愛川　晶（あきら）
六月六日生まれの天使

記憶喪失の女と前向性健忘の男が、ベッドの中で出会った。二人の奇妙な同居生活の行方は？　究極の恋愛と究極のミステリが合体。あなたはこの仕掛けを見抜けますか？（大矢博子）

あ-47-1

（　）内は解説者。品切の節はご容赦下さい。

愛川　晶
十一月に死んだ悪魔
売れない作家・柏原は交通事故で一週間分の記憶を失う。十一年後、謎の美女との出会いをきっかけに記憶が戻り始めるが。幾重にもからんだ伏線と衝撃のラスト！　究極の恋愛ミステリー。
あ-47-6

愛川　晶
神楽坂謎ばなし
出版社勤務の希美子は仕事で大失敗、同時に恋人も失う。どん底の彼女がひょんなことから寄席の席亭代理に。お仕事小説兼本格ミステリのハイブリッド新シリーズ。（柳家小せん）
あ-47-3

愛川　晶
高座の上の密室
華麗な手妻を披露する美貌の母娘の悩み。超難度の技を繰り出す太神楽界の御曹司の不可解な行動。寄席「神楽坂倶楽部」で出来する怪事件に新米席亭代理・希美子が挑む。（杉江松恋）
あ-47-4

愛川　晶
はんざい漫才
スキャンダルの過去を持つ漫才コンビが神楽坂倶楽部に出演することに。席亭代理・希美子は怪事件に遭遇。三十一歳のヒロインが活躍する寄席ミステリ第3弾！（三浦昌朗／ロケット団）
あ-47-5

有栖川有栖
火村英生に捧げる犯罪
臨床犯罪学者・火村英生のもとに送られてきた犯罪予告めいたファックス。術策の小さな綻びから犯罪が露呈する表題作他、哀切でエレガントな珠玉の作品が並ぶ人気シリーズ。（柄刀　一）
あ-59-1

有栖川有栖
菩提樹荘の殺人
少年犯罪、お笑い芸人の野望、学生時代の火村英生の名推理、アンチエイジングのカリスマの怪事件とアリスの悲恋。「若さ」をモチーフにした人気シリーズ作品集。（円堂都司昭）
あ-59-2

青柳碧人
西川麻子は地理が好き。
「世界一長い駅名とは」「世界初の国旗は？」などなど、世界地理のトリビアで難事件を見事解決。地理マニア西川麻子の事件簿。読めば地理の楽しさを学べる勉強系ユーモアミステリー。
あ-67-1

（　）内は解説者。品切の節はご容赦下さい。

嫉妬事件
乾　くるみ
ある日、大学の部室にきたら、本の上に○○が！　ミステリ研で起きた実話を元にした問題作が、いきなりの文庫化。作中作となる書き下ろし短編「三つの質疑」も収録。（我孫子武丸）
い-66-4

ブック・ジャングル
石持浅海
閉鎖された市立図書館に忍び込んだ昆虫学者の卵と友人、そして高校を卒業したばかりの女子三人。思い出に浸りたいだけだった罪なき不法侵入者達を猛烈な悪意が襲う。（円堂都司昭）
い-89-1

葉桜の季節に君を想うということ
歌野晶午
元私立探偵・成瀬将虎は、同じフィットネスクラブに通う愛子から霊感商法の調査を依頼された。その意外な顚末とは？　あらゆる賞を総なめにした現代ミステリーの最高傑作。
う-20-1

春から夏、やがて冬
歌野晶午
スーパーの保安責任者・平田は万引き犯の末永ますみを捕まえた。偶然の出会いは神の導きか、悪魔の罠か？　動き始めた運命の歯車が二人を究極の結末へと導いていく。（榎本正樹）
う-20-2

江戸川乱歩傑作選　獣
江戸川乱歩・桜庭一樹　編
日本推理小説界のレジェンド・江戸川乱歩が没して50年。名作に光を当てるアンソロジー企画第1弾は『パノラマ島綺譚』『陰獣』など七編と随筆二編を収録。（解題／新保博久・解説／桜庭一樹）
え-15-1

江戸川乱歩傑作選　鏡
江戸川乱歩・湊　かなえ　編
湊かなえ編の傑作選は、謎めくパズラー「湖畔亭事件」、ドンデン返し冴える「赤い部屋」他、挑戦的なミステリ作家・乱歩に焦点を当てる。（解題／新保博久・解説／湊かなえ）
え-15-2

江戸川乱歩傑作選　蟲
江戸川乱歩・辻村深月　編
没後50年を記念する傑作選。辻村深月さんが厳選した妖しく恐ろしい名作。恋に破れた男の妄執を描く「蟲」。四肢を失った軍人と妻の関係を描く「芋虫」他全9編。（解題／新保博久・解説／辻村深月）
え-15-3

奥泉 光
桑潟幸一准教授のスタイリッシュな生活
やる気もなければ志も低い大学教員・クワコーを次々に襲うキャンパスの怪事件。奇人ぞろいの文芸部員女子とともにクワコーが謎に挑む。ユーモア・ミステリー3編収録。（辻村深月）
お-23-3

奥泉 光
黄色い水着の謎
桑潟幸一准教授のスタイリッシュな生活2
史上もっとも情けない准教授クワコーと食えない女子大生たちが帰ってきた！　答案用紙と女子部員の水着はなぜ消失したか？　脱力&抱腹のユーモアミステリシリーズ。（有栖川有栖）
お-23-4

折原 一
逃亡者
殺人を犯し、DVの夫と警察に追われる友竹智恵子。彼女は顔を造り変え、身分を偽り、東へ西へ逃亡を続ける。時効の壁は十五年――。サスペンスの末に驚愕の結末が待つ！（江上 剛）
お-26-12

折原 一
追悼者
浅草の古びたアパートで見つかった丸の内OLの遺体。「昼はOL、夜は娼婦」とマスコミをにぎわしたが、ノンフィクション作家の取材は意外な真犯人へ辿りつく。（河合香織）
お-26-13

折原 一
遭難者
春山で滑落死を遂げた青年のために編まれた2冊組み追悼文集。そこにこめられていた、おぞましき真実とは？　鬼才の手腕が冴える傑作ミステリーを、1巻本にて復刊する！（神長幹雄）
お-26-14

折原 一
毒殺者
Mの妻に対する保険金殺人は完璧なはずだった。しかしある日、脅迫電話がかかってきた。実在の事件をモチーフにする鬼才の「――者」シリーズの原点『仮面劇』を改題改訂。

お-26-15

折原 一
潜伏者
ルポライターの笹尾は新人賞の下読みで、容疑者の視点で生々しく綴られた原稿「堀田守男氏の手」を読み、埼玉県で起った少女連続失踪事件を追いかけるが、新たな悲劇が。（三山 喬）
お-26-16

（　）内は解説者。品切の節はご容赦下さい。

折原　一
異人たちの館
樹海で失踪した息子の伝記の執筆を母親から依頼された売れない作家・島崎の周辺で次々に変事が。五つの文体で書き分けられた目くるめく謎のモザイク。著者畢生の傑作！（小池啓介）
お-26-17

大沢在昌
心では重すぎる（上下）
失踪した人気漫画家の行方を追う探偵・佐久間公の前に立ちはだかる謎の女子高生。背後には新興宗教や暴力団の影が……。渋谷を舞台に現代の闇を描き切った渾身の長篇。（福井晴敏）
お-32-1

大沢在昌
闇先案内人（上下）
「逃がし屋」葛原に下った指令は、「日本に潜入した隣国の重要人物を生きて故国へ帰せ」。工作員、公安が入り乱れ、陰謀と裏切りが渦巻く中、壮絶な死闘が始まった。（吉田伸子）
お-32-3

恩田　陸
まひるの月を追いかけて
異母兄の恋人から兄の失踪を告げられた私は、彼女と共に兄を捜す旅に出る。次々と明らかになる事実は、真実なのか――。恩田ワールド全開のミステリー・ロードノベル。（佐野史郎）
お-42-1

恩田　陸
夏の名残りの薔薇
沢渡三姉妹が山奥のホテルで毎秋、開催する豪華なパーティ。不穏な雰囲気の中、関係者の変死事件が起きる。犯人は誰なのか、そもそもこの事件は真実なのか幻なのか――。（杉江松恋）
お-42-2

恩田　陸
木洩れ日に泳ぐ魚
アパートの一室で語り合う男女。過去を懐かしむ二人の言葉に、意外な真実が混じり始める。初夏の風、大きな柱時計、あの男の背中。心理戦が冴える舞台型ミステリー。（鴻上尚史）
お-42-3

恩田　陸
夜の底は柔らかな幻（上下）
国家権力の及ばぬ〈途鎖国〉。特殊能力を持つ在色者たちがこの地の山深く集う時、創造と破壊、歓喜と惨劇の幕が切って落とされる！　恩田ワールド全開のスペクタクル巨編。（大森　望）
お-42-4

太田忠司
月読（つくよみ）
「月読」――それは死者の最期の思い「月導」（つきしるべ）を読みとる能力者。異能の青年が自らの過去を求めて地方都市を訪れたとき、次々と不可解な事件が……。慟哭の青春ミステリー。（真中耕平）
お-45-1

太田忠司
死の天使はドミノを倒す
突如失踪した人権派弁護士の弟・薫を探すために上京した売れないラノベ作家の兄・陽一は、自殺志願者に死をもたらす「死の天使」事件に巻き込まれていく。（巽　昌章）
お-45-3

大山誠一郎
密室蒐集家
消え失せた射殺犯、密室から落ちてきた死体、警察監視下で起きた二重殺人。密室の謎を解く名探偵・密室蒐集家。これぞ究極の密室ミステリ。本格ミステリ大賞受賞作。（千街晶之）
お-68-1

太田紫織
あしたはれたら死のう
自殺未遂の結果、数年分の記憶と感情の一部を失った遠子。その時に亡くなった同級生の少年・志信と自分はなぜ死を選んだのか――遠子はSNSの日記を唯一の手がかりに謎に迫るが。
お-69-1

加納朋子
螺旋階段のアリス
憧れの私立探偵に転身を果たしたものの依頼は皆無、事務所で暇をもてあます仁木順平の前に、白い猫を抱いた美少女・安梨沙が迷いこんでくる。心温まる7つの優しい物語。（藤田香織）
か-33-6

加納朋子
虹の家のアリス
心優しき新米探偵・仁木順平と聡明な美少女・安梨沙。『不思議の国のアリス』を愛する二人が営む小さな事務所に持ちこまれる6つの奇妙な事件。そして安梨沙の決意とは。（大矢博子）
か-33-7

香納諒一
贄（にえ）**の夜会**（上下）
《犯罪被害者家族の集い》に参加した女性二人が惨殺された。容疑者は少年時代に同級生を殺害した弁護士！　サイコサスペンス＋警察小説＋犯人探しの傑作ミステリー。（吉野　仁）
か-41-1

加えて、海藻類には鉄分も豊富。鉄分には血行をよくする作用があるので、毛根にも血液がどんどん送られ、髪の発育を促します。

ところが、**海藻さえ食べてりゃ抜け毛を防げる、というわけではありません。髪にはタンパク質も必要です。**

しかし、肉などの動物性食品からタンパク質を摂ろうとすると、頭皮の皮脂が酸化して角質層がはがれやすくなり、フケが増えるという羽目に。

そこで、髪にベストの食べ合わせを考えてみると……。

海藻プラス植物性タンパク質、これで決まりです。ヒジキと油揚げ、コンブと湯葉(ゆば)などの食べ合わせがお勧め。近頃、ブラシについた髪の毛を見てゾッとしているお父さん、しばらく試してみてください。

「牛乳を飲むとよく眠れる」って本当？

眠いときに眠っちゃいけないのもつらいけれど、ふとんに入ってなかなか寝つけな

いのも、これまた問題。牛乳を飲めば眠れるといわれてはいますが、試してみたけどあまり効き目がなかった、という人も少なくありません。

それもそのはず、**確かに牛乳には眠りにかかわる物質が含まれてはいるものの、即効性なんてない**のです。

眠りには、脳の中の覚醒中枢とセロトニンという神経伝達物質が大きく関係しています。手短にいうと、覚醒中枢内のセロトニンが増えれば眠くなり、セロトニンが減れば眠りに誘われにくくなるという仕組みです。

セロトニンは体内でのみ生成される物質ですから、食品から直接摂ることはできません。その代わりセロトニンの原料となる物質、アミノ酸の一種のトリプトファンなら、いろいろな食品に含まれています。

含有食品はカツオブシ、ユズ、ノリ、マグロの赤身、サバ、大豆、納豆などなど。牛乳もその一つで、しかも一食当たりの含有率はピカ一。これが、牛乳が〝睡眠安定剤〟とされる根拠となっているのですが。

しかし、トリプトファンが体内に吸収されてセロトニンに変わるには時間がかかりますから、ふだんから心がけて摂取していないと、安眠は保証できません。

牛乳一杯ですぐに寝つけたという人がいたら、それは眠くなるタイミングとたまたま合っただけのこと。もしくは、暗示にかかりやすい性格が幸いしたんです、きっと。

薬ではないのに「薬味」と呼ぶのはなぜ？

私たちは、そばやうどんなどを食べるときに、「薬味」と言って、ワサビ、シソ、ネギ、ニラなどを添えます。これは味を引きしめるためと、栄養的なバランスを取るための二つの役割があり、生活の知恵が生み出した習慣です。

薬とはまったく関係がないのに、これらを薬味と言うのは、昔はこれが薬物として扱われていたことによります。

実は、コショウ、カルダモン、ジンジャー、チョウジ、ベイリーフ、タイム、パセリなど、**いわゆるスパイスと呼ばれるもののほとんどが、薬として、あるいは薬の原料として珍重されてきました。**

たとえば、コショウは消化器系の病気に、チョウジは解熱（げねつ）に、カルダモンは頭痛や風邪に、ニンニクは疲労回復や強壮強精に、それぞれ効能があると考えられていました。

ラベンダー、ミント、フェンネル、バジルなどのハーブ（香草）も同様です。香りがいいので香辛料として使われていますが、やはり、薬物として栽培されたのが始まりでした。

そういう薬物を食べものに添えるようになったのは、本来は味のためだけでなく、食事で病気を治療したり、予防したりしようとしたからかもしれません。だからこそ、薬の材料を意味する薬味という言葉がそのまま残されたのでしょう。

「畑の土がいいと、野菜がまずくなる」!?

最近の野菜は何だか味が薄い、とお嘆（なげ）きのあなた。昔の野菜を懐かしむようになったのは、年のせいばかりではありません。日本の野菜の味や香り、栄養素までもが、年ごとに低下しているのは事実なのです。

その理由が、実は畑の土地がよすぎるからだ、と聞いたら信じられるでしょうか。植物には、それぞれ原産地があります。たとえばホウレンソウ。ホウレンソウはペルシャが原産と言われますが、半砂漠化したような荒れた大地こそが、ホウレンソウの本来の味わいを育てた、ということになります。

トマトの場合も、南米はアンデスの荒れ野が原産地。決して、肥沃(ひよく)な土地で生まれたわけではないのです。

ところが今の日本の科学的・化学的な農法は、栄養も水もたっぷり与え、虫害や雑草、冷害などから徹底して保護するというもの。世界で最も過保護だといえます。

その結果、**甘やかされて与えられることにも慣れ切ってしまった野菜が、自分で土中の栄養分を吸い上げる能力や、水を求めて根を伸ばす努力を忘れ、しだいに力のない植物に変わっていった**のです。

そこで、あえて厳しい農法で育て、野菜本来の味と香り、含まれるべき栄養素までも取り戻させようというのが「緑健(りょくけん)農法」。

別名「スパルタ農法」とも呼ばれるこの農法、原生地の環境を再現して、肥料は通常の一〇分の一、水にいたっては、なんと三〇分の一しか与えないという厳しいもの。

こうして肥料と水を最小限度に抑えると、ギリギリの状態で何とか大きく育とうと野菜自身が頑張り、本来の力がよみがえってくるのです。

実際に緑健農法で栽培したトマトの味は、フルーツのようなすっきりとした甘みに加え、通常の二〇倍ものビタミンCを含み、栄養面でも優れています。ホウレンソウなどは、えぐみのある成分である蓚酸（しゅうさん）が半分以下。生でバリバリ食べられます。

野菜にもハングリー精神が大切。甘やかされず、根性を鍛えられた野菜こそがおいしいのです。

本書は、小社より刊行した『頭にやさしい雑学の本』を再文庫化にあたり、再編集のうえ、改題したものです。

竹内　均（たけうち・ひとし）
福井県生まれ。東京大学名誉教授。理学博士。地球物理学の世界的権威。科学雑誌『Newton』の初代編集長として、青少年の科学啓蒙に情熱を傾けるかたわら、「人生の幸福」について深く探求し、自己実現の具体的な方法を説く。主な編訳書に『自助論』『わが息子よ、君はどう生きるか』『渋沢栄一「論語」の読み方』（以上、三笠書房）、『向上心』（三笠書房《知的生きかた文庫》）など多数。また、『時間を忘れるほど面白い雑学の本』『もっと「話が面白い人」になれる雑学の本』（以上、三笠書房《知的生きかた文庫》）など編著書も多い。

知的生きかた文庫

読み出したらとまらない雑学の本

編　者　竹内　均
発行者　押鐘太陽
発行所　株式会社三笠書房
〒一〇二-〇〇七二　東京都千代田区飯田橋三-三-一
電話〇三-五二二六-五七三四〈営業部〉
　　〇三-五二二六-五七三一〈編集部〉
http://www.mikasashobo.co.jp
印刷　誠宏印刷
製本　若林製本工場

ISBN978-4-8379-8467-2 C0130

C50200